FOLIO SCIENCE-FICTION

Mélanie Fazi

Serpentine

Préface de Michel Pagel

Gallimard

Née en 1976, Mélanie Fazi est l'auteur de deux romans et de deux recueils de nouvelles, acclamés par les critiques et le public. Plusieurs de ses textes ont même été traduits et publiés dans des revues anglo-saxonnes. Elle est également traductrice. Elle a reçu le prix Merlin à trois reprises (meilleure nouvelle en 2002 et 2009 et meilleur roman en 2004), le prix Masterton en 2005 (meilleur roman) et 2009 (meilleure nouvelle) et le Grand Prix de l'Imaginaire en 2005 (meilleure nouvelle) et en 2007 (meilleure traduction) !

PRÉFACE

Quand vous êtes écrivain et que vous rencontrez un de vos lecteurs, vous passez souvent un bon moment. Rares sont en effet les gens qui prennent la peine de venir vous voir — ou même de vous écrire — juste pour vous informer que votre livre est une grosse daube et que, d'ailleurs, ils n'ont pas pu le terminer. Non, quand vous rencontrez un de vos lecteurs, vous entendez des choses telles que « J'ai vraiment adoré votre roman », ou, plus rarement, « Votre livre m'a fait du bien », ou encore, très très très rarement — et pour ça, il faut mériter le Nobel — « Votre livre a changé ma vie. » Quand vous entendez ces mots-là, vous êtes heureux parce que vous avez l'impression de servir à quelque chose.

Pourtant, même face au lecteur le plus sympathique et le plus enthousiaste, vous conservez toujours une pointe d'angoisse au cœur. L'angoisse d'être tombé sur un de ceux-là, *un de ces lecteurs qui ne font pas que lire, qui se parent d'un petit sourire timide, qui baissent leurs grands yeux pleins d'espoir, et qui vous disent : « Vous savez moi aussi, j'écris. » Et qui ajoutent aussitôt : « J'aimerais avoir votre avis. » Et qui ajoutent aussitôt : « Mais si vous n'avez pas le temps, je comprendrai. »*

Là, vous savez que vous êtes pris au piège.

Vous avez bien sûr le droit d'être lâche. « Ce serait avec plaisir, mais je suis très occupé, en ce moment. Et si vous me recontactiez d'ici quelques mois ? » Mais vous ne le faites jamais sans éprouver un peu de culpabilité, parce que vous venez de donner à ce jeune homme ou à cette jeune femme un profond sentiment d'insignifiance. Souvent, donc, vous acceptez de lire. Et de donner votre avis. « Eh bien, justement, ça tombe bien, j'ai un exemplaire de ma dernière nouvelle dans mon sac », s'exclame votre lecteur-auteur, dont les yeux brillent désormais d'une reconnaissance sans bornes.

Vous rentrez chez vous, vous attendez un moment propice, paisible, vous vous dopez au whisky pour chasser un frisson d'appréhension, dissoudre le nœud qui vous comprime l'estomac, vous ouvrez le manuscrit et vous commencez à lire.

Le plus souvent, au bout d'une ou deux pages, vous comprenez que vos pires craintes se sont réalisées : si sympathique, enthousiaste et passionnée qu'elle soit, cette personne n'est pas un écrivain et ne réussira jamais à pondre le moindre texte publiable, ou alors peut-être dans trente ans, en y travaillant jour et nuit, à condition de ne pas se décourager quand les classeurs remplis de lettres de refus commenceront à déborder du garage pour envahir le salon.

Là, vous êtes dans la merde.

Parce qu'il faut le lui dire. Vous n'avez pas le droit

de vous en sortir par un « C'est pas mal. Pas encore parfait, bien sûr, mais il faut continuer » : cet encouragement, venant de vous, dont on admire l'œuvre et dont on respecte le jugement — sinon on ne vous l'aurait pas demandé —, passera pour parole d'Évangile et risquera de conduire votre pauvre lecteur-qui-ne-sera-jamais-auteur à persister envers et contre tout. Peut-être à finir dans la peau d'un écrivain frustré pestant éternellement contre la bêtise des éditeurs, ce qui est un bien triste spectacle. Vous êtes contraint de le désillusionner brutalement pour lui éviter des désillusions pires encore, et à moins d'être un parfait salaud, vous n'aimez pas ça.

De temps en temps, le texte n'est effectivement pas parfait, mais il y a un ton, une voix, un talent de conteur, n'importe quoi qui est là, sous les défauts techniques, et qui révèle un écrivain. Pas forcément un futur Nobel, mais un écrivain. Et de toute façon, le Nobel, il y a peu de chances que vous-même l'ayez un jour.

Là, vous êtes dans la merde.

Parce que si vous avez deux doigts de conscience, vous êtes obligé de bosser. De dégainer votre stylo rouge et de souligner les maladresses de style, les répétitions de vocabulaire et de tournures, les incohérences de l'histoire ou de la psychologie des personnages, les mille et un petits défauts qui empêchent le texte d'être publiable tel quel mais qui peuvent aisément se voir corrigés. Oh, ça n'est pas aussi désagréable que le cas précédent, bien sûr, mais ça prend un temps fou, nom d'un chien !

Et puis une fois par siècle, vous tombez sur quelqu'un comme Mélanie Fazi.

Et là, vous êtes vraiment *dans la merde.*

Parce qu'un jour ou l'autre, vous êtes obligé d'écrire une préface.

Évidemment, vous n'avez jamais fait ça, vous ne savez pas comment vous y prendre et ça vous angoisse presque autant que discuter avec un lecteur-auteur. Alors, vous faites votre intéressant, juste un peu, histoire de vous lancer.

Mesdames et messieurs, à présent que j'ai fini de faire mon intéressant et que me voilà lancé, je vais tenter d'aborder le sujet qui nous occupe.

Mélanie Fazi est un monstre.

Il devrait y avoir des lois contre ça.

Notre rencontre n'a strictement rien eu de commun avec le genre d'anecdote que je raconte ci-dessus (mais j'aime bien inventer des histoires). Ce qui est vrai, c'est qu'un jour, avant d'être publiée, elle m'a envoyé un e-mail pour me dire des choses très gentilles sur un de mes livres, que nous avons sympathisé et qu'elle me fait l'amitié, quand elle termine un texte, de me l'envoyer pour solliciter mes avis et conseils de vieux sage à barbe blanche. Lesquels se résument en général à quelque chose comme: « Écoute, page 3, ligne 12, je crois que tu devrais mettre la virgule ici au lieu de là. » Et encore, si ça se trouve, c'est elle qui a raison, mais je chipoterais sans honte ses virgules à un Nobel — et puis il faut bien que je lui dise quelque chose, sinon elle va prendre la grosse tête.

Mélanie Fazi n'a jamais eu besoin de personne pour écrire de bons textes. Plus que tout autre auteur de ma connaissance œuvrant dans le domaine de l'imaginaire, elle est sortie tout armée et casquée du crâne de sa muse — une image qui devrait lui plaire, vu son amour de la mythologie grecque. Elle n'a encore à son actif que deux courts romans (le premier, Trois pépins du fruit des morts, *est paru aux éditions Nestiveqnen) et les nouvelles qui suivent (plus une poignée d'autres) mais elle est déjà un écrivain à part entière, avec son écriture, ses thèmes, ses obsessions, en un mot sa* patte, *et il devrait être interdit d'être si doué avec si peu d'expérience ; moi qui vous parle, je trouve ça vexant.*

Qu'y a-t-il donc de si fascinant dans ces pages ? me demanderez-vous, du droit inaliénable que vous donne le fait d'avoir ouvert votre porte-monnaie pour les acquérir.

Quelque chose d'indicible.

Une ambiance, un malaise, une invitation à la réflexion, à l'introspection qui sont les marques du vrai fantastique. Les textes que vous allez lire, des plus désespérés aux plus optimistes, renferment un élément de noirceur, de menace, qui se transmet directement des personnages au lecteur pour le troubler, voire le bouleverser.

Et comment réussit-elle ce tour de force, la bougresse ? C'est qu'elle ne s'attaque pas à nos tripes tel un auteur de gore — et si notre intelligence est sollicitée, ce n'est pas non plus sa cible principale. Elle vise droit au cœur. Elle injecte dans son écriture ses émotions, lesquelles n'ont rien de plus pressé que de s'en prendre aux nôtres. Quand je dis qu'elle vise, c'est abusif, car elle ne calcule pas, et sa sincérité, son authenticité ne sont pas ses moindres atouts.

Authenticité des décors, d'abord. Que nous entrions à sa suite dans un salon de tatouage, une salle de concerts, le métro parisien, un restaurant grec ou une vieille maison perdue au fin fond de l'Italie, nous rencontrons une matière palpable, solide et familière. Pas une once de carton-pâte. Ce monde est réel et c'est le nôtre, nous le reconnaissons au premier coup d'œil. Et quand le surnaturel ou l'horreur jaillissent de ces décors quotidiens, presque banals, ils n'en sont que plus crédibles.

Authenticité, ensuite, des personnages. Les protagonistes que crée Mélanie Fazi ne sont pas des héros mais des êtres humains, même lorsque d'aventure ils sont d'essence divine. Tous ont en commun d'être mal dans leur peau. Souvent, ils sont très jeunes, enfants ou adolescents en proie à l'incompréhension des adultes. S'ils sont eux-mêmes adultes, quelque chose leur est arrivé qui les a jetés hors des chemins habituels de la vie. Ils sont perdus, en quête d'une identité et prêts à tout pour la trouver, pour vivre, y compris par procuration. Parfois, ce sont des monstres, mais même ceux-là nous inspirent de la pitié, car leur monstruosité est décrite de l'intérieur et à force de la comprendre, de la ressentir, nous pouvons nous identifier à eux.

Mélanie Fazi puise dans la vie quotidienne, dans la mythologie, dans ses souvenirs, dans ses fantasmes, dans ses craintes, sans oublier cette source d'inspiration fondamentale qu'est pour elle la musique. Elle aborde des thèmes éternels, essentiels — l'enfance, l'aliénation, la maternité, la mort... — qui nous touchent profondément par leur familiarité même, et elle les aborde avec un ton tout personnel, une pudeur mais aussi une sensualité qui n'appartiennent qu'à elle.

Je n'en dirai pas plus. Raconter les nouvelles qui suivent serait une trahison, et je ne vois pas de quel droit je vous en imposerais ma vision. Faites-vous la vôtre. Ce qu'il y a dans les textes de Mélanie Fazi, finalement, c'est ce que vous y trouverez. Ça ne sera pas forcément la même chose pour chacun de vous, mais vous y trouverez tous quelque chose — ça, je peux vous l'assurer. Quelque chose d'indicible. D'une manière ou d'une autre, cette petite voix si particulière réussira à s'infiltrer en vous et à chambouler vos émotions. Toute l'essence du fantastique est là.

MICHEL PAGEL
Septembre 2003

À Lisa Tuttle, dont les livres m'ont appris que les plus effrayants des fantômes sont ceux qu'on porte en soi

SERPENTINE

Pour Thomas, vétéran de l'aiguille

La boutique ne paie pas de mine, coincée entre une épicerie ouverte la nuit et un troquet mal éclairé. Elle ressemble en tout point à celle de l'homme qui m'envoie ici, celle où Imène m'avait conduit en premier lieu. Rien ne transparaît de l'extérieur : on a placardé sur les vitres des motifs par dizaines, moins pour attirer le client que pour masquer l'autre côté, comme une boîte hermétiquement close dont rien ne filtre. On y accède par une volée de marches, une fois poussée la porte qui ne s'ouvre qu'au deuxième coup d'épaule. Au-dessus, une pancarte annonce la couleur :

SERPENTINE
TATOUAGES & PIERCINGS

Lettres souples et tout en courbes autour desquelles se tortillent vipères et cobras, sous l'œil d'une salamandre tapie dans un coin. Deux serpents s'enroulent nonchalamment autour du S et du T majuscules.

Un carillon accueille mon entrée et la chaleur des lieux me saute aussitôt au visage. Ici règne une tension permanente, celle d'une salle d'attente de médecin. Malgré le désir qui précède le choix, malgré la fierté derrière l'acte, on vient ici pour avoir mal. Le fantôme de la douleur à venir habite le regard de tous ceux qui n'ont pas encore tâté de l'aiguille. Je sais les reconnaître.

Accoudée au comptoir, une demoiselle aux cheveux couleur d'incendie définit son motif : deux épées croisées qu'elle compte se faire imprimer au creux des reins. Elle se tient bien droite, élancée, comme tracée à main levée d'un seul coup de crayon. À chacun de ses gestes, une enfilade de bracelets cliquette à ses poignets. Ce sera son premier : j'ai perçu dans sa voix une note d'appréhension, dans ses épaules un soupçon de raideur.

Son interlocuteur marque une pause pour m'interroger du regard.

— Je viens voir Nikolai. J'ai rendez-vous.

Il me fait signe de patienter, puis les négociations reprennent. Le choix du motif n'a jamais rien d'anodin, c'est un geste porteur de sens. Témoignage d'un instant qui vous accompagnera toute votre vie durant. On le choisit comme une profession de foi, un totem ou un blason. Un corps, on naît avec, mais rien n'empêche d'agir sur lui.

Ils sont quelques dizaines épinglés au panneau sur le mur, encore à l'état d'ébauches. Griffons, calligraphie, palmiers, visage d'Arlequin, personnages de BD. Motifs gothiques, pentacles et autres pour les fétichistes. Jusqu'au fameux L.O.V.E. / H.A.T.E. dont certains ne se lassent pas.

La porte s'ouvre à gauche du comptoir, révélant le visage radieux de Nikolai. Un sourire de sale gosse lui retrousse les babines et lui plisse le regard. Jonas, l'homme de la première boutique, arborait le même. Ces deux-là partagent un air de s'amuser de tout en permanence, car ils ont su faire du monde leur terrain de jeu. Ou de la peau des autres, en l'occurrence. Nikolai ne se départ jamais de cet air de rire d'une blague interne : un Puck à taille humaine qui attend qu'on lui tourne le dos pour jouer de sales tours.

— Tu peux entrer, Joseph, m'annonce-t-il avant de décrocher la corde qui barre le passage aux intrus.

Et je retrouve la pièce où, quelques jours plus tôt, je me suis ouvert à lui. J'y reconnais cette odeur chimique lourde que j'ai appris à associer au bourdonnement du pistolet, dans d'autres endroits comme celui-ci. Une paroi de verre trouble nous sépare du reste du monde, réduit à un ballet d'ombres chinoises sur fond de bruits de pas et de voitures.

Nikolai est de ces gens pour qui la communication passe par le contact physique. Il vous jauge dès la première poignée de main, franche et sincère. Le regard insistant qui l'accompagne est au diapason. Il aime savoir qui pénètre dans son antre pour mieux poser ses marques. Je l'ai senti dès la première entrevue, alors que j'employais, pour me présenter, la seule formule susceptible de justifier ma présence.

— C'est Jonas qui m'envoie.

Et son regard incandescent, comme sous l'effet d'une flamme en lui rarement éteinte, s'est illuminé d'un degré supplémentaire. Le sourire de lutin s'est fait gourmand.

— Tu viens pour la spéciale, c'est ça ? Jonas a dû t'expliquer qu'elle n'est pas à la portée du premier venu.

Oui, Jonas m'a parlé de ces encres qu'ils sont cinq à se partager. Chacun son art, sa façon de procéder, et un but commun pour les cinq. Il m'a tracé les grandes lignes du récit qu'allait ensuite me détailler Nikolai, ce premier soir dans sa boutique.

Et dans ce regard, comme plus tôt dans celui de Jonas, une lueur de défi à mon intention : maintenant, Joseph, essaie de me surprendre. Raconte-moi ton histoire.

Au moins affiche-t-il clairement son goût de l'artifice : l'épaule que dévoile son débardeur arbore deux masques de théâtre tatoués, l'un souriant, l'autre pleurant. Il ressemble à ces ados malingres au goût prononcé pour le mysticisme à deux balles. J'en ai connu beaucoup. Il partage avec eux une façon de s'affirmer contre le monde, jusque dans ses moindres gestes, à la différence près que lui semble conscient de la farce.

— Installe-toi ici, dit-il en désignant un siège. Je vais chercher le matériel.

Sa voix garde une trace d'accent dont il joue sans doute, juste assez prononcé pour être repérable. Il rebondit à la surface des mots dont il peine à épouser le contour exact. J'imagine qu'il n'a jamais cherché à se corriger. Tout en lui est affirmation, jusqu'à ce prénom qui claque comme un coup de fouet et s'achève sur une envolée, rappelant qu'il vient d'ailleurs.

Je le regarde s'affairer avec une souplesse et une précision qui ne s'acquièrent qu'à force d'exercice. Il a le goût du geste parfait, jusque dans la façon dont ses longs cheveux blonds, des cheveux de jeune fille, accompagnent ses mouvements tel un voile.

— Attends de voir le motif : je suis sûr que tu vas adorer, me promet-il.

Puis il me tend le croquis réalisé d'après ses esquisses de l'autre jour. Il avait écouté patiemment mon récit, sans sourciller, sans faire mine de s'offusquer comme je l'avais craint tout d'abord. Imène avait raison : ces cinq-là sont prêts à tout accepter, pour la seule beauté du geste. Ils se plient aux demandes les plus invraisemblables. J'ai su alors que j'avais trouvé mon homme. Celui devant lequel je pourrais mettre ma conscience à nu sans crainte de jugement moral. Parce que sa tâche est au-delà, et que seul importait le défi. Et la pièce de choix que j'apporterais à sa collection.

S'il te plaît, dessine-moi une pulsion.

C'est lui qui m'a aidé à préciser ma demande. Il n'a pas dû y en avoir beaucoup, comme moi, pour lui offrir de travailler dans l'abstrait. À force de patience et de questions, il m'a soutiré l'essentiel, et au fil de mes descriptions instables et maladroites, lui traçait sur le papier de grandes lignes crayonnées, affinées peu à peu.

Et voilà qu'il me présente le tracé fini, peaufiné après mon départ dans le secret de l'atelier. C'est une main sûre d'elle-même et amusée du défi qui a guidé le crayon. Tout est là, et maintenant seulement, je m'avoue que je ne l'en croyais pas capable. Je vois sur le papier les contours de la chose qu'il va extirper de moi. Stylisée au possible, et pourtant bien présente. À la pointe du crayon, il a capturé l'indicible.

Tandis que je me dépouille de mes couches successives de vêtements, Nikolai s'installe face à moi pour préparer son matériel. Il prend bien soin d'assembler le pistolet sous mes yeux, selon l'usage, afin que je constate la présence d'une aiguille neuve. Consigne d'hygiène élémentaire à laquelle aucun tatoueur digne de ce nom ne saurait déroger.

— Je vois que tu n'en es pas à ton coup d'essai, commente-t-il après un coup d'œil sur mes avant-bras dénudés.

— On prend goût à ces choses-là.

— J'en sais quelque chose, ricane-t-il. Mais je suis prêt à parier que l'envie te passera après celui-là. Et tu sais pourquoi ?

— Dis toujours.

— Parce qu'ensuite, tu ne trouveras personne capable de rivaliser avec *ça*.

Et il éclate d'un de ces rires francs qui lui font des yeux de vieillard, perdus parmi les plis.

Du bout des doigts, il effleure la surface de mon torse, toile vivante sur laquelle il va œuvrer. Pourquoi se contenter de papier quand on peut disposer d'un corps humain en guise de support vierge ? C'est un talent redoutable que le sien ; imprimer un peu de soi sur la peau d'autrui et y laisser sa marque indélébile. Nikolai m'a confié qu'il s'arrange pour caser dans chaque dessin une forme évoquant un N : sa signature.

— *La seule fois où j'ai dû y renoncer, c'était pour une femme qui voulait que je la tatoue au visage. Deux larmes : "Une pour chaque année depuis qu'il est parti", m'a-t-elle dit. Elle a tout subi sans broncher, sans même ciller, et avant de partir elle m'a lancé : "À l'année prochaine."*

D'un œil connaisseur il explore son nouveau terrain de jeu, admire jusqu'aux imperfections de la peau, comme pour en éprouver la texture. Je jurerais qu'il cherche à mémoriser l'emplacement des grains de beauté, le duvet qui parsème ma poitrine. Alors seulement, satisfait, il s'applique à imprimer sur ma peau, à l'aide d'un calque, une reproduction à l'encre du modèle qui lui servira de base de travail.

— Ça te convient, comme ça ?

Face au miroir vient l'instant des dernières hésitations. Je l'ai connu chaque fois. Me voilà devant le reflet d'un moi futur, celui que je serai au sortir de cette boutique : purgé à jamais d'un poison. Dès l'instant où j'aurai donné mon accord et repris ma place assise, dès le premier contact avec l'aiguille, plus de retour possible. Est-ce que j'ai cette envie ancrée assez profond en moi, celle de m'éveiller chaque matin avec ce dessin-là imprimé sur le torse ?

Oh que oui. L'enjeu est trop grand, et le temps est venu d'en finir. Je porterai cette marque pour l'oubli et pour le souvenir.

Je scelle le pacte d'un seul hochement de tête, et un bourdonnement familier marque le début du rituel. Je retiens mon souffle avant la première morsure, parce qu'on ne s'y habitue jamais tout à fait. Et chaque parcelle du corps réagit différemment. Ma peau a oublié, depuis l'année dernière, cette brûlure dans laquelle on reconnaît à peine la sensation d'une aiguille. Alors je serre les dents, les poings, j'attends la délivrance. Elle sera longue à venir, vu la taille du motif et l'emplacement choisi. J'ai déjà connu ce bras de fer avec la douleur qui ne se laisse dompter que pour mieux montrer les crocs ensuite, quand ma peau se révolte devant l'outrage.

J'essaie de me détendre pour accueillir l'aiguille en moi. Me concentrer sur le motif, sur la promesse faite à moi-même, m'aidera à patienter.

— Je ne te demanderai que deux choses, Joseph, en plus de l'argent. Dans un premier temps, ton histoire. Et puis celle de la personne qui t'a conduit chez Jonas. J'aimerais bien connaître ses derniers exploits, à celui-là. C'est pour ça qu'on se renvoie nos clients, tu sais : pour échanger nos histoires.

Et d'autorité il m'a fourré sur les genoux une pile entière de ses carnets. Lesquels avaient souvent été feuilletés, à en juger par les pages cornées et les traces de doigts maculant les couvertures. Sur chaque page, une sorte de dossier. Un prénom, une date, et le motif initial agrafé dans un coin. Deux photos réalisées à la fin de la séance. Un gros plan sur le travail achevé, juste avant la pose du pansement, et une photo en pied où transparaissait, dans les regards, un mélange de gêne et de fierté. Mais c'était le déballage de parties du corps privées de visage (épaules, chevilles, poignets, omoplates, que sais-je encore) qui semblait le plus obscène. Le corps réduit à un support privé d'identité.

Au bas de la page, rédigées à la main, les confidences reçues des tatoués. Avant de négocier la somme, Nikolai exige de chaque client l'histoire qui précède le motif. S'il sert une cause, autant qu'il sache laquelle, puisqu'il va s'en faire l'artisan. Et à quoi bon se faire enluminer la peau s'il n'y a pas, derrière l'acte, la volonté de marquer les étapes d'une vie ? C'est du récit, de la démarche ou du symbole que dépend son verdict. S'il aime l'histoire, il ne refusera pas. Et gardera pour lui une parcelle dérobée à chaque existence.

— Je fais ma Shéhérazade, mais en négatif, a-t-il ironisé. Moi, je vole les histoires pour survivre. Regarde bien, il y en a une différente sur chaque page. Jamais deux fois la même : toute une vie derrière chaque dessin.

Il y avait des carnets semblables sur les étagères de Jonas. Il m'en a parlé sans me laisser les voir.

J'imaginais la page consacrée à Imène, avec cette photo prise après l'acte, quand la peau est encore rouge de la morsure. Je me la représentais telle quelle m'avait laissé la voir : le dos nu tourné vers l'objectif, le visage anxieux qui guette une réaction par-dessus l'épaule maigre. Silhouette nerveuse toute en angles bizarres, prêts à blesser le corps qui les abrite. Petits mouvements d'oiseau qui prend peur au moindre geste brusque. Visage basané, couleur de bois clair, à l'abri d'un écran de cheveux qu'on devine sombres et crépus sous le camouflage : le blond platine dissimule mal le noir des racines naissantes. Sous les yeux trop maquillés, des cernes qui ne s'acquièrent qu'au prix de longues insomnies. Et juste entre les omoplates, le tracé d'un objet que je connais pour l'avoir souvent vu sur les marchés, depuis que le gadget est devenu à la mode. Un de ces attrapeurs de rêves empruntés aux Amérindiens. Cercle parfait du châssis, fils tendus façon toile d'araignée, liens de cuir auxquels pendait une volée de plumes, reproduits sur sa peau par la main de Jonas.

Je reprends la parole, moins par besoin de combler le vide que pour couvrir le bruit du pistolet. Et me concentrer pour un temps sur autre chose que la brûlure.

— Je te dois toujours une histoire.

— C'est quand tu veux. Elle s'appelait comment, ton amie ?

— Imène.

— Ah oui. Et son problème, c'était… ?

— Le sommeil.

— Pour qu'elle trouve refuge chez Jonas, j'aurais dû m'en douter. Raconte-moi un peu.

Il s'interrompt pour puiser du bout du pistolet dans le minuscule godet d'encre noire posé sur la table. Baptisée par les soins de Nikolai, cette encre-ci porte le doux nom de Mnémosyne.

Alors je lui raconte Imène et sa peur panique du sommeil. J'en ai connu, des angoissés, mais personne qui ait à ce point la trouille de s'endormir le soir. Je lui répète les confidences arrachées à mi-voix : la crainte insidieuse au moment de fermer les yeux, l'esprit qui s'emballe pour stimuler le corps et l'arracher aux rives du sommeil. La peur, surtout, de ne plus jamais rouvrir les paupières.

Le sommeil lui a tout pris. Ou du moins, c'est ce qu'elle a cru. Imène a perdu sa mère toute gamine, des suites d'une longue maladie. Mais selon l'expression : *morte dans son sommeil.* À six ans, quand on n'a pas encore appris à décoder le langage adulte, ses conventions et ses termes figés, on a tôt fait de leur créer un autre sens. Et des mots de son père lui expliquant, maladroitement, ce que l'un et l'autre se refusaient à accepter, elle n'a retenu qu'une chose : le sommeil peut tuer.

Il a recommencé. Deux fois. Lorsque Imène à son tour est devenue mère. Et qu'à deux occasions, elle a retrouvé ses nouveau-nés raides et froids dans leur berceau. Mort subite, selon une autre expression consacrée, tout aussi vide de sens. Mais Imène a compris, derrière les apparences : encore deux que le sommeil lui avait ravis. Tout naturellement, elle a cru qu'elle serait la prochaine. Et déclaré la guerre à ses propres fonctions vitales, pour remporter cette manche au moins. Imène a fait le choix d'abolir le sommeil.

— L'encre de Jonas s'appelle la Somnifuge, précise Nikolai. Il t'a expliqué ça ?

— Il m'en a parlé, oui. Mais je me suis posé la question des conséquences. Je me demande si Imène savait vraiment ce qu'elle faisait.

Nikolai hausse les épaules sans quitter sa toile du regard.

— C'est son affaire. Avant de venir nous trouver tous les cinq, on prend le temps de peser ses décisions. N'essaie pas de me faire croire que tu ne le sais pas déjà.

C'est vrai. Mais Nikolai a raison sur ce point. Les conséquences, Imène s'en accommodera, et il faudra bien qu'elle apprenne à vivre avec. Simplement, Jonas a tenu sa promesse, lorsque après avoir apporté la dernière touche à l'attrapeur de rêves tatoué sur le dos d'Imène, il lui a dit : « Tu ne dormiras plus. »

Elle ne mourra pas dans son sommeil. Ni maintenant, ni jamais. Une victoire de plus remportée par les cinq, un pas supplémentaire en direction de leur grand œuvre.

Le dernier carnet, celui qu'il m'a confié quand j'ai eu terminé de feuilleter les autres, avait nettement moins servi. Dans tous les sens du terme : il comportait moins de photos, et semblait avoir été moins souvent feuilleté. Celui-là, Nikolai devait le protéger des regards comme des mains baladeuses. Le volume était plus épais, avec une meilleure reliure évoquant ces albums dans lesquels on épingle les vieilles photos de famille comme des reliques. Le carnet de la spéciale, m'a-t-il dit avant d'ajouter en riant : le Grand Livre de la Mnémosyne.

— Représente-toi la chose comme un jeu de piste, Joseph. Cinq personnes, un but commun, et pour chacun une arme différente afin d'y parvenir. Il y a une éternité qu'on ne s'est pas revus, tous les cinq. Mais de temps en temps, on s'envoie des signes. Comme Jonas t'a guidé jusqu'à moi pour que tu me racontes ses derniers exploits sur la personne de ton amie. Comme à mon tour, je te demanderai de m'apporter un candidat que je dirigerai vers Arsène, ou Zacharie, ou Samuel. Pour qu'il leur parle de toi et de ma dernière création. Plus qu'une compétition, c'est un effet d'émulation : c'est à celui qui ira le plus loin. Tu comprends ça ?

Avec sur les genoux le carnet dont j'osais à peine tourner les pages, je commençais en effet à comprendre. Plus que l'argent, m'avait-il dit, c'est une question d'histoire. Pour avoir droit aux spéciales, pour les laisser modeler le corps ou l'esprit en profondeur, il fallait faire acte de persuasion. Et offrir une histoire digne de circuler de l'un à l'autre et de se graver dans leur mémoire commune. Cinq tatoueurs, cinq moissons d'histoires et de tranches de vie, de ces moments où tout dérape et où l'art entre en jeu.

— Lequel d'entre vous a commencé ?

— C'est Arsène qui nous a distribué les encres. Il ne nous a jamais dit d'où il les tenait. Enfin si, mais le récit variait d'une fois sur l'autre, et je crois qu'en

fin de compte il nous a toujours menti. Une fois, c'était la visite du mystérieux inconnu aux allures d'apprenti sorcier. La semaine suivante, le voyage au fin fond d'une jungle au nom imprononçable pour percer les secrets des indigènes. Il ne nous a épargné aucun cliché. Mais cette histoire-là, on s'en fout. L'important, c'est qu'il n'ait pas voulu garder sa découverte pour lui seul. Quand on tombe sur une occasion pareille, on n'a pas le droit de la gaspiller. Alors il a partagé avec nous, avec ses pairs. Et l'idée s'est imposée d'elle-même.

Au fur et à mesure qu'il grave les contours du motif sur ma peau, Nikolai efface l'encre appliquée au calque, partout où il n'en a plus besoin. Chacun de ses mouvements fait danser le serpent tatoué autour de son bras, longue série d'anneaux stylisés qui part de l'épaule et s'étend jusqu'au coude. Il semble se tortiller au rythme lent des contractions de ses biceps.

Je ne lui ai pas demandé si c'est à lui que la boutique doit son nom. Mais par moments je jurerais voir luire dans cette face noire deux grands yeux jaunes, braqués sur les miens, parés pour l'hypnose. Jeu d'ombres et de lumières sans doute, car la lumière aime Nikolai. Elle aime jusqu'au grain de sa peau, et il possède une façon unique de l'accrocher et de la retenir, comme s'il se tenait tout contre la flamme d'une bougie pour la laisser remodeler ses traits. Elle frôle et taquine son épiderme, et le serpent semble vibrer sous sa caresse.

— Je vais te donner un exemple. Un des clients d'Arsène, appelons-le Antoine. Criminel en cavale, avec la justice à ses trousses et d'autres individus prêts à lui faire la peau, passe-moi l'expression. Je l'ai eu devant moi à plusieurs occasions, et il m'a promis de revenir me montrer l'évolution du travail. Le début était impressionnant, en tout cas.

Nikolai m'a brossé un portrait rapide de cet Antoine-là : un grand type osseux agité en permanence de tics et tremblements divers. Le genre d'individu dont on décide au premier coup d'œil qu'il a un lourd passé ou la conscience pas forcément tranquille. Il n'a pas dû falloir longtemps à Arsène, et plus tard à Nikolai, pour lui soutirer son histoire. J'ignore si les cinq se ressemblent, mais les deux que j'ai vus ont ceci de commun qu'on ne retient pas longtemps des confidences face à eux. Ils savent jouer de leur belle petite gueule d'ange et de leurs sourires en coin pour gagner la confiance de l'auditeur. Mieux encore, ils donnent l'impression de vous percer à jour dès le premier regard, au point de vous faire croire que le silence ne servirait à rien puisqu'ils savent déjà tout. J'ignore combien de temps ils ont répété ce numéro, ni même s'ils se sont concertés, mais l'effet est saisissant. Ils savent vous délier la langue aussi sûrement qu'un verre du meilleur vin.

Antoine avait demandé à Arsène de l'aider à se faire oublier. Il avait hésité avant d'accepter le contrat, mais la curiosité l'avait emporté. C'est humain : comment écouter Arsène vous proposer de goûter à la spéciale et refuser ensuite, pour passer le restant de vos jours à regretter de ne pas avoir eu le cran ?

— Sa spéciale s'appelle la Nocturne. C'est une encre trompe-l'œil aux couleurs de la nuit.

Antoine avait accepté de laisser Arsène marquer de son aiguille chaque partie de son corps, selon des motifs qu'il choisirait lui-même. Une séance à la fois, il regardait sa mue précédente disparaître sous les assauts de l'aiguille. Les zones tatouées se dérobaient aux regards, formes floues au dessin difficile à préciser. La Nocturne accroche l'ombre comme la peau de Nikolai appelle la lumière. Le jour, pareille aux peintures rituelles de certaines tribus, elle se contente de déconcerter l'œil attentif. Mais une fois le soleil couché, au contact de la pénombre, elle absorbe la nuit et cache aux regards le corps du tatoué. Camouflage parfait pour qui renonce à vivre de jour.

— Il aura tout le temps, a poursuivi Nikolai, d'apprendre à se fondre dans les replis secrets de la nuit.

Penché sur son ouvrage, Nikolai semble tout droit sorti d'une gravure, figé dans l'instant. Agaçant de maîtrise et d'orgueil, lorsqu'il prétend toucher l'invisible sans qu'on puisse y déceler la part de roublardise. Mais apaisant par sa seule présence : il est celui qui sait. Il oublie même de se composer une attitude, tendu qu'il est dans l'effort du geste parfait. Autour de lui, la pièce semble devenue le centre du monde vers lequel convergent toutes les énergies, ce monde qu'il oblitère tandis qu'il le capture au bout de son pistolet. Il est ici à sa place, sur le territoire même où il exerce ce talent qui est le sien.

Dire que très peu de gens découvrent avec autant d'aisance le don qu'on leur accorde à la naissance. Malgré la tension qui l'habite, qu'il me communique, jamais il ne se départ de cette grâce du moindre geste.

Et quand sa peau frôle la mienne au passage, si légèrement que je croirais qu'il n'a fait qu'effleurer le duvet de mes bras, le bourdonnement du pistolet devient celui du courant qui nous traverse, qui hérisse jusqu'à mes cheveux et se mêle à la douleur sourde. Le courant qui l'habite et guide ses mouvements, grisé qu'il est par son art.

Et la caresse furtive de cette peau me ramène à d'autres frissons. La chair souple qui refroidit et raidit sous mes paumes, juste après l'étreinte. Quand les sens et le cœur s'emballent et que l'impensable fait loi. Quand il m'arrive, parfois, de ne plus être moi-même ou de ne l'être que trop. Temps bientôt révolus.

Tu sais ce que je pourrais te faire, je ne t'ai rien caché, et pourtant tu t'approches le cœur léger. Parce que l'orgueil de ton art est plus fort que la crainte, et que c'est toi, enfin, qui vas me délivrer. Je t'offre ce poison avec nostalgie et regret, mais un indicible apaisement.

— *Il y avait aussi ce type, Alexandre, qui s'est fait tatouer par Zacharie. Psychotique et suicidaire, la totale. Il est venu le trouver à cause des rêves. Des années que ce type-là ne vit plus à cause de ses rêves, et pas seulement ceux qu'il fait en dormant. Il a beau ne pas tourner très rond, il a compris où situer la limite avant de basculer. Quand il l'a sentie approcher, il est venu vers Zacharie. Pour qu'il le débarrasse de ses rêves avant qu'ils aient sa peau.*

Le résultat, Nikolai n'avait jamais pu le constater de visu. *Mais les quelques photos aperçues étaient éloquentes. Les motifs étaient de nature à vous faire baisser les yeux, même à travers une barrière de papier glacé. C'est le malaise qui vous prend face à certains tableaux qui titillent l'inconscient de façon trop précise. Corps mutants, associations étranges que n'aurait pas reniées Bosch, de celles qu'on croise parfois la nuit à la lisière du sommeil. Rébus qui ne semble avoir pour but que de mettre à nu une âme malade.*

— L'encre de Zacharie change de nom selon l'humeur du jour et l'emploi qu'il en fait. Pour Alexandre, il l'a baptisée Onirographe. Il s'est fait décrire ces rêves par le détail, et depuis, Alexandre lui rend visite à raison d'une séance par mois. Zacharie lui a promis que chaque rêve qu'il lui tatouerait au moyen de cette encre serait chassé de son corps, une fois épinglé sur sa peau.

— Et alors ?

— Zacharie est un homme de parole. Pour autant que je sache, le type revient dans quelques jours pour le prochain.

Et chaque nouveau dessin imprimé sur son corps repousse l'échéance. Il ne se donnera pas la mort, pas cette fois-ci.

Quand l'aiguille touche un point sensible et fait hurler ma peau sous la caresse, je me concentre sur le souvenir du carnet pour oublier. J'imagine à quoi ressemblera ma page une fois l'ouvrage terminé Juste mon prénom en majuscules, JOSEPH, et une photo du nouveau moi. Avec sur les biceps le fantôme de motifs passés, dont la couleur commence déjà à se délaver. Et sur le torse, tracée d'un noir parfait sur fond de peau rougie, une fresque abstraite à base de grands traits furieux.

— *Tu sais ce que dit la petite histoire, à propos d'Alexandre ? Il paraît qu'un jour où Zacharie lui tatouait sur l'épaule un de ses rêves les plus morbides, il l'a regardé bien en face et a déclaré : "Si je continue comme ça, à épingler tous mes rêves, je finirai par avoir sur tout le corps le visage de mon inconscient." Il a éclaté d'un rire un peu nerveux, et il a ajouté : "Peut-être que je serai plus qu'humain arrivé à ce stade-là. Si je deviens mon propre inconscient." Et le pire, c'est qu'il ne blaguait pas. J'ai adoré l'histoire, tu t'en doutes.*

Et Nikolai de partir d'un grand éclat de rire qui lui découvre toute la dentition. Voilà, disaient ses yeux, voilà le genre d'histoires qu'on aime entendre. C'est à ce prix-là qu'on vend notre talent.

Et la lumière, alors, l'aimait plus encore que jamais.

— Le carnet des spéciales, tu sais…

— Celui où tu as réservé ta page ?

J'ai deviné son sourire sans le voir, tant son visage était proche du mien. Même alors qu'il me parlait, une partie de son cerveau oubliait tout ce qui n'était pas son ouvrage.

— …tu penses réussir à le boucler un jour ?

— Si je vis assez vieux, et tu penses bien que je me le suis juré. Imagine un peu tout ce qu'il contiendra alors, tout ce qu'il contient déjà : toutes ces morts jamais survenues, toutes ces promesses non tenues. Toutes les fois où j'ai remporté un point. Même chose pour les carnets des quatre autres. Il faudra bien, un jour, qu'on se réunisse pour comparer nos œuvres, nos albums remplis de photos et de tranches de vie. En attendant, on amasse du capital, petit à petit, pendant que les histoires circulent. Et chacune de ces pages est la négation d'une mort.

— Même pour Imène ?

— Celle-là comme les autres. Jonas lui a promis qu'elle ne mourrait pas dans son sommeil. C'est tout ce qui compte. Et ils ont tous notre signature imprimée sur la peau. Tu imagines la gueule qu'auront ces cinq carnets une fois terminés, si on vit assez vieux pour avoir tout essayé ? À nous cinq, avec nos propres armes, on aura tracé le portrait de la mort.

— Oui, on aurait pu les tester sur nous, mais la question n'est pas là. Il faut bien donner un sens à son art, Joseph, alors autant viser le plus haut possible.

Il m'avait repris le carnet comme un gosse qui décide que le moment de prêter ses jouets est passé, et qui s'empresse de réclamer son bien.

— Quand on reçoit un don, il faut l'exploiter jusqu'au bout. Mais quand on se voit offrir les moyens de le pousser encore plus loin, imagine la jubila-

tion… et la peur, aussi. La trouille de gaspiller ses chances. Alors on a cherché tous les cinq, et trouvé un enjeu commun. Qu'est-ce qu'on aurait pu en faire d'autre, de ces encres ? Lancer une mode chez les bourges assez friqués pour s'offrir nos services ? Tu imagines le gâchis ? Alors oui, on va dompter la mort, et ce sera un jeu. On pourrait devenir une légende urbaine à nous cinq. Et faire des émules, pourquoi pas ? On a tout notre temps. Imagine un peu, dans quelques dizaines d'années, combien de morts ces carnets auront capturées.

Et il domptera la camarde à sa façon pour mieux la tenir à l'écart. Car je la devinais, alors qu'il parlait, qui glissait sur lui comme il glisse sur le monde sans y appartenir vraiment. Qui glissait sur cette peau trop lisse pour laisser prise aux éléments, plus éthérée qu'une flamme dans un courant d'air. Quand son tour viendrait, il saurait la déjouer par d'autres parades.

Encore une demi-heure, une heure peut-être, et il ne restera plus trace de l'encre appliquée tout à l'heure, effacée peu à peu par les doigts de Nikolai. Caresse furtive, innocente et tentatrice, au sillage crépitant d'étincelles. Encore un peu et la partie de moi qu'il a altérée commencera sa vie propre. Avec le temps, la couleur passera et elle se fondra peu à peu à ma peau. Mais l'important réside moins là que dans le geste et l'intention. Dans le changement, aussi.

Alors oui, on peut arborer sur sa peau sa raison de vivre, et son témoignage d'avoir survécu. Juste pour affirmer : j'ai bravé la mort et j'en suis revenu, et par superstition, la garder à distance. On peut se faire tatouer le symbole d'un instinct de survie toujours plus fort et l'arborer comme un stigmate. Et j'offre à Nikolai bien plus que ma propre survie.

— Tu saurais dessiner ça ?

J'osais à peine lever les yeux par peur de le voir refuser, découragé par l'ampleur de la tâche. Mais la lueur avide de son regard m'a rassuré. Il a compris tout de suite ce que je lui offrais sur un plateau, et le jeu l'amusait bien.

Tu saurais dessiner ça, Nikolai ? Restituer, du bout de ton aiguille, la torsion des corps et l'orage qui couve, qui éclate, l'embrasement de la chair perdue dans sa jouissance, l'électricité de la peau contre la peau, tu saurais ? Pulsion de mort et de désir mêlés, impulsion charnelle, électrique, l'esprit qui voit rouge, tu connais tout ça ? L'instant où le contrôle s'efface devant la quête de l'assouvissement, le corps affolé par ses propres désirs, instrument détourné au service du plaisir, tu saurais ?

Je veux que tu l'extirpes, cette pulsion, à la pointe de ton aiguille. Arrache-moi ça de la tête et du corps, et tu seras un artiste à nul autre pareil. Tu l'auras domptée, une fois encore. Grave-moi sous la peau ton antidote à mon poison, réécris sur mon corps, de ta propre main, de ta propre aiguille, une page de mon histoire passée et à venir.

J'aurais dû savoir, depuis le début, qu'il ne pourrait pas résister : sa pulsion d'art contre la mienne.

Tu saurais dessiner ça ?

Il l'a fait, sur le papier. Et s'applique maintenant à reproduire sur mon torse dénudé le vaste motif abstrait. Une pulsion stylisée à grands traits, concentré d'énergie pure. Dérangeante à observer.

Il l'a fait. Et quand la Mnémosyne produira son effet, elle effacera dedans ce que je porterai dehors, gravé sur ma peau. Joli nom, Mnémosyne, pour une encre d'oubli.

— J'ai tué, Nikolai. À cinq reprises, et j'aimais ça. Mais il faut que ça s'arrête.

Avant que la pulsion ait ma propre peau. Je suis psychotique, pervers, détraqué, tout ce que vous voudrez, mais je ne crois pas être idiot. Je connais les antécédents. Ce qu'il reste d'humain en nous finit toujours par prendre le dessus. Tous les tueurs de mon espèce, ou presque, ont mal fini. La pulsion se retourne contre celui qu'elle anime, et quand ce n'est pas de sa propre main, c'est en le poussant à se trahir. Parce qu'ils ne demandent que ça : le châtiment, pour que tout cesse enfin.

Moi, je ne veux pas qu'on me prenne. Je veux juste que ça s'arrête.

Tant que je suis encore humain, encore libre, encore en vie.

La pulsion ne m'aura pas.

— Je t'offre plusieurs morts d'un coup. Cinq morts passées que j'espère oublier. Toutes les vies que je ne prendrai plus. Et la mienne, à plus ou

moins long terme. Tout ça en une seule fois, un joli score pour ton carnet. Tu acceptes ?

Cinq morts passées : mes amants des deux sexes, tués pendant l'extase. Un cadavre en sursis, assis dans cette boutique à se faire décorer la peau. Des dizaines de corps potentiels, tous mes amants futurs. Effacés d'un coup de crayon, d'un coup d'aiguille, sitôt qu'ils seront gravés en moi.

Je suis une machine, Nikolai. Et tu es le seul grain de sable capable de l'enrayer. Tu saurais faire ça pour moi ?

ÉLÉGIE

Première parution :
Territoires de l'angoisse, Éditions Cylibris, 2001

Rends-les-moi, je t'en supplie. Ou laisse-moi entrer, laisse-moi les rejoindre. Je ne résisterai pas. Je viendrai à toi en silence pour les retrouver. Ce sera de mon plein gré, si c'est le seul choix que tu me laisses.

Ils auraient sept ans aujourd'hui. Ils en avaient cinq à l'époque. Est-ce que tu les as seulement laissés grandir ? Est-ce que je les reconnaîtrais, si tu me les rendais ce soir ? Même changés, même altérés, bien sûr que je les reconnaîtrais. Il n'y aurait que Benjamin pour se voiler la face — lui les croit déjà perdus. Deux ans qu'il a renoncé à les revoir. C'est tellement plus facile de se résigner. Plus facile que de continuer à lutter. L'espoir vous mine plus sûrement que l'oubli. Voilà deux ans qu'il fait le sourd et l'aveugle en me faisant passer pour l'idiote du village. J'ai bien tenté de lui expliquer, mais il n'a rien voulu savoir. Cette litanie, toujours la même — on les a enlevés, jamais on ne les rendra, à supposer qu'ils soient toujours en vie. Ils sont morts, Deborah. Considère-les comme morts. Tu ne les reverras jamais.

Pourquoi faut-il toujours que les hommes se défilent ? Ce n'est pas lui qui viendrait chaque nuit sur la colline implorer ta clémence. Lui ne fait qu'attendre — plein comme une outre en permanence, occupé à compter les secondes, les heures, les années qui nous séparent de ce jour-là.

Un matin au réveil, il a hurlé mon nom depuis le seuil de la chambre des jumeaux. Je l'ai rejoint dans une pièce déserte. Lits défaits, couvertures en désordre. Le vent qui s'engouffrait par la fenêtre ouverte. Et plus trace des enfants. Envolé, Adam. Disparue, Anna. Effacés de nos vies, comme ça, en un instant, la seconde qu'il lui avait fallu pour franchir la porte. Plus moyen de faire marche arrière ensuite, une fois la porte ouverte sur le vide. Parce que tant qu'il n'avait rien vu, c'était comme s'ils étaient toujours là, de l'autre côté, à jouer sous les couvertures comme deux lutins chahuteurs. Ce matin-là, pour la première fois depuis cinq ans, ils ne nous attendaient pas.

Benjamin a ouvert la porte et vu la chambre vide. Ensuite il était trop tard pour refermer les yeux. Il s'est vidé d'un coup, comme une baignoire dont on retire la bonde. Il tenait encore la poignée de la porte quand je l'ai rejoint et que j'ai vu à mon tour. Après mon prénom, il n'a plus rien dit. Quelque chose était mort derrière ses yeux, tout au fond. Mais il n'a plus rien dit. Dès le premier jour, il a baissé les bras. Il a renoncé à tout d'un seul haussement d'épaules. À ses jumeaux, à sa femme, à sa vie de famille. C'est si facile de devenir une épave. Avec le chagrin pour alibi, tout devient permis.

À quoi bon espérer, Deborah. Ils sont partis.

Benjamin a fermé la fenêtre et verrouillé la porte. Il ne devait plus jamais la rouvrir. Fermée à double tour, un sanctuaire. Passés les premiers jours de recherche, les questions aux voisins, les battues dans les champs, sans trop y croire, il s'est installé, confortablement, dans son désespoir tranquille. Vautré dans sa solitude. À présent il pouvait se le permettre : le regard des autres l'y autorisait. Peut-être le germe était-il déjà en lui depuis longtemps. Mais il avait su se contenir, pendant six ans. Pas une goutte d'alcool devant Adam et Anna, ça non, jamais. Benjamin adorait ses jumeaux. Il n'a rien trouvé de mieux pour remplir le vide que d'éponger une bouteille après l'autre. Rien n'y paraît, à première vue. Il est comme un fruit lisse et charnu, mais déjà pourri de l'intérieur.

Il y en a sûrement eu quelques-uns pour aller le trouver au fond du bar avec leurs airs bien intentionnés, leurs mines contrariées, toujours prêts à semer la pagaille. « Tu sais, Benjamin, on a vu ta femme faire des trucs pas catholiques en haut de la colline, tu devrais la garder à l'œil. » Et Benjamin hoche la tête avec un air qui les invite à aller voir ailleurs, des fois qu'il y serait.

J'ai essayé de lui expliquer, pourtant. Comment a-t-il fait pour ne pas voir les signes ? Les pyjamas roulés en boule, abandonnés sur la colline, l'ours en peluche d'Anna qui gisait au milieu des herbes, les quatre fers en l'air ? La fenêtre ouverte *de l'intérieur* ? Quel rôdeur aurait pu entrer par effraction sans causer de dégâts ? Ils ont ouvert la fenêtre eux-mêmes, de leur plein gré. Comme dans ces histoires de vampires où la bête ne peut entrer que si on l'y invite. Ils ont ouvert et ils sont sortis dans la nuit. Ils sont venus à toi nus comme au premier jour, en riant, sûrement, parce que tu les appelais. Cinq ans à peine, dix ans d'expérience à eux deux, et ils savaient déjà entendre ta voix. Moi, je n'ai jamais su apprendre. Je ne l'ai jamais souhaité non plus. Jusqu'au jour où tu me les as pris.

J'ai montré à Benjamin les traces et les indices. Je l'ai même traîné jusqu'à toi pour qu'il constate, mais il a détourné les yeux avec une expression de lassitude au-delà de l'agacement. Comme si c'était moi, l'épave, l'ivrogne. Comme si je lui montrais du doigt des mirages nés d'un cerveau malade. Folle à lier, bonne à interner. Deux ans qu'il est fermé comme une huître, hermétique, parce que s'il s'ouvrait, même pour un instant, il laisserait entrer tous ces « pourquoi » et ces « comment », et il faudrait accepter l'absence de réponse.

Alors c'est moi qui suis venue à toi quand j'ai compris. Dès les tout premiers jours, en fait. Faute de pouvoir te combattre, j'ai appris à te connaître. En deux ans, j'ai passé plus de nuits avec toi, sur cette colline, que dans le lit conjugal où Benjamin me tourne le dos en ronflant du sommeil des lâches. Je suis venue t'implorer, te supplier, te menacer, et tu es resté là à me narguer, tu les as gardés bien en vue, mais hors de ma portée. J'ai attendu, et je t'ai appris sur le bout des doigts. Tu m'as laissé t'explorer, un soir après l'autre, tandis que mes gestes se faisaient plus assurés. Je rentrais au foyer tout imprégnée de ton odeur. Benjamin dormait. Il me croyait déjà folle.

S'il m'avait écoutée, rien qu'une fois, s'il avait compris, il serait venu à toi armé d'une hache, sans un regret. Puis il t'aurait brûlé à petit feu, jusqu'à ce que le souvenir des jumeaux parte en fumée. Son deuil, il l'a fait depuis longtemps. Il mettrait le feu à la colline pour être sûr d'oublier.

Les premiers temps, je me suis écorché les paumes à griffer ton armure. L'écorce est rêche pour les mains non initiées. Je me suis meurtri les poings à cogner contre ta carapace. Je t'ai souillé des traces de mon sang, comme une offrande dérisoire, ridicule. J'ai frappé, craché et griffé, une harpie. Cette plaie dans l'écorce, comme une trace de tissu cicatriciel, c'est moi qui ai arraché cet éclat avec mes ongles, une nuit où le silence me blessait les oreilles. Le silence qui m'asphyxiait comme une odeur fétide, et du haut de la colline, à te voir dressé devant moi, racines bien ancrées dans la terre, j'aurais juré que c'était toi qui absorbais les bruits, qui pompais mon oxygène. Les jumeaux, ce n'était pas assez ? Risquer un œil vers le bas de la colline, les maisons bien tranquilles, bien aveugles, ou vers le ciel entre tes branches tendues pour griffer les étoiles, c'était sentir le poids du monde qui m'écrasait. Alors je me concentrais sur l'ombre des jumeaux en toi.

Il y a eu des nuits où je me serais arraché la peau des doigts pour te dépouiller de ton écorce, une écaille à la fois, jusqu'à te laisser entièrement nu, jusqu'à atteindre mes jumeaux sous la carapace.

Jusqu'à ce que tu sois forcé de me les rendre. J'aurais séparé la créature siamoise avec mes ongles pour les faire à nouveau deux, Anna et puis Adam. Je t'aurais affronté à mains nues, si ça servait à quelque chose.

Au lieu de quoi j'ai appris. Le parfum de l'écorce qui sait se faire grisant après la pluie. Le contact du bois sous mes doigts, solide et rassurant, toute cette puissance entre mes bras. La complexité de la mosaïque sur laquelle glissaient mes paumes, comme les écailles d'une bête ancienne et fantastique. J'ai appris à connaître tes aspérités, d'abord avec prudence, comme on découvre la peau d'un amant au premier soir.

Benjamin riait la première fois, il y a huit ans, tout près d'ici. Un petit gars de dix-neuf ans qui ne croyait pas encore à sa chance. Je me suis mariée sur cette colline. Après l'office, il m'a poursuivie à travers les ronces qui déchiraient mes voiles, aussi chien fou qu'un écolier qui court après les jupes des filles. Il a planté deux graines au milieu des arbres, loin des regards. J'ai dû te frôler de mes jupons au passage. Est-ce que tu savais déjà ?

L'écorce n'est pas si rude au toucher quand on s'y habitue. Je connais sur le bout des doigts la carte de tes sillons, de tes canyons, les arêtes où je me suis blessé les mains. J'ai appris le dessin de tes rides et de tes veines, de tes failles et de tes crevasses, la carte de tes cicatrices. Je t'ai inspecté comme une porte sans serrure apparente, à la recherche du sésame. Ou comme un parchemin antique à déchiffrer. N'est-ce pas que tu t'es amusé à me regarder faire ? À garder mes petits hors d'atteinte ?

Je ne sais pas comment Benjamin n'a pas vu les deux masques pris dans l'écorce. Deux visages dessinés dans la partie supérieure du tronc, juste à la naissance des branches, comme sculptés à même le bois. Ils sont pourtant visibles à l'œil nu. Les traits sont grossiers : juste les yeux, le nez, la bouche. Ni lèvres, ni cheveux, ni sourcils. Mais ils semblent s'imbriquer naturellement dans l'ensemble, comme s'ils avaient toujours été là. Deux excroissances ovales dans le tronc, diamétralement opposées. Dis-le, que tu l'as fait exprès. Deux ans qu'ils se tournent le dos, comme les deux visages de Janus. Tu l'as fait exprès pour les séparer. C'est toute l'ironie de la chose : ils sont ensemble, mais ils ne se voient pas.

Tu as fait en sorte que je ne puisse pas les embrasser d'un seul regard. Il faut choisir de voir Adam ou bien Anna. Tu les as placés hors d'atteinte, juste assez près pour que je les effleure du bout des doigts. Juste assez loin pour m'empêcher de les toucher. J'ai essayé, pourtant. Mais tu es immense à l'échelle humaine. Le tronc est si large que je ne peux pas l'entourer de mes deux bras.

Même leurs différences, tu les as gommées. Les deux visages sont identiques, deux masques africains, sans traits distinctifs. Ils avaient encore l'âge où l'on pouvait les confondre. Les gens se demandaient souvent qui était la petite fille ou le petit garçon. Même visage tout rond, mêmes cheveux noirs coupés court, mêmes sourcils déjà bien marqués, hérités de Benjamin. Anna avait une fossette dans la joue gauche quand elle riait. Des deux, elle était la plus délurée, déjà. Elle m'aurait donné bien du fil à retordre si elle avait grandi. Un sourire si espiègle annonce forcément de grandes catastrophes. Adam était plus calme, plus secret. Sans doute parce qu'il lui faudrait un jour des trésors de patience pour réparer les dégâts de sa tornade jumelle.

Je les ai recherchés dans les visages d'autres enfants à la sortie de l'école. Tous les gosses de cinq ans des environs, je les ai regardés passer, plantée devant la porte au milieu des autres mères. Toutes ces bonnes femmes d'intérieur qui ne viendraient *jamais* sur la colline pour leurs petits. C'est que j'en ai passé, des journées, à guetter la petite école. Je les ai haïs comme jamais, tous ces visages tellement mobiles, tellement vivants. Toutes ces frimousses trop adorables pour être honnêtes, j'en avais la nausée.

J'en cherchais deux que j'ai fini par trouver. Un petit garçon, une petite fille, dix ans à eux deux. Presque assez semblables pour être jumeaux. Des cousins, peut-être. Mêmes cheveux noirs, mêmes membres de sauterelle, comme Adam, comme Anna. Un soir, je suis arrivée avant leurs mères. Je les ai portés dans mes bras jusqu'à toi, pour un échange. Et tu les as refusés. Je t'aurais livré tous les gosses du village si tu me l'avais demandé. J'aurais abattu mon couteau le cœur léger, contre une promesse. Mais sculptés dans le bois, les deux visages attendaient toujours.

Est-ce qu'ils m'ont vue enterrer leurs peluches et leurs vêtements entre tes racines ?

Les premiers temps j'ai cru que le visage de gauche était celui d'Anna. J'avais l'impression de voir sourire un des masques, si tant est qu'on puisse distinguer un sourire sous l'écorce. Mais j'ai dû me tromper. Ils sont identiques, au détail près. Et je ne peux même pas les voir côte à côte pour les comparer. Pour en regarder un, il faut renoncer à l'autre.

Est-ce qu'ils me regardent, du haut de leur perchoir ? Et s'ils me voient, est-ce qu'ils se souviennent, au moins ? Peut-être que leur mémoire est devenue la tienne, maintenant que vous n'êtes plus qu'un. On s'imagine qu'un enfant ne peut pas oublier sa mère. On s'en fait, des idées, quand on se retrouve face à soi-même. Deux enfants avec la mémoire d'un arbre. Perdus dans leur sommeil de bois, leurs rêves de chlorophylle.

Certains soirs, je t'ai enlacé pour coller l'oreille contre ton épiderme. J'ai cru entendre palpiter juste sous l'écorce, presque à portée de main. Comme autrefois, dans une autre vie, quand le souffle de Benjamin dans notre lit me gardait éveillée. J'ai cru entendre deux cœurs jumeaux battre au ralenti contre mon oreille. Mais j'ai pu me tromper.

Est-ce qu'au moins tu les as laissés grandir ? Ils ont toujours cinq ans dans ma tête — dans leur chrysalide aussi, sans doute. Ils seraient à l'étroit s'ils grandissaient. Il leur faudrait apprendre à percer la membrane pour en sortir changés. Si tu me les rendais ce soir, est-ce que je les reconnaîtrais ?

Deux années de sommeil nourries de ta sève, ça doit laisser des marques. Tu me les rendrais changés, forcément. Un peu plus arbres, un peu moins humains. Mais tu me les rendrais. Je les reprendrais tels quels, je te le promets. Benjamin ne comprendrait pas, mais je les reprendrais. Peu importe sous quelle forme. Qu'ils me reconnaissent ou non.

Est-ce que c'était pour me punir ? Ma mère parlait aux arbres, en son temps. Elle passait ses nuits sur cette colline, je n'ai jamais su pourquoi. Moi aussi j'étais née pour écouter leurs voix, mais j'ai choisi de rester sourde. C'était sans doute pour te rappeler à moi, parce que je refusais d'écouter. Mais j'apprends vite, tu vois. J'écoute et j'apprends. Je suis de ton côté à présent. Laisse-moi entendre ta voix, celle qui a fait accourir mes jumeaux sur cette colline. Ils avaient le don, eux aussi. Ils sont venus ici en riant. Vers leur cage de bois. Vers leur nouvelle peau.

Et ce soir, je suis venue te prier de me prendre. Laisse-moi devenir toi. Je viens en paix, ivre de ton parfum, goûter le contact rassurant du bois sous mes paumes. Je veux me fondre en toi, laisser l'écorce m'engloutir. Plus tard, peut-être, tu me recracheras. Je me ferai mère porteuse pour toi si c'est ce que tu souhaites. Puisqu'il faudra bien qu'ils renaissent un jour. Tu sais comme elle est vide, une mère sans ses petits ? Benjamin remplit le gouffre à sa façon, en noyant l'espace béant à grands flots de bière et de whisky. Moi, je veux seulement les reprendre en moi. Ou alors me fondre en vous trois.

Laisse-moi vous rejoindre. Altère-moi s'il le faut, nourris-moi de ta sève. C'est avec plaisir que je me ferai arbre — pour ce que j'ai à perdre ici. Je ne te crains plus, tu vois. Tout ce que je désire, c'est atteindre les deux visages, ajouter le mien à la fresque. Peut-être qu'un jour Benjamin viendra à passer ici et croira me reconnaître dans un des masques. Puis il chassera l'idée comme un mirage d'ivrogne et s'en retournera cuver dans le lit désert. Pauvre crétin. Comme il adorait ses jumeaux.

Je veux savoir ce que tu leur as fait. Peu m'importe qu'ils soient devenus bois, feuillage, chlorophylle. Je veux savoir et devenir comme eux, même s'il faut prendre une part de toi. Accepte-moi en toi, auprès d'eux, à l'abri du monde.

Ne me fais pas attendre plus longtemps.

NOUS REPRENDRE
À LA ROUTE

Leurs phares sont comme des miradors
Balaient ta vie du sud au nord
Ô, la mort qui rôde
La peur de l'aube

SAPHO,
maman j'aime les voyous

Comme une méchante envie de pleurer coincée au fond de la gorge. Et l'air chargé de gouttelettes qui me collent les cheveux au visage, façon toile d'araignée. Même pas une vraie pluie pour vider le ciel un bon coup : juste une bruine poisseuse qui dépose une pellicule tiède sur mes bras nus. Et je n'ai plus qu'à rester assise à même le bitume, face aux places de parking vides. Je ne souhaite pas la compagnie des voitures.

Il ne pleuvait pourtant pas ce matin. Comme il faisait chaud dans ce car — à en crever. J'ai passé la moitié du trajet collée à la vitre, à regarder défiler les panneaux dans l'attente du prochain arrêt. Sur mes genoux, un polar défraîchi acheté dans un bac d'occases. Et pas moyen de me concentrer tellement les pages absorbaient le soleil. Je rêvais de la canette de Coca que je m'achèterais à la première boutique venue. Je n'en pouvais plus d'imaginer les bulles en train de me faire pétiller le gosier.

Au lieu de quoi je me retrouve ici à descendre une gorgée de café pour chasser ce goût métallique dans ma bouche. Mon deuxième gobelet, je crois. Mais le breuvage craché par les machines laisse un arrière-goût encore plus acre. Tout le sucre est resté au fond, comme d'habitude. La nuit risque d'être longue, alors autant m'y préparer. Et me doper à la caféine en attendant.

Pas que j'aie une envie folle de penser à la nuit qui s'annonce. Me voilà coincée sur une aire d'autoroute, sans même un Formule 1 où attendre le matin. Ni même un restaurant où passer une heure ou deux. Juste le strict nécessaire, pompes à essence et boutique à bricoles diverses. Je m'y suis réfugiée tout à l'heure. Juste le temps de faire le tour des rayons de friandises et de boissons gazeuses, sur fond de bourdonnement de percolateurs. Les poubelles débordaient d'emballages de sandwichs vides, de gobelets tachés. Une poignée de zombies faisait la queue devant les machines, en quête de carburant pour réveiller leurs nerfs anesthésiés. Des mômes ouvraient de grands yeux devant les barres chocolatées.

Je suis vite ressortie. Ce n'est pas ici un endroit où s'attarder. Et les néons trop crus des réfrigérateurs me blessaient les yeux. Comme des phares de voiture braqués en pleine face.

Un autre car remontant vers Strasbourg finira bien par venir. J'expliquerai mon cas, on me prendra à bord pour me conduire à bon port. Bien sûr qu'ils m'emmèneront, il le faudra, je ne peux pas rester ici. Pas avec la nuit qui se prépare. Pas avec ce goût de métal dans ma gorge et ce gris à perte de vue. Sous ce ciel poisseux qui rend plus terne encore ce désert de bitume, comme du plomb fondu qui vous englue les semelles. On croirait voir s'élever les vapeurs d'essence, spectre échappé de l'asphalte. Petite fille, j'adorais le parfum de l'essence. J'aurais hanté les stations-service pour le seul plaisir de m'enivrer.

Je ne sais pas comment le car a pu m'oublier. Parti comme ça sans m'attendre, sans même s'assurer que personne ne manquait à l'appel. En m'abandonnant avec cette absence, la place vide sur le parking, là où il attendait un peu plus tôt. Pourtant je me suis à peine éloignée. Pas assez longtemps pour manquer le départ.

Mais ils m'ont oubliée ici. Et pas même un hôtel en vue où passer la nuit. Rien que les allées et venues des voitures toujours renouvelées, des passagers en transit, jamais les mêmes. Je ne les vois même plus. Pour ce que j'en ai à faire… J'attends le prochain car. Une fois arrivée à Strasbourg, je n'y songerai même plus.

Tout près de moi, un chat s'amuse à poursuivre un emballage de chocolat trimballé par la brise. Une grosse boule de poils aux taches noires et blanches bien délimitées. Un monocle blanc, parfaitement rond, entoure l'un de ses yeux. Et tout à son ballet, il me laisse entrevoir par endroits des plaques de fourrure pelée. Dressé sur ses pattes arrière, fouettant l'air à furieux coups de queue, il essaie de déloger ses griffes prisonnières du papier. Le compagnon d'un voyageur qui l'aura laissé se dégourdir les pattes ? Drôle d'idée, mais j'imagine mal un chat errant traîner dans ce coin. Si près de la route et des voitures. Si près des phares. Ce n'est pas un endroit où rester.

Lorsqu'il passe devant moi, luttant toujours contre le papier qui lui colle aux griffes, le chat dévie de quelques pas pour m'éviter. Non sans m'avoir lancé ce regard en coin que les bestioles réservent aux nouveaux venus quand elles ne connaissent que la compagnie d'un seul humain.

Mais longeant de nouveau la bordure du trottoir, il ne cherche pas à éviter les caresses de la fille assise à quelques mètres de moi. Le dos de l'animal se voûte, la queue ondule légèrement, sous le contact de ces doigts sans doute familiers. La punkette a effectué le geste par habitude, sans trop s'en rendre compte.

Enfin, je dis punkette… Plutôt une qui cherche à se donner un genre. Cuir râpé et jupette écossaise, collants noirs troués. Cheveux en bataille assortis : la coupe a dû ressembler autrefois à un magnifique carré plongeant. Avec juste une fine mèche tressée, ramenée devant l'oreille gauche. Et toute une enfilade de ferraille enchâssée dans les oreilles, du lobe au cartilage.

La pointe de ses Doc élimées martèle le bitume

au rythme de la musique déversée par son baladeur. Les cordons des écouteurs pendent mollement autour de son visage comme des tubes de perfusion. L'autre extrémité dépasse d'un petit étui fixé à sa ceinture. J'entends s'échapper la musique, qu'elle doit écouter assez fort pour s'en faire péter les tympans. Du rock à solos de guitares qui accuse un léger coup de vieux, quelque chose comme vingt-cinq bonnes années.

Le chat s'est réfugié un peu plus loin, là où il est assuré que la punkette se trouvera toujours entre lui et moi. Des fois qu'il me vienne l'envie de le déranger pendant qu'il se débat avec l'emballage rétif. Il a basculé sur le dos, dévoilant un ventre blanc où affleure le rose de l'épiderme. Quand je détourne les yeux, c'est pour constater que ma voisine de trottoir me regarde en train de l'observer. Son visage se fend d'un large sourire de connivence qui ressemble à une grimace sur sa bouche trop large. Avec ces lèvres épaisses et ces sourcils fournis, elle a dû posséder toute petite un de ces visages d'adultes qui jurent sur des traits d'enfant.

Désignant le chat d'un mouvement de tête, je lui demande :

— Il est à toi ?

Elle ôte les écouteurs de ses oreilles et laisse pendre le casque autour de son cou sans éteindre pour autant.

— Si on veut. Il traîne souvent dans le coin, et moi aussi. Alors on a eu le temps d'apprendre à se connaître.

— Il appartient à des gens d'ici ? Ceux qui tiennent la boutique ?

— Ça m'étonnerait bien. Il n'est à personne en particulier, et il squatte toujours par ici. Passager clandestin, si tu veux. Au fait, il s'appelle Cassiel. C'est moi qui ai choisi.

Après quelques secondes de silence, une autre stridence électrique jaillit des écouteurs. La musique continue à se dévider comme une pelote de laine qui dévale une pente.

— Moi, je m'appelle Léo, reprend-elle. Enfin, Léonore en vrai, mais j'aime pas trop. Et toi ?

— Anouk.

Hochement de tête qui doit signifier « enchantée » dans son langage. Comme elle n'ajoute rien, je reprends :

— J'allais vers Strasbourg, en fait. Je faisais le trajet en car depuis Paris. Je crois qu'ils sont repartis sans moi. Mais le truc…

Idée impossible à préciser, un détail aux limites de mon champ de réflexion. Je sens pointer les larmes dès que je la formulerai. Hors de question : je me force à bloquer les vannes.

— …c'est que je n'ai pas vu partir le car. En fait, je n'arrive même pas à me rappeler si j'ai bougé d'ici.

Du coin de l'œil, je guette sa réaction, Léonore se contente d'étendre les jambes devant elle, sans me quitter des yeux. Ni reprendre la parole.

— Ils ont bien dû faire l'appel ? Ou remarquer que ma place était vide ? Enfin c'est absurde, je n'ai même pas vu partir le car. Et je n'ai aucune porte à laquelle frapper dans le coin.

— J'ai connu encore plus bizarre, comme expérience, commente Léonore. Mais effectivement, ça doit être une belle vacherie. Enfin, il en repassera, des cars, c'est pas une catastrophe non plus. Écoute, je te dirais bien où passer la nuit, en attendant le car de demain matin… Mais ça dépend si tu te sens la patience de rester ici jusqu'à ce soir.

Je hausse les épaules, l'air de dire : pas d'alternative, alors qu'est-ce que j'aurais à perdre ? Léonore scelle notre accord d'une autre de ces grimaces qui lui tiennent lieu de sourire.

— Y a pire, comme endroit où passer quelques heures.

— Tu disais que tu traînes souvent par ici. Tu habites dans le coin ?

— Si on veut. Disons que j'y passe le plus gros de mes journées. Tu vas me prendre pour une débile, mais il se passe des tas de choses sur une aire d'autoroute. Des trucs qu'on ne remarque pas la plupart du temps, tellement on est pressé de reprendre la route. À force de courir après les heures, je te jure qu'on en devient aveugle. Garde les yeux bien ouverts jusqu'à ce soir, je te promets que tu ne t'ennuieras pas. Et après, si Cassiel le veut bien…

L'intéressé ne bronche pas, tout occupé qu'il est à frotter sa fourrure contre les collants pareillement noirs.

— …alors peut-être bien que tu seras des nôtres.

Si j'ai appris quelque chose de ces instants passés-là, échouée à même le bitume ? Allez savoir. J'ai sans doute plus découvert sur Léonore que sur l'endroit, à la voir arpenter parking et magasin comme on entre au café pour y lire son journal : en toute décontraction. J'ai appris sa prédilection pour le rock des années soixante-dix, tendance énergique, avec guitares qui claquent, solos de virtuoses, paroles braillées comme on lâche un manifeste. Perchés autour de son cou, les écouteurs ne se sont pas tus un instant. Parfois elle mêlait aux voix son propre timbre un peu rauque, qui épousait sans trop de mal les paroles de Patti Smith mais peinait sur celles de Television (*Venus* passée en boucle pendant un bon quart d'heure). La plupart des groupes m'étaient inconnus. Quand elle s'asseyait près de moi pour reprendre la conversation, c'était sans jamais baisser le son, ni sembler s'apercevoir que ses semelles usées marquaient la cadence sur le bord du trottoir.

Et tout ce temps, je n'ai pas osé lui demander pourquoi cet endroit, ni ce qu'elle pouvait y trouver. Alors j'ai suivi son conseil et ouvert les yeux. J'espérais y découvrir de moi-même la réponse.

J'ai vu les allers et retours des voitures, libérant leur flot de voyageurs pressés. Eux non plus n'avaient aucune envie de s'attarder ici. Zone de transit par nature où personne, jamais, ne reste plus longtemps que nécessaire. Un endroit où le regard se fait fuyant, puisqu'il n'y a rien à regarder ni à mémoriser. On cherche la caisse, les pompes à essence, les rayons de friandises. Et on repart sans avoir ne serait-ce que croisé un regard.

Sans pouvoir remarquer, faute d'y demeurer plus d'une heure, que tous les visages ne font pas que passer. Que certains, présents depuis mon arrivée, se mêlent au décor. Un couple évoquant des siamois soudés par leurs doigts entremêlés, et qui n'en finit pas de contourner les pompes à essence, comme en quête d'une pièce de monnaie perdue. Ou encore cette dame aux cheveux défaits, aux vêtements raides de crasse, qui n'a pas décollé de la machine à café et s'enfile un gobelet après l'autre. Tout près d'elle se tient un gamin de sept ou huit ans, trop tranquille à mon goût. Depuis quand les gosses ont-ils autre chose en tête, une fois descendus de voiture, que de courir dans tous les sens en hurlant comme des sirènes de pompiers ?

Dans une ruelle obscure ou une station de métro, je les aurais pris pour des mendiants. Mais il y a autre chose. Ce regard paumé qui scrute le vide ? L'absence de bagages ou même de sac à main ? Le silence obstiné de ces deux-là, qui semblent à peine conscients de leur présence mutuelle ?

Et si Léonore, en fin de compte, n'était pas seule à demeurer ici par habitude, sinon par choix ?

J'ai vu aussi les hérissons qui frôlent la bordure du trottoir ou longent les murs du magasin. Tellement furtifs qu'on ne les remarque qu'en laissant son regard s'ancrer dans un point du décor. Pour l'observateur distrait, le brun terne des piquants se confond avec l'étendue d'asphalte. Pourtant leur présence paraît plus incongrue encore que celle du chat Cassiel. Tout à l'heure, j'ai cru voir un lapin se faufiler le long des voitures à l'arrêt. Comme une arche de Noé dépeuplée, oubliée là, en plein territoire des humains.

Tous les côtoient, et personne ne les voit. Sauf Léonore, j'en jurerais. Et peut-être le couple siamois, la mère déboussolée, s'ils ont seulement conscience de ce qui les entoure. Ces trois-là me donnent la chair de poule. Et pas moyen de deviner pourquoi. Quelque chose comme un éclair bleu qui explose dans ma tête pour m'échapper quand je cherche à le retenir. Un éclair à vous couper le souffle.

En attendant que Léonore me dise où je dormirai ce soir, j'ai eu le temps de détailler les nuances du bitume. La couleur qu'il prend quand perce un rayon de soleil qui le fait scintiller par endroits. La texture granuleuse révélée alors à l'œil nu. Le gris sale et uniforme sous les lourds nuages d'orage. Et cette nuance si différente encore quand baisse la lumière à l'approche du soir. Je vois se profiler la couleur de l'asphalte de nuit. Celui des virées nocturnes dans les bars, des promenades de minuit dans les vapeurs d'alcool, des trajets en voiture dans le noir. C'est l'asphalte de l'heure des phares — je déteste les phares de voiture. Qu'on me rende le matin. Ou que Léonore m'emmène enfin à l'abri, je ne veux pas voir tomber la nuit sur cet endroit. Pas ici, perdue sous le ciel ouvert. Si près des voitures.

La nuit s'installe, quelques bribes de crépuscule s'accrochent encore à l'horizon, à peine une bande pâle au loin. Et Léonore vient me trouver, chargée d'un sac à dos des surplus de l'armée qu'elle trimballe comme une carapace de tortue. Elle me domine de toute sa hauteur, moi assise sur ce trottoir dont je n'ai pas décollé, elle debout devant moi, à prendre appui sur une jambe puis sur l'autre, indécise.

— Écoute, Anouk, il se fait tard et j'ai un truc à terminer. Je n'oublie pas ce que je t'ai promis, hein, je te montrerai où passer la nuit. Seulement, faut que je finisse ça avant. Alors ça te dirait, une petite balade en plein air ? Je préférerais que tu viennes avec moi, plutôt que de rester ici.

Je plante mon regard droit dans le sien, qu'elle détourne légèrement. Une balade à cette heure-ci ? En plein milieu de nulle part ?

— Pour aller où ?

— Oh, pas loin, précise-t-elle aussitôt. Dix minutes de marche à tout casser. Enfin, fais comme tu veux, mais moi, faut que j'y aille.

Pour illustrer ses propos, elle rajuste les lanières de son sac à dos qui menace de glisser. Et met un peu trop d'insistance à me faire comprendre qu'elle s'en va, là, tout de suite, sans me laisser le temps d'hésiter.

Parce qu'elle sait bien qu'elle m'a piégée. Que je suivrai forcément la personne qui me promet un lit pour la nuit, des fois qu'elle ne revienne jamais. Elle le sait, que je ne pourrai pas rester ici sans protection. Et que je n'ai que sa présence à laquelle me raccrocher, faute d'alternative. Et la mère qui n a pas bougé d'un pouce, près de la machine à café, me donne des frissons. J'ai trop peur de la contagion.

Alors je me lève, mue par des fils de marionnette. Léonore accueille ma décision d'un large sourire tordu. En écho retentit le miaulement irrité de Cassiel qui voit d'un mauvais œil cette désertion soudaine.

— T'en fais pas, mon gros, lâche-t-elle, Léo part en mission !

Dix minutes de marche ? Je perds la notion du temps. Elle m'a entraînée le long d'un chemin cahoteux à peine visible dans la pénombre. Sa poigne ferme sur mon avant-bras m'empêchait de trébucher. Quelques barrières enjambées dans le noir, et quand nous avons retrouvé la lumière, c'était pour laisser l'autoroute nous reprendre.

Et si j'avais su où retrouver notre refuge, j'aurais pris mes jambes à mon cou en comprenant ses intentions. Léonore a tenté de me rassurer :

— T'inquiète, on marche à contresens. Alors les bagnoles, tu les verras venir de loin.

Et parce qu'elle s'engageait déjà, il a bien fallu la suivre. Nous voici maintenant sur la bande d'arrêt d'urgence de l'autoroute. Léonore devant moi chemine d'un pas confiant, en terrain familier. Avec l'assurance des gosses qui marchent en équilibre sur le rebord du trottoir, yeux fermés, persuadés que l'habitude les immunise contre les chutes. Et je marche sur ses traces, espérant que son audace saura me protéger aussi.

Elle s'est remise à chanter au son de la musique

crachée par les écouteurs. Enfin, chanter est un bien grand mot. Léonore glapit comme une banshee qui aurait pris des cours de chant chez Robert Plant. Dans le noir, cette musique me réchauffe au creux de l'estomac, comme une gorgée de café bien chaud qui vous coule dans l'œsophage. Tout plutôt que de trop penser au paysage qui nous entoure. La route, on s'y embarque, mais on ne sait jamais quand on en sortira.

L'infini me fait peur. Petite fille déjà, la vue des lignes droites tracées sur mes cahiers de maths m'angoissait. J'aime les espaces clos, les figures géométriques fermées sur elles-mêmes. Mais je foule maintenant un sol hostile : flèche d'asphalte tendue vers l'horizon, inflexible, infime partie d'un réseau qui n'en finit pas de se déployer. Avec à peine, parfois, un péage ou une aire d'autoroute où reprendre son souffle et se croire revenu en territoire humain. Avant de se laisser de nouveau engloutir par les kilomètres.

À perte de vue, la route se tend comme une lame impossible à plier. Et plus loin sur ma droite, la ligne blanche, fragile suture prête à lâcher pour révéler le ventre du monde mis à nu. Fêlure qui se propage comme une flambée sur un trait d'essence répandue.

Si près de moi, sans bouclier. Je me cramponne au garde-fou comme s'il me séparait d'un précipice. Mais déjà Léonore s'éloigne, et il me faut la suivre le long de la bande d'arrêt d'urgence. Une si petite zone protégée à la lisière du chaos. Les voitures passeront tout près.

Leurs phares, dans le lointain, vous transpercent avec des allures de jugement dernier. L'œil du mirador qui guette les fuyards et toujours les retrouve, trop tard pour s'échapper. Ils m'épinglent à la nuit comme un papillon au velours, flammes jaillies d'une gueule de dragon. Je sais maintenant pourquoi les lapins pris au piège de ces faisceaux restent cloués sur place.

La rumeur des voitures se confond avec un froissement de métal. Lorsqu'elles parviennent à notre hauteur, leur souffle me projette contre le garde-fou. Léonore continue d'avancer, brave petit soldat en mission. L'habitude semble l'avoir immunisée : l'approche des voitures la ralentit à peine.

Mais pour chacune sifflant à mes oreilles, je regarde l'asphalte et l'imagine qui me râpe la peau des bras et des jambes, la peau des joues, dénude les os. Qui brise les membres, défonce les crânes. Écorche le cuir chevelu. Et conserve ce sang versé en offrande à un dieu de notre temps. Mère autoroute, père asphalte, protégez les pauvres voyageurs. Un goût de panique me remonte au fond de la gorge, acre et cuivré. Coulée de magma qui me brûle le gosier. Ramène-moi là-bas, Léonore. La route n'est pas un endroit pour les humains privés d'armure.

— Ils doivent être tout près maintenant, m'annonce Léonore qui vient de se retourner.

La lueur d'un phare balayant le bitume la cueille au visage, faisant scintiller les éclats de métal fichés dans ses oreilles. Celui de son arcade sourcilière ressemble à une blessure de guerre mal cicatrisée.

Hybride de chair et de ferraille, l'espace d'un instant.

Et derrière elle, vers l'horizon, un autre éclat. Clignement de lueur bleue qui transperce la nuit. Balise posée là comme un oiseau de mauvais augure sur le toit des mourants. Elle réveille le souvenir d'un autre éclair bleu dans ma tête, goût d'électricité, écho d'une panique enfouie.

Un gyrophare, tout là-bas, nimbé d'un halo de bruine. Avec cette nuance de bleu qui promet le danger, la douleur, et pire encore. Éclats de verre, métal froissé, corps profanés. Os fracassés, ventres crevés. Et ce bleu criard qui cherche à noyer le rouge sale répandu. D'ici, je ne distingue pas la scène de l'accident. Mon imagination me fournit bien assez de détails. Voitures déchirées, torturées, comme des boîtes de carton abandonnées dans une poubelle. Carcasses inutiles désormais privées d'équipage.

Et nous ne sommes plus seules sur la bande d'arrêt d'urgence.

Trois silhouettes s'avancent en file indienne, quelque part entre nous et la scène de l'accident. Je les distingue encore trop mal : la lueur bleue m'empêche de me concentrer.

— On y va ! annonce Léonore. Faut juste que je te prévienne, ça fait tout drôle la première fois. Mais on s'y habitue.

Je la vois faire glisser une bretelle de son sac à dos afin de l'attirer sur son ventre. Elle en fouille le contenu dont elle extrait un boîtier de cassette. Suivent quelques manœuvres compliquées visant à l'insérer dans le baladeur d'une main, sans lâcher le sac à dos de l'autre.

Les trois silhouettes continuent d'avancer, et nous allons à leur rencontre. Droit vers la collision si l'une des deux parties ne cède pas la priorité. À croire qu'ils font semblant de ne pas nous voir, et Léonore n'est pas du genre à s'écarter la première.

À croire qu'ils font semblant…

… ou qu'ils ne *peuvent pas* nous voir.

Parce que le jeune homme qui ouvre la marche a les habits constellés de taches sombres — et que ce creux au niveau de la poitrine, là où flotte le tissu de son tee-shirt, évoque un peu trop les contours d'un volant de voiture.

Parce que la jeune fille qui lui fait suite a les yeux, comme le reste de la figure, barbouillés d'une matière que même un optimisme béat ne me ferait pas confondre avec de la peinture rouge.

Parce que leur compagnon a dû laisser une bonne partie de son cuir chevelu, et la moitié de son visage, collées à l'asphalte, là où clignote le gyrophare.

J'avais bien perçu cette raideur dans leur démarche trop mécanique, trop chaotique. Je les ai vus s'avancer vers nous sans échanger un mot, sans un geste de trop, seulement pressés d'aller de l'avant. Échoués sur une bande d'arrêt d'urgence comme le dernier salon où l'on cause. Et je n'ai pas pensé un instant…

… à part peut-être un écho furtif dans ma mémoire, l'image de la femme plantée près du percolateur, celle qui descendait un gobelet après l autre. Mêmes gestes répétitifs, même regard éteint…

… je n'avais pas pensé que Léonore me conduisait sur les lieux d'un carnage.

— On les tient, lance-t-elle très calmement. Anouk, tu veux bien te placer juste après le troisième ? Celui avec la figure toute fondue, là. C'est toi qui vas fermer la marche.

Hors de question que je m'approche, que je les touche, que je pense seulement à ce qui a pu les laisser dans cet état. Éclats de verre, métal froissé, éclair bleu dans ma tête, je refuse d'y penser. Souffle coupé, ciel par-dessus tête. Et elle ne sourcille même pas ?

— Allez quoi ! insiste-t-elle. Faut pas t'en faire, ils ne vont pas te mordre.

Et sans attendre ma réponse, elle enclenche le baladeur. Plutôt une sorte de dictaphone : sitôt débranchés les écouteurs, la musique nous enveloppe à fond la caisse. Changement d'époque et de décor, je reconnais les premières notes. Violon en sourdine, juste avant l'orage, j'anticipe la suite malgré moi. Léonore fredonne à l'unisson les premiers mots :

— *Hello old lady… I know your face well…*

Les trois ont cessé d'avancer. J'aurais juré voir passer sur leurs visages, ou ce qu'il en reste, l'esquisse d'une expression. Un rien de perplexité, comme si ces quelques notes les interpellaient. Comme si, plutôt, ils étaient surpris d'en avoir seulement conscience. Quelque chose qui les réveille un peu à l'intérieur. Trois notes de musique, souvenir d'une étincelle de vie ?

Et c'est vrai : au beau milieu de l'autoroute, avec trois macchabées pour toute compagnie, et les gyrophares au loin... cette musique a quelque chose d'apaisant. L'écho de moments révolus, ou un repère auquel s'accrocher. Il y a moi, il y a la musique, et Léonore pour nous guider. Léonore qui me fait signe de fermer la marche comme elle me l'a demandé. Je n'ai même pas le cœur de protester. Du moment qu'elle me laisse encore écouter.

— Allez les gars, prêts pour une remontée de l'A-Styx ? crie-t-elle pour couvrir le chant.

Léonore se place en tête, la chanson prend son envol, et nos trois compagnons avancent docilement à sa suite. À la suite de la musique. Fouillis de voix entrelacées, imbriquées dans une ronde qui n'en finit pas. Serpent qui se mord la queue et continue à frétiller, frénétique.

Je connais cette musique. Je l'ai connue autrefois, et le souvenir me parvient comme à travers la brèche d'une barrière. Prête à lâcher sous l'assaut du courant. Mais je m'en moque, tant qu'elle continue à prendre le contrôle de mes nerfs pour les apaiser un par un. À se répandre en moi comme une onde de choc. Elle coule sous ma peau et mon corps se rappelle comme elle m'a entraînée, envoûtée. Et je me rappelle comme elle me parlait.

La voici maintenant chant de route, incantation. Léonore chantonne le thème, à tue-tête, calque son pas sautillant sur la cadence obsédante. La fureur des violons devient sienne, enfle comme une tempête, énergie pure. Parade contre l'asphalte et le métal, contre les phares braqués en pleine figure, contre toutes les nuits du monde. Léonore ne s'interrompt que pour hurler une phrase plus fort que la musique, à grands renforts de gestes des bras. Puis revient à son thème, imperturbable.

Et je me rappelle le titre à présent. *Jig of life.* Une gigue de vie, quelle ironie.

Et pourtant devant moi, il me semble voir les trois compagnons marcher un peu plus vite. Pas hésitants calqués sur ceux de Léonore, sur les notes que déverse le baladeur dans son étui. Ils oublient un instant que leur corps ne sait plus marcher ni danser. Que leurs oreilles ne devraient pas, *plus jamais*, percevoir la moindre note. Et que pourtant ils la ressentent, dans ce qui leur reste de chair. Ils n'en ont plus conscience, mais leur corps sait encore. Les réflexes demeurent. Et tout au fond, une étincelle.

Est-ce un mirage, ou les traits de leurs visages sont-ils un peu plus nets à présent ? À croire que c'est la bruine qui nettoie peu à peu le sang de leur figure, ressoude les os, remodèle la chair floue. Ils ont l'air plus humains, loin des gyrophares, au son de cette gigue entêtante.

Qui entraîne le monde dans son sillage. Léonore ne se laisse pas démonter par les ruptures de rythme. Elle les anticipe, elle en joue, tant elle les connaît intimement. Elle sautille et bondit en cadence, à grands coups de bras et de hanches. Esquisse des pas de gigue lors du pont instrumental.

Ses Doc usées foulent le bitume comme le plus moelleux des tapis.

Esprit de la route éveillé par ce thème sans cesse répété. Comme une incantation adressée à la nuit autour de nous, à la route infinie qui s'étend sous nos pas. Léonore trace la voie pour nous, et le thème commande à mes muscles à présent. Il n'existe plus qu'un chemin en ligne droite, délimité par un pointillé blanc au sol, un garde-fou sur le côté. Au rythme de ce violon insensé qui me vrille les nerfs et m'électrise. Et réveille à sa suite toutes ces bribes dans ma tête. Cet éclair bleu métallique, bleu électrique, qui m'explose sous le crâne et me coupe le souffle. Goût métallique dans ma gorge, ciel par-dessus tête, asphalte sous ma nuque, j'ai mal, et pas le temps de m'en rendre compte, il fait tout noir, malgré cet éclair bleu, au goût d'électricité. Impossible à chasser.

Se concentrer sur la musique.

Il faisait chaud dans ce car. À en *crever*.

Il ne pleuvait pas ce matin. Et le car ne m'a pas oubliée, pas vraiment. Maintenant c'est une certitude.

Mais déjà la musique ralentit. La voix de Léonore s'élève de nouveau, rauque et douce à la fois, déclame ces paroles apprises par cœur :

— *I put this moment here. I put this moment... here...*

Et c'est bien le mot, création d'un authentique moment autour de nous, dans l'air figé comme une épaisse gelée. Derrière l'écran de pluie qui nous enveloppe et lave le sang sur les visages. Parce que

Léonore et la chanson nous guident, et que l'espace d'un moment je me rappelle, et je comprends surtout une chose, nous sommes *vivants*, ici, maintenant, même pour un bref instant. Tant que dure la musique. Tant que nous ne serons pas rendus au silence. Le violon nous maintient en vie. Et nous pousse à aller de l'avant.

Un mouvement au coin de mon champ de vision : je reprends le contrôle de mon cou, juste assez pour risquer un œil derrière mon dos. Deux autres compagnons nous emboîtent le pas. Un chat qui nous suit en clopinant sur une patte à moitié arrachée. Sa fourrure clairsemée révèle un fouillis de muscles et de tendons. Mais enfin il avance, et sur son dos s'est juché un hérisson tout aussi mal en point. Je repense à ceux qui peuplaient l'aire d'autoroute. Ceux que je retrouverai tout à l'heure, une fois rentrée au refuge. Je jurerais que le chat, lui aussi, trottine en cadence. Regard braqué devant lui, ou perdu dans son for intérieur, mais ses réflexes font le reste. Il nous suivra jusque là-bas.

Vers notre refuge, loin de la route et de ses mirages. Loin des voitures. Sur les pas de Léonore qui nous guide à l'abri. Joueuse de flûte menant les rats vers un nouvel Hamelin. Armée de cette seule chanson qui reprend encore et encore, copiée à l'infini sur une face de cassette.

Dans quelques minutes, nous aurons regagné le repaire.

— La commandante Léo espère que vous avez effectué un agréable voyage.

Elle farfouille de nouveau dans son sac pour y pêcher les écouteurs, puis change de cassette. Retour aux années soixante-dix et aux solos de guitare.

Retour, surtout, au décor familier. Les lumières de la boutique nous appellent comme des papillons attirés par une ampoule. Un répit, enfin, loin de l'infini glacial de l'autoroute. Léonore nous a ramenés à bon port.

La troupe reste en place, indécise, attendant peut-être les instructions suivantes. Cassiel se précipite à notre rencontre, observe à la dérobée le chat ramassé en route. Lequel ne semble pas le voir, pas encore. L'œil méfiant derrière son monocle de poils blancs, Cassiel paraît se demander s'il serait de bon ton d'oser un premier contact. Mais l'autre chat s'est étendu de tout son long au bord du trottoir, comme dans l'attente du dégel. Le hérisson a mis pied à terre.

Léonore disparue dans la boutique, la troupe se sépare à pas hésitants. Les trois autres ont presque repris figure humaine. La bruine a lavé le sang sur leurs visages hébétés. Pas encore assez pour faire oublier certaines aberrations anatomiques, mais chaque chose en son temps. C'est assez, en tout cas, pour duper un regard distrait. Sur les aires d'autoroute, on met un point d'honneur à ignorer son prochain.

La jeune fille et le garçon dont le tee-shirt cache un creux maintenant moins prononcé ont trouvé refuge près de la boutique. Ils restent prostrés dos au mur, dans la position exacte où ils se sont laissés tomber. La fille lisse ses lambeaux de jupe d'un geste mécanique. Le troisième fait des allées et venues sur le parking vide, avec l'air de se demander quelle soucoupe volante l'a largué dans cet endroit.

Mais j'ai dans l'idée qu'il garde au fond du crâne le souvenir du violon. Le reste, l'essentiel, lui reviendra plus tard. Qu'il commence déjà par se rappeler son nom.

Léonore surgit de la boutique, portant trois gobelets fumants en équilibre instable. Elle les pose à terre avant de se brûler les doigts. Puis les ramasse un par un, les tenant cette fois par le bord, et les distribue aux nouveaux arrivants. Ils s'en saisissent par réflexe plus que par envie réelle. Mais enfin ils réagissent.

Et à les voir comme ça, les yeux perdus dans le vague, je me rappelle avoir déjà croisé pareils regards, quelques heures plus tôt. Je comprends maintenant ce que mon cerveau avait enregistré sans le décoder, une anomalie sur le visage de la dame trop silencieuse. J'avais dû la prendre pour une tache de naissance, une imperfection trop banale pour attirer mon attention, tellement je ne pensais qu'à ses yeux morts. Les vestiges de son accident, sans doute. D'ici quelques heures, j'imagine qu'elle aussi commencera à se rappeler. Son propre éclair bleu, son goût de panique au fond de la gorge. Le souvenir des pare-chocs et des pneus.

Chacun, ici, doit avoir sa propre histoire. Même les chats et les hérissons.

— Léonore, je peux te demander un truc ?

— Je préfère Léo, je t'ai déjà dit.

Elle vient s'asseoir près de moi, comme un peu plus tôt, lors de notre rencontre. À la façon dont elle tripote nerveusement sa mèche tressée, je me doute qu'elle a dû se préparer à la conversation qui va suivre. Voire répéter mentalement les réponses qu'elle s'apprête à me livrer.

— Je suis là depuis combien de temps ?

— Quelque chose comme trois jours. Pas que j'aie vraiment la notion du temps, pour ce qu'elle me sert ici.

Une pause, puis elle reprend sans me regarder :

— T'allais me demander ce qui t'est arrivé ?

— Tu vas me dire que le car ne m'a pas oubliée.

— Pas comme tu l'entendais. En fait... Ben, c'est une voiture qui t'a fauchée. Juste ici, sur le parking. Ça s'est passé tellement vite, t'as pas dû avoir le temps de piger ce qui se passait. Quelque part, ça vaut mieux, non ?

Et je me surprends à ne même pas avoir de mal à digérer l'info. Je m'en doutais déjà un peu. Beaucoup, même. Tout avait commencé à se remettre en place.

— Et pourquoi ici, justement ?

— Pas seulement ici, précise Léonore. Des endroits comme ça, y en a plein. Enfin, si j'ai bien compris. Parce que si ça se trouve, toutes les aires d'autoroute sont des refuges. Le temps de récupérer, avant de repartir.

Zones de transit, de bien des façons. Peuplées de voyageurs tellement pressés qu'ils ne remarquent pas la présence de clients un peu plus morts que la moyenne. Qui attendent de repartir, mais vers où ? J'ai dans l'idée que Léonore elle-même n'en sait pas plus. On ne l'apprend que le moment venu, j'imagine.

— Moi, ça s'est passé sur la route, mais pas très loin d'ici. Et j'imagine que mon bâtard de chauffeur a dû en réchapper, comme je n'ai jamais vu ses restes venir traîner dans le coin. Il a du bol, parce qu'il m'aurait entendue, l'enfoiré.

Elle n'a cessé de jouer avec sa mèche que pour tripoter d'un doigt nerveux l'anneau d'argent qui lui transperce une narine. Je constate tout d'un coup que les écouteurs restent muets. Pour venir me parler, elle a eu le bon goût de faire taire la musique.

— Le type qui ma ramenée ici, Basile, c'est lui qui m'a passé le relais un peu plus tard. Quand son moment est venu de repartir, quoi. De toute façon, l'important, c'est qu'il reste toujours quelqu'un pour s'en charger. Parce que merde, l'instant où on se rappelle, si on devait se retrouver tout seul à ce moment-là... Enfin bon, on se sent moins paumés à plusieurs.

Et d'ici demain, d'ici deux ou trois jours peut-être, viendra le tour pour les petits nouveaux de commencer à comprendre. D'abord se demander comment ils ont atterri là, et puis le reste, tout naturellement. Léonore leur sortira le grand jeu, en musique, avec sauvetage en direct sur l'autoroute si les circonstances s'y prêtent. Je m'y joindrai peut-être aussi. J'ai dans l'idée qu'elle s'apprête à me le proposer.

Après tout, je n'ai plus rien à perdre, alors quitte à rester ici… Un endroit comme un autre où repartir de zéro. En attendant, à mon tour, de reprendre la route vers ailleurs.

On passe tellement d'années à s'interroger sur le sens de sa vie. Pourquoi pas, ensuite, chercher un sens à sa mort ?

RÊVES DE CENDRE

Des bougies partout, du sol au plafond. Sur les étagères de ma chambre, les lames du parquet. Sur le bureau, parmi les cahiers. Devant le téléviseur éteint. Autant de bougies que j'ai pu en ramasser et en cacher ici. Si maman voyait ça — elle et sa phobie des allumettes. Les mères ont toutes connu les mêmes hantises. On croit que ça leur passera dès que leurs petits monteront en graine. Elle, ça ne l'a jamais lâchée. Mais les parents ne se réveillent pas à 3 heures du matin, et Gabriel ronfle comme un goret dans la chambre d'en face. J'ai pris soin de boucher l'interstice sous la porte avec un vieux tee-shirt pour empêcher la lumière de passer. J'ai baissé le volume de la musique pour être seule à l'entendre. Les basses lourdes et lancinantes, organiques, remplissent la chambre comme de la fumée d'encens. La voix surnage, à peine un murmure, qui m'encourage et me donne raison.

Et il y a toutes ces bougies autour de moi. Autant que j'ai pu en rassembler sans qu'ils le remarquent. Il y en a de toutes sortes. Cierges et photophores, bougies d'anniversaire en forme de chiffres, le vieux bougeoir de grand-mère que j'ai retrouvé au grenier. Bougies droites, torsadées, en forme d'animaux, Pères Noël et bonshommes de neige. Et ces bougies parfumées qu'on achète aux Puces pour deux fois rien. L'air en est imprégné : senteurs écœurantes de jasmin, fraise, chèvrefeuille et citronnelle mêlés, parfum de gâteau d'anniversaire. Je me sens bien au milieu des flammes, de leurs yeux apaisants posés sur moi, témoins tranquilles. La membrane semble répondre à leur appel. Je la sens qui se réveille, qui palpite tout doucement, à peine un picotement. La marque de l'oiseau sur mon avant-bras.

J'avais sept ans, la première fois. Gabriel m'avait battue aux jeux vidéo et je m'étais réfugiée devant la cheminée pour ruminer ma vengeance. Une de nos innombrables disputes de sales gosses, en toute mauvaise foi. Il gagnait à tous les jeux, c'en était humiliant. Je l'ai accusé de tricher, et lui m'a répondu, imperturbable : « C'est pas un jeu pour les filles de toute façon. » Marre d'avoir la petite sœur dans les pattes en permanence, j'imagine. Alors je l'ai laissé finir la partie seul.

L'hiver, les parents allumaient chaque soir un feu de cheminée, plus pour l'ambiance que pour le chauffage. Un arbre de Noël et un grand feu de bois, c'était leur image du confort domestique suprême. À mi-chemin entre catalogue de marchand de meubles et image d'Épinal. Ils en avaient pris, des photos de Gabriel et moi devant cette cheminée allumée, avec nos sourires forcés et nos regards absents. Les soirs de réveillon surtout. Bérénice en robe de poupée, Gabriel en chemise blanche, tout un rituel.

Je me suis hissée sur le fauteuil à bascule et le monde s'est mis à glisser autour de moi. Aussi dépaysant qu'un bateau qui tangue, le mal de mer en moins. En fermant les yeux, j'aurais presque senti les vagues. J'ai fait pression de tout mon poids pour que le fauteuil bascule plus fort. En route pour le voyage. Avant, arrière, avant, arrière, le salon oscillait, c'était moi qui marquais le passage du temps, comme une pendule. J'entendais les explosions de vaisseaux spatiaux à l'autre bout de la pièce, et Gabriel qui encourageait son pilote d'une voix bien forte pour me narguer. Il ne baissait d'un ton que pour traiter les extraterrestres de noms d'oiseaux, au cas où maman tendrait l'oreille. Qu'il s'amuse à ses jeux débiles, pour ce que ça pouvait bien me faire.

Dans la cheminée, les flammes se rapprochaient et s'éloignaient, encore et encore. Je les écoutais crépiter, distraitement, occupée à balancer mes jambes dans le vide. J'étais encore trop petite pour toucher le sol. Je me sentais si bien, dans la chaleur des flammes. Un peu engourdie, comme dans les minutes qui précèdent le sommeil, celles qui gomment le contour des choses et abolissent le temps. Leur lumière m'imprégnait, s'infiltrait jusque dans mes os. Calée tout au fond du fauteuil, bras posés sur les accoudoirs, c'est ainsi que je l'ai vu.

Je n'ai pas compris tout de suite que c'était un oiseau. Il bougeait trop vite pour mes yeux. Comète miniature qui tournait, tournoyait, ondulait, vision crépitante. Gerbe de plumes et d'étincelles qui dansaient sous mes yeux. Les détails étaient trop flous encore. Ici la courbe d'une aile, là le dessin d'une crête et d'un bec, disparus sitôt tracés. Une apparition changeante comme un nuage qui se transforme dès qu'on en cerne les contours, en beaucoup plus rapide. Mais juste assez lent pour s'assurer que je le remarque.

Les flammes dessinaient un oiseau qui dansait parmi elles. Un oiseau tout en plumes éclatantes, au corps souple et mouvant, pareil à celui d'un dragon chinois. Un esprit désincarné, retenu prisonnier des flammes comme un ectoplasme par son cordon.

Je me suis penchée pour le regarder, et le fauteuil a basculé de nouveau vers l'arrière, sournoisement. On ne fait pas le poids contre les lois de la gravité, à sept ans. Ni contre un fauteuil dompté par les quatre-vingts kilos de mon père. Je me suis penchée de plus belle, ma monture a continué à se cabrer, jusqu'à ce que j'abandonne la lutte pour me laisser glisser à terre. J'ai ouvert la vitre de la cheminée, sans me soucier de me griller les doigts à son contact, et approché mon visage des flammes.

La vision se faisait plus nette à présent. C'était bien un oiseau que je voyais. Encore à moitié caché par les flammes, à moitié retenu par elles. Il luttait pour reprendre forme, tournoyait de plus belle. Sa queue interminable traçait des arabesques, son bec grand ouvert crachait des volutes de fumée. Son corps tout entier crépitait, lançait des étincelles.

Les flammèches se faisaient plumes aux couleurs changeantes. Même leur texture n'était plus tout à fait la même. Elles avaient l'air si douces au toucher.

J'ai tendu la main pour caresser les plumes. Pourvu qu'il ne se défende pas à coups de bec.

Derrière moi, j'ai entendu maman hurler.

— *Béréniiiice !*

On m'a tirée en arrière, brusquement, comme une poupée de chiffon. Ma manche avait pris feu.

J'ai senti maman qui s'affairait à étouffer les flammes avec une couverture ou un manteau. Et moi qui gigotais pour me libérer, parce qu'elle se tenait entre moi et la cheminée. De tout son corps, elle me cachait la vue du feu. J'ai rué et piaffé comme un poulain sauvage ; elle m'a serrée de plus belle. Une fois ma manche éteinte, j'ai reçu une paire de gifles monumentale. Mais c'était maman qui pleurait.

J'ai entendu, sans l'écouter, le refrain qu'elle me servait depuis que j'étais en âge d'aligner deux mots. « Ne recommence jamais ça », « tu as vu ce que tu as failli faire », « mais qu'est-ce que tu as dans la tête », et j'en passe.

Dès que j'ai pu me dégager, je me suis tournée vers la cheminée. Derrière la vitre entrouverte, les flammes crépitaient tranquillement, en toute innocence. Ne rien voir, ne rien entendre et ne rien dire : même le feu savait ça. Le plus important, en toutes circonstances, est de faire comme si de rien n'était.

Sur la route de l'hôpital, j'ai hurlé et pleuré toutes les larmes de mon corps. Mais pas à cause de la douleur : je n'avais presque rien senti. C'était à peine une morsure, des dizaines de petites dents plantées dans mon bras, à peine assez pointues pour me faire mal. Peut-être que j'en baverais plus tard, mais je ne sentais presque rien.

Je pleurais parce que l'oiseau était parti. Parce que maman l'avait fait fuir, et qu'il ne reviendrait peut-être pas.

Parce que si elle ne l'avait pas effrayé, j'aurais pu le toucher.

À mon retour de l'hôpital, quelques jours plus tard, Gabriel m'a regardée d'un drôle d œil. Il s'est enfermé dans sa chambre sans m'adresser la parole, pour ne sortir qu'à l'heure des repas. Et encore. Parce qu'un frère ou une sœur qui se fait porter pâle, forcément, c'est suspect : ça cherche à attirer l'attention. Et pendant ce temps, on se retrouve seul avec papa à manger des raviolis tièdes parce que maman ne rentre pas faire la cuisine.

Mais à lui non plus, je ne pouvais pas le dire. Que je n'avais pas eu mal, ou si peu. Que j'aurais volontiers échangé les visites et les cadeaux contre un peu de tranquillité. Je rêvais qu'on me laisse enfin seule, que je puisse arracher mes pansements pour voir en dessous. Voir ce que l'oiseau m'avait fait. Ça picotait là-dessous, ça démangeait, comme quelque chose de vivant, quelque chose en train de changer. Mais ça ne faisait pas si mal.

Quand j'étais plus petite, un jour où mes parents s'étaient arrêtés prendre un café pendant les achats de Noël, j'avais renversé une tasse de chocolat chaud sur mes genoux. Je devais avoir trois, quatre ans, pas plus. J'avais hurlé de surprise, et un peu par anticipation, parce que je m'attendais à avoir mal. Il y avait la gêne aussi, la vue de mes collants tachés, complètement fichus, les regards des autres clients braqués sur moi, tous ces adultes qui n'avaient même pas la décence de regarder ailleurs. J'avais pleuré d'humiliation, pas de douleur.

Cette fois-là, c'était pareil. Une sensation de brûlure, toujours présente mais supportable. L'envie permanente de gratter la zone sinistrée, comme la peau morte sous un plâtre. Rien de plus méchant. Juste un fantôme de douleur qui courait le long de ma peau.

J'ai longtemps regretté de ne pas avoir regardé plus attentivement quand ma manche avait brûlé. Mais j'étais tellement affairée à essayer de voir l'oiseau. Si seulement j'avais regardé, vraiment regardé, j'en aurais eu, des histoires à raconter dans la cour de récré. J'avais pris feu et j'étais encore là pour le dire. Les gamins de mon âge étaient friands de détails horribles, et tout ce que j'avais à leur offrir, c'était une cicatrice.

Mais je ne pouvais pas la leur montrer. L'oiseau ne l'aurait pas voulu. Et qu'est-ce qu'ils y auraient compris ? Il suffit parfois de peu pour creuser un fossé qui vous sépare des autres gosses. Il suffit d'avoir vu des choses qu'eux peuvent à peine imaginer. Comment rétablir le dialogue, après ça ?

La cicatrice a changé avec le temps, à l'abri de mes vêtements. J'en ai passé des étés à porter des manches longues pour la camoufler. Maman croyait que j'en avais honte, alors que je voulais seulement la protéger des regards et des questions. Il y a des choses trop précieuses pour qu'on les partage, même avec des proches. Surtout avec eux.

Je la regardais changer en secret, seule dans la salle de bains, sous les couvertures, aux toilettes pendant la récré. La zone était plus large que je l'avais cru avant de la voir. Par endroits la peau était comme morte : de la peau de poulet grillé, à croire que j'avais réchappé d'un barbecue géant. Ça m'avait fascinée, les premiers temps. Mais on s'en lasse très vite. Je ne prétendrai pas n'avoir jamais joué à effrayer Gabriel rien qu'en lui montrant l'étendue des dégâts. Il y a même eu quelques occasions où j'ai relevé la manche devant des camarades de classe. C'est curieux, comme les petits durs ont perdu l'envie de venir me soulever la jupe dès qu'ils ont su ce que cachait mon pullover.

Une longue pratique de l'espionnage derrière les portes m'avait appris pas mal de mots barbares aux allures de langage codé. C'était plus fort que moi : dès que j'entendais prononcer mon nom, dès que je le devinais même (j'avais une sorte de sixième sens), hop, la souris Bérénice se faufilait jusqu'au trou de serrure le plus proche. « Chirurgie esthétique », c'était leur lubie : je l'entendais dix fois par jour, en tendant l'oreille. L'expression était un cauchemar en soi, tout sauf esthétique, comme formule. Ils en parlaient beaucoup à l'époque, et aujourd'hui encore. Je les aurais tués s'ils avaient osé.

Je les tuerai si jamais ils osent. Est-ce que je leur fais honte, avec ma peau de vilain petit canard grillé ? Est-ce qu'ils se sont jamais demandé si ça me dérangeait ? Cette zone-là ne m'a jamais gênée. Elle fait partie du tout.

Ailleurs, une nouvelle membrane s'était formée. De la peau toute neuve, d'un rose très pâle, presque translucide. Fragile comme la peau d'un bébé, toute lisse, sans pilosité. À première vue, j'aurais cru pouvoir crever la surface rien qu'en la touchant. Comme un œuf sur le plat qui se détruit au premier coup de fourchette. Mais j'avais la peau dure, littéralement. J'en ai exploré toute la surface du bout des doigts, timidement puis avec assurance. Je n'avais jamais touché de tissu cicatriciel. C'était comme si en grattant sous la peau morte, il y avait autre chose à découvrir, une nouvelle texture. La carte d'une terre étrangère sur mon propre bras. Ou plutôt comme si le feu l'avait transformée. Le contact des flammes, le contact de l'oiseau, m'avait changée. Mais il était trop tôt pour dire de quelle façon.

C'est à cette époque que j'ai commencé à le rechercher. J'avais dans les neuf ans et je guettais des signes. Puisqu'il était venu à moi une fois, il y en aurait fatalement une deuxième. Et d'autres ensuite. Pour qu'il termine ce qu'il avait commencé. Il m'avait laissée seule avec ça, la marque sur mon bras, ma peau de nouveau-né, des gerbes d'étincelles plein les yeux. Il fallait qu'il revienne terminer.

C'était à cause de maman qu'il avait fui. Si elle ne l'avait pas arraché à moi, il serait sans doute allé jusqu'au bout. J'avais l'air fin, en attendant, avec ma moitié de bras humaine et mon petit secret à cacher des regards. L'oiseau avait voulu me changer, il était venu à moi, et personne ne pourrait me l'enlever. Mais j'avais juré que personne n'en saurait rien. Du haut de mes neuf ans, j'ai tenu parole, et je la tiens encore.

J'espérais seulement qu'il avait compris. Et si ce n'était pas seulement maman et ses gros sabots — et s'il avait cru, réellement, que c'était moi qui avais pris peur ? Que je n'étais pas prête à le recevoir ? S'il avait fui avec l'image de mon renoncement, jamais il ne reviendrait vers moi. Mon phénix, mon totem. Lui qui allait m'offrir de renaître de mes cendres. Alors je l'ai cherché.

Je l'ai guetté dans les flammes du barbecue de papa, dans l'odeur de merguez grillées et d'alcool à brûler, derrière l'écran de fumée qui piquait les yeux.

Dans les petites flammes bleues de la gazinière, à l'heure où maman s'affairait aux fourneaux. Je m'asseyais à côté d'elle, menton posé sur mes bras joints, et je regardais brûler.

Dans la fumée des cigarettes qu'allumaient les adultes pendant les repas de famille.

Dans les bougies d'anniversaire, celles de Gabriel comme les miennes. Dans les étincelles du briquet de papa.

Partout où je le pouvais, en fait. Partout où brûlait une flamme. Mes parents ne faisaient plus de feu de cheminée depuis deux ans.

Comme tous les gosses, je m'étais souvent amusée à passer le doigt à travers une flamme, le plus vite possible, de façon à ne pas me brûler. À la différence près que je ne cherchais pas vraiment à éviter la brûlure. Je savais comment ralentir juste à temps, une seconde de maladresse, et les petites dents pointues venaient me taquiner le bout des doigts. Promesse dérisoire mais rassurante. Pendant la seconde où j'offrais à la flamme un centimètre de moi, c'était un peu de lui que je retrouvais. Son souffle brûlant sur ma peau. Et je me souvenais comme au premier jour.

Si seulement le corps gardait la mémoire de la douleur. J'aurais au moins pu m'y raccrocher, jouer un peu avec. Au lieu de me retrouver vide une fois la flamme éteinte.

Mais le phénix n'est pas revenu. J'ai attendu, puis j'ai perdu patience. Il m'arrivait bien de jouer avec le feu de temps à autre, seule dans ma chambre avec des allumettes, juste au cas où. Mais j'en étais venue à croire qu'il existait d'autres voies. Il était venu à moi, il m'avait montré quelques tours de passe-passe, très bien. À présent je devais me débrouiller seule, creuser le sillon par mes propres moyens. Il y en avait, des choses à découvrir en grattant un peu la surface. Juste assez pour mettre à nu quelque chose d'un peu moins humain. Il y a des jours, ceux qu'on passe à l'écart des miroirs, où on se lasse même de sa propre humanité.

Les brûlures de cigarette, c'est venu pendant les grandes vacances, entre le collège et le lycée. L'été est interminable quand on n'a personne de son âge à qui parler, et pas grand-chose de commun avec ceux dont on partage le toit. Rien à faire de ses journées à part traîner dans les rues et retourner voir les mêmes navets qui tiennent l'affiche pendant deux mois. Alors on se cloître dans sa chambre, tous volets fermés, et on s'amuse comme on peut.

J'ai vite renoncé à ce petit jeu. À part me laisser des marques sur les bras, des marques ridicules et même pas belles à regarder, il n'allait pas très loin Même la douleur était stérile. Juste un instant, un point minuscule, comme se faire percer les oreilles, en plus fort mais en moins esthétique. J'ai une vingtaine de marques en tout, sur les bras et les cuisses, là où personne ne s'aventurait. J'étais toujours adepte des manches longues, et même les médecins devaient y aller au tranquillisant pour rhinocéros s'ils espéraient entrevoir ma peau altérée.

La première année de seconde, je suis passée à la vitesse supérieure. Rien de bien méchant : j'ai voulu tâter du rasoir, juste un peu, parce que je n'avais pas encore essayé. Juste pour voir si j'en étais capable, et pour étudier la question plus en profondeur. Parce qu'il devait bien y avoir quelque chose là-dessous, derrière l'écorce, derrière les apparences. J'en portais la preuve sur mon bras droit, la marque du phénix. Et si en fin de compte la peau n'était là que pour dissimuler ? Pour être retirée lambeau par lambeau, comme on épluche une banane ?

J'aurais pu faire le tour de la question s'ils m'avaient laissée tranquille. Si j'avais été droit au but dès le début au lieu de tourner autour du pot. J'ai commencé par des incisions, histoire de taquiner l'épiderme, voir perler quelques gouttes de sang depuis la zone secrète où l'oiseau m'avait changée. J'ai recommencé plusieurs fois. Le goût cuivré du sang sur le bout de ma langue, la douleur aussi brève et précise qu'un éclair, les ondes qui se propageaient le long de mon bras, c'était un rituel. Et derrière tout ça, la promesse d'y voir clair si j'osais aller plus loin.

J'ai appris des choses sur la peau humaine pendant ces semaines-là. Sa texture, sa résistance, la facilité avec laquelle une lame peut la fendre comme un bout de tissu. La douleur qui me réveillait de l'intérieur, me rappelait que j'étais vivante et appelée à changer bientôt, qui me laissait les idées tellement plus claires. Une ou deux fois, j'ai essayé de gratter un peu la surface pour voir ce qui se cachait au-dessous. Par petites zones à peine plus larges que mes brûlures de cigarettes.

Le soir ou j'ai voulu chercher plus profond, il a fallu que je gaffe. Il n'était pas encore minuit, j'avais oublié de fermer la porte, Gabriel est entré. Il a vu mes manches retroussées, les entailles sur mon bras valide, la lame de rasoir entre mes doigts rougis. Il a vu la ligne droite dessinée sur ma peau et le sang qui s'échappait du tracé, jusque sur mes vêtements, mon visage, mes cheveux. Il faut dire que je n'avais pas travaillé proprement. Je ressemblais à un peintre tellement absorbé par sa création qu'il déborde de la palette jusqu'à faire de la peinture sur soi. Ou à une figurante échappée d'un de ces films d'horreur à petit budget que Gabriel et ses amis se passaient en boucle.

Il riait moins, pour le coup. Sans un mot, il a refermé la porte. Je suis restée assise à lécher les dernières gouttes de sang sur mes lèvres et mes doigts. Je savais que je ne connaîtrais plus leur amertume avant longtemps. Et aussi que je n'aurais pas le temps de nettoyer les dégâts. Le mal était déjà fait.

Vingt secondes plus tard, une furie déboulait dans la pièce sous les traits hystériques de maman. Papa s'est cru obligé de m'arracher la lame de rasoir par la force. Il me croyait peut-être trop stupide pour la lui donner gentiment. Et Gabriel qui observait la scène depuis le pas de la porte, le visage complètement exsangue. Papa qui me secouait à m'en déboîter l'épaule, maman qui versait un déluge de larmes pour nettoyer la vue du sang. Ça ne leur a jamais traversé l'esprit que, pour s'ouvrir les veines, il faut inciser à *l'intérieur* de l'avant-bras ? Est-ce que j'avais vraiment une tête de candidate au suicide ?

Il faut croire que oui, parce qu'ils m'ont gardée à l'écart du foyer pendant un bon moment. Chez les cinglés et les docteurs en blouse blanche. L'année scolaire a pris fin pour moi à la veille des vacances de Pâques. Les mois suivants ont passé comme un sommeil sans rêves, nourri par un régime de pilules colorées. L'endroit ne devait pas manquer de cas désespérés, carnaval de suicidaires, de psychotiques et de schizos, mais je ne m'en souviens pas. Au lieu d'une page blanche, c'est plutôt une page manuscrite sur laquelle on a renversé un verre d'eau. Les mots sont toujours là, mais lointains, effacés. Ces quelques mois, je les ai rêvés derrière un écran de médicaments.

De temps à autre, j'émergeais du brouillard pour subir l'Inquisition. Tous ces docteurs qui se rêvaient apprentis Champollion, à déchiffrer mes cicatrices comme la Pierre de Rosette. Qui essayaient de m'arracher des paroles au forceps avant de les passer au crible de leurs théories savantes. Toute mon histoire a défilé. Et je les ai laissés se bâtir des films. Je ne pouvais pas leur dire, pour l'oiseau et tout le reste, la promesse qu'il m'avait faite. Leur dire que j'avais seulement voulu mettre à nu l'autre corps, sous la surface, sous la membrane, celui que le phénix m'avait fait entrevoir.

Quand ils m'ont laissée repartir avec des prescriptions d'antidépresseurs à vous abrutir un éléphant, l'année scolaire était finie et la brume refusait de se dissiper dans ma tête. J'ai fait ma rentrée dans une nouvelle classe de seconde, avec un an de retard. La veille du grand retour dans le monde des vivants, je me suis coupé les cheveux très court devant le miroir de la salle de bains. J'ai tranché ma queue-de-cheval d'un seul coup de ciseaux et taillé tout ce qui dépassait. Je me sentais bien, tellement légère. Puis je les ai teints au henné, couleur d'herbe roussie. Je devais avoir une tête de lendemain d'incendie. Gabriel a fait la grimace en me voyant sortir. C'était peut-être à cause de mes yeux cernés de crayon charbonneux. Ou de mes vêtements couleur de suie. Il m'a traitée de goth et je lui ai ri au nez.

Retour au lycée. Mêmes têtes fatiguées des profs, mêmes cours abrutissants, identiques au mot près à ceux de l'an dernier. Ce qui a changé, c'est le regard des profs et le nom des élèves. La rumeur circule vite. On ne rejoint pas la classe en plein mois d'octobre sans attirer l'attention. Je m'installe tout au fond, près des radiateurs, à côté des marmottes qui ronflent pendant la durée des cours. Là où je peux à mon aise observer le monde derrière un mur de brouillard. Les uns évitent de me dévisager, par pudeur j'imagine, les autres m'épient du coin de l'œil.

Planqués au dernier rang, les « éclopés de la vie », comme les appelle Gabriel (ou plus méprisant encore, les « cas »), me lancent des regards envieux. Avant même de les connaître, j'ai gagné leur admiration parce qu'au moins j'ai osé aller jusqu'au bout. Je n'allais quand même pas les détromper. Même eux, l'histoire du phénix, ils auraient eu du mal à la gober. Je les ai laissés se faire des idées. J'en voyais plus d'un qui aurait volontiers soulevé ma manche pour contempler les cicatrices de mon petit accident.

Mon voisin de table, Simon, a été le premier à poser la question ouvertement. Pendant la pause, il m'offrait des cafés et des cigarettes pour me faire parler. Pas le genre à qui on donnerait l'heure dans une ruelle obscure passé minuit, Simon, avec sa carrure d'homme des cavernes élevé à la bière et à la viande rouge. Mais il cache bien son jeu derrière la carapace. Ses questions étaient franches et directes : il voulait tout savoir. Pourquoi je l'avais fait, ce que j'avais ressenti et si j'avais eu peur. Ma vie chez les cinglés, les questions des docteurs, et si je pensais recommencer un jour.

J'éludais les questions gênantes plutôt que de lui mentir. Les inventions, je les gardais pour les autres curieux.

Même à Simon, je n'ai rien dit du phénix. Les brûlures de cigarettes, les incisions sur mes bras, je pouvais les mentionner, et lui m'écoutait en souriant et en hochant la tête. Je suis sûre qu'il était persuadé de comprendre. Il avait dû tâter du couteau une ou deux fois, lui aussi, pour s'amuser. Le reste de l'histoire n'appartient qu'à moi.

C'est Simon qui m'a appris à fumer lorsqu'on séchait les cours. Je n'ai jamais aimé l'odeur du tabac, la fumée acre qui vous fait larmoyer. Je ne peux pas dire que j'y prenne plaisir. Mais chaque fois je sentais l'oiseau si proche de moi, dans l'extrémité rougeoyante de ma cigarette. Il était là, quelque part. C'était un rituel indien : aspirer le dernier souffle d'un animal mourant pour prendre un peu de lui, mon totem, mon protecteur. Lui qui avait voulu me changer. Je regardais la fumée s'élever, si légère, tourbillon de plumes. J'aspirais un peu du phénix et je sentais sa chaleur se répandre dans mes entrailles.

Aller jusqu'au bout : c'était l'expression de Simon quand il parlait de mon « accident ». Je n'ai jamais osé le détromper, parce qu'il y a des choses dont on ne parle pas même entre amis. Mais il avait raison, depuis le début. Il faut toujours aller au bout des choses. J'avais tourné autour du pot, pendant ces années, alors que mon oiseau n'attendait peut-être qu'un signe. Les cigarettes, les brûlures et les marques de rasoir sur mes bras, tout ça n'était qu'un début. Un avant-goût de ce qu'il attendait de moi.

Dire que j'avais cru, pendant un temps, que maman l'avait chassé pour de bon. Ou qu'il m'avait abandonnée parce que j'avais failli la première fois. Il était toujours là, tapi jusque dans les rayons du soleil. Il m'attendait. J'avais sept ans la première fois. Il s'en est écoulé dix.

C'est vrai, Simon a raison : il faut aller au bout des choses. J'ai commencé à rassembler les bougies, petit à petit. Trouvées dans le grenier, dans les tiroirs, achetées aux Puces ou fauchées dans les boutiques. J'ai planqué mon butin dans plusieurs cachettes que maman ne découvrira pas. Comme le briquet bon marché que Simon m'a offert : publicité pour un navet sitôt vu, sitôt oublié. Déjà que maman devient hystérique à la vue d'une allumette dans un rayon de dix mètres autour de moi... L'incident de la cheminée, elle ne l'a jamais digéré.

Mais il est trois heures du matin et j'ai rassemblé autant de bougies que je pouvais en entasser sans me faire prendre. Je me fais l'effet d'une gamine qui joue à la prêtresse vaudoue. C'est magnifique, toutes ces petites flammes autour de moi, leur haleine qui me caresse doucement le visage. Elles savent que je suis des leurs, mes petites sœurs. Elles savent qu'il va m'aider, m'emporter là où je ne suis plus Bérénice. Elles connaissent la marque sur mon bras, sa signature. Il est tapi dans chacune d'entre elles et il attend.

Tout à l'heure j'ai brûlé des vieilles photos au-dessus des flammes, des images de moi toute petite, la Bérénice d'avant. Je l'ai regardée se racornir et se flétrir, perdre toute apparence humaine. J'ai brûlé des lambeaux de vêtements aussi, et la mèche de cheveux que maman gardait si précieusement depuis ma toute première visite chez le coiffeur. Des cheveux d'un blond trop sage qui n'est plus le mien depuis longtemps.

Bientôt, dans un instant, je mettrai le feu à la chambre. Je commencerai par le lit, la couette s'enflammera facilement. J'attendrai que le fauve une fois lâché consume toute la chambre, et le reste suivra. Quand le feu aura pris, il reviendra à moi dans toute sa gloire, déluge de plumes et d'étincelles. Il me soufflera au visage son haleine brûlante comme un baiser de retrouvailles. Et il s'élèvera au-dessus de cette chambre, de cette maison. Ils ne l'en empêcheront pas : la porte est fermée à clé.

Il me prendra en lui comme il l'a promis ce jour-là, et il me changera. Il reviendra pour me donner un autre corps, plus beau et plus fragile. Comme le tissu cicatriciel sur le dos de mon bras. Un corps pareil aux bulles de savon que j'ai dans la tête. Un corps qui me ressemblera enfin, que je pourrai reconnaître comme le mien.

Je me ferai phénix, esprit du feu, je me fondrai dans la fumée, je me disperserai aux quatre vents. Puisqu'il me le permettra.

L'heure de la libération, enfin. La première bougie m'appelle.

MATILDA

Première parution :
Douces ou cruelles ?, Fleuve Noir, 2001

C'est une sensation unique de me retrouver ici, juste devant la scène, à regarder tout ce matériel installé sous mes yeux, les amplis, les instruments, les câbles qui grouillent comme un nid d'asticots, et de me dire : dans moins d'une demi-heure, Matilda se tiendra face à moi.

Je n'étais encore jamais venue au Manoir, mais je m'attendais à plus grand. C'est beaucoup mieux comme ça : je préfère les petites salles intimes. Surtout pour Matilda. Ce sera parfait ici, ambiance cabaret garantie, avec ces rideaux, ces tables rondes alignées au fond de la salle, et surtout l'absence de barrière devant la scène.

C'est incroyable de penser que je vais la voir de si près. Matilda Cross. Là où je suis placée, il suffit de me pencher un peu pour toucher le pied du micro. Voilà dix bonnes minutes que j'essaie de me représenter le tableau. Jamie se tiendra sans doute à gauche, là où est installée la batterie (le nom du groupe y est inscrit en lettres bleues peintes au pochoir). Caleb devrait prendre place derrière le deuxième micro, le plus grand des deux. Par élimination, je suppose que cette grande asperge d'Elliott sera quelque part vers la droite. Mais je n'arrive pas à imaginer de quoi Matilda aura l'air, là, juste devant moi. Moins de deux mètres nous séparent. Dire qu'il y a trois semaines encore, je croyais ne jamais la voir sur scène. Quand on m'a annoncé la reformation du groupe pour ce concert unique, j'ai cru à une blague. Je ne sais toujours pas ce que je dois en penser.

La salle commence à se remplir. La plupart des gens se sont installés au bar ou autour des tables avec leurs bières. Quelques-uns sont venus me rejoindre devant la scène, assis à même le sol en attendant que le spectacle commence. Ils se ressemblent tous, comme les spécimens qu'on peut croiser dans les salles de concert. Certains portent un tee-shirt aux couleurs de leur groupe préféré — c'est important, le tee-shirt, ça fait partie de l'uniforme. Une façon un rien simpliste d'affirmer son identité. *Voilà ce que j'écoute, devine un peu qui je suis.*

Il n'y en a pas deux semblables, mais aucun ne vaut celui de Cyprien, le garçon qui m'a abordée alors que j'attendais à l'entrée. Personne n'était encore arrivé, il faut toujours que je m'arrange pour être la première. C'est là que Cyprien m'a trouvée lorsqu'il est sorti prendre l'air cinq minutes. Je n'avais encore jamais vu de tee-shirt comme le sien. La seule vue du motif imprimé sur l'avant, une banane stylisée d'un jaune vif, a suffi à réveiller dans ma tête des souvenirs de mélodies, des bribes de paroles chantées d'une voix spectrale. C'est idiot, les sensations qu'on peut rattacher à un simple dessin.

Il n'a pas vraiment une tête à s'appeler Cyprien, j'aurais imaginé un prénom plus exotique, en accord avec ses traits asiatiques. Ses cheveux en bataille lui donnent des allures de hérisson gothique échappé des années quatre-vingts. Sur le moment, c'est plutôt le fait qu'il se soit présenté qui m'a surprise. Encore une des règles tacites qui sont de mise dans ce genre d'endroit : c'est presque une tradition, passer toute la durée du concert avec la première personne qui nous adresse la parole et se séparer sans avoir échangé nos noms. Au début, j'ai cru qu'il voulait seulement que je remarque le passe qu'il portait autour du cou, attaché à un cordon. Même sans le passe, ça se lisait sur son visage, « je fais partie de l'organisation ». La fierté un peu puérile de celui qui vient d'entrer dans la cour des grands et qui n'en revient toujours pas.

Je crois qu'il voulait surtout bavarder avec quelqu'un — comprenez, quelqu'un qui vouait le même culte que lui à Matilda. Quelqu'un à qui parler un langage codé sans besoin de lexique, avec l'impression de rencontrer son égal. Album préféré, tu es plutôt *Moonbeam* ou *The Western Door ?* Tu as des pirates, on pourrait échanger, celui de Stockholm 94 est incontournable. Je regrette un peu le départ d'Allen, pas toi ? Oh bien sûr je n'ai rien contre Jamie, mais quand même…

Je n'en ai pas cru mes oreilles quand il a affirmé, avec tout le sérieux du monde, qu'il les avait vus en concert en 91. « Tu plaisantes, tu devais avoir quatorze ans — tu écoutais déjà ça à quatorze ans ? Moi, je les ai connus trop tard pour les voir sur scène. Enfin, jusqu'à ce soir. Alors quand on m'a parlé du concert, tu comprends… » Et Cyprien de me répondre, avec un sourire jusqu'aux oreilles, qu'il était à Londres en 95, une des toutes dernières dates. « Figure-toi que j'avais même une place pour un de ceux qui ont dû être annulés. » Là, ça m'a carrément cloué le bec.

Il a éclaté de rire quand je lui ai demandé s'ils étaient tous bien arrivés. Tu veux dire tous les quatre ? Bien sûr, ils sont tous là. J'ai compris à son intonation qu'il les avait croisés à l'intérieur, là, de l'autre côté des portes fermées. Tous les quatre. Rien que de penser qu'il venait de les voir, qu'ils étaient sur place, si près de moi, qu'à mon tour je les aurais bientôt sous les yeux… J'en ai eu la chair de poule.

À présent je suis assise au pied de la scène parmi les autres anonymes et lui est retourné de l'autre côté. Dieu sait ce qu'il peut bien y faire. Il est peut-être en sa présence, en ce moment même. Je ne sais pas ce que je donnerais pour être à sa place, dans le secret des coulisses, pour savoir enfin ce qui s'y passe. S'ils sont prêts à venir jouer, si le concert ne va pas être annulé à la dernière minute, c'est trop beau pour être vrai. Je me demande si elle est aussi nerveuse que moi. Pour elle, l'enjeu est différent. En ce qui me concerne, je sais qu'après cette nuit plus rien ne sera pareil. Mais pour elle, rien n'aura changé.

Alors je me contente d'attendre. Hors de question que je bouge d'ici ou quelqu'un s'empressera de me voler ma place. Ce soir, je suis prête à tuer pour défendre mon territoire. Et bien sûr, il y en a toujours quelques-uns pour m'envoyer la fumée de leur cigarette en pleine figure. Demain, mes vêtements vont encore empester le tabac. Pas grave, j'ai l'habitude. Et puis ça me rappellera Matilda. Ça et la grenouille souriante qu'on m'a tamponnée sur la main à l'encre rouge, à l'entrée de la salle. À force de frotter machinalement le dos de ma main, elle a pris des allures de monstre lovecraftien, gluant et baveux à souhait.

Je n'ai pas envie de parler aux autres, pas ce soir. Ce n'est pas que je sois du genre sauvage. Mais je sais qu'il va se passer quelque chose, cette nuit, dont je ne sortirai pas indemne. Et si j'étais déçue ? Et si, à la vue de la femme qui va se tenir sur cette scène, la seule pensée qui me vienne à l'esprit était : alors c'est seulement ça, Matilda Cross ? Ces deux années d'attente, toutes ces heures passées dans ma chambre en compagnie de sa voix et des articles racontant son histoire (les petits clubs miteux où elle a débuté adolescente, le départ pour New York, la rencontre avec Caleb)... Et si la réalité n'était pas à la hauteur ? Peut-être que nos plus grands espoirs ne servent qu'à être déçus. Peut-être qu'on devrait toujours laisser les légendes intactes. Si Matilda me déçoit, qu'est-ce qu'il me restera après ce soir ?

Voilà Cyprien qui se fraie un chemin à travers la foule entassée sur le sol, bouscule au passage une blonde décolorée dont le débardeur dévoile un tatouage de camionneur (« Hé, le Viet, t'as un problème ? ») et vient s'accroupir juste à côté de moi. Il tient dans chaque main un gobelet rempli de bière aux trois-quarts.

— Ça te dit, un petit verre ?

J'essaie de lui renvoyer un sourire pas trop crispé. En temps ordinaire, je n'aurais pas dit non à une bière. Mais ce soir, c'est bien la dernière chose dont j'aie envie.

— C'est gentil, mais je préfère éviter. Je suis un peu nouée, je crois que je ne pourrai rien avaler.

(... sous peine de voir mon estomac retourner mon dîner à l'envoyeur *illico presto*, mais je préfère laisser ma phrase en suspens.)

— Comme tu veux. Je le laisse ici, au cas où tu changerais d'avis.

Cyprien pose mon gobelet au bord de la scène, là où je ne risque pas de le renverser. La seconde d'après, il a déjà englouti la moitié du sien. D'un coup de langue précis, il efface la moustache blanche qui vient de lui pousser. Il y a quelque chose de comique dans son expression, la contradiction entre le visage qu'il essaie de se composer *(regarde un peu mon passe, je fais partie du gratin)* et celui qui reprend le dessus, un gamin devant son premier sapin de Noël. Émerveillé, un peu incrédule, isolé de tous en haut de son petit nuage. Pas de doute, il a dû croiser Matilda. Même si ce n'était qu'une seconde, je lui en veux à mort.

Pour ne pas voir la petite lueur exaspérante qui brille dans son regard, je fais mine de m'intéresser aux *roadies* qui vont et viennent sur la scène, dans une agitation permanente. L'un d'eux vient se planter derrière le premier micro, l'espace réservé à Matilda, pour émettre des sons bizarres, des mots sans queue ni tête, le langage secret des balances, sans autre but que de tester la qualité du son. Un autre s'affaire à fixer les *set-lists* à même la scène à grands renforts de chatterton, et les petits curieux qui m'entourent tendent le cou pour les déchiffrer à distance. Je n'attends plus qu'une chose, qu'ils se décident à disparaître. Quand la scène sera enfin vide, les choses sérieuses pourront commencer.

Je crois en fait que j'adore ça. Quelque part, ça fait partie du rituel. Comme de râler après les fumeurs qui empoisonnent l'atmosphère. Comme de regarder les costauds derrière moi pour décider lequel sera le premier à m'écraser contre la scène quand l'ambiance commencera à chauffer. Écouter au hasard des bribes de conversation pour chercher un groupe auquel se joindre — pas difficile, les thèmes sont toujours les mêmes dans notre petit monde. C'est comme contempler les préparatifs d'une fête, les plateaux sagement alignés sur la table, la nappe de couleur, les bouteilles qui n'attendent que d'être débouchées. C'est peut-être le meilleur moment, l'anticipation. À deux ou trois reprises, j'ai réussi à me glisser dans des salles de concert au moment des balances, juste pour me mettre en condition. De toutes petites salles, des clubs minuscules, mes plus chouettes souvenirs. Oui, je crois que l'attente est parfois meilleure que la fête elle-même.

Sauf quand il s'agit de Matilda.

— Je viens d'avoir un œil sur le programme de la

soirée, tu vas être aux anges, annonce Cyprien sur le ton d'un gourmet qui détaille le menu d'un restaurant de premier choix.

Sa voix a aussi quelque chose de narquois, ce qui rend le sous-texte encore plus évident : « ça t'épate, hein ? » Avant que je puisse trouver une repartie bien sentie, les lumières s'éteignent et le film peut commencer.

C'est curieux que les gens soient si calmes. Je m'attendais à des cris, des applaudissements, des sifflets, tout sauf ce silence tendu. Peut-être qu'ils ont aussi peur que moi. Il y en a sûrement qui ont déjà vu Matilda sur scène, lorsqu'il en était encore temps. Mais pas dans ces conditions. Même eux, les « vétérans », tous les Cyprien du monde, je les sens retenir leur souffle.

Et trois silhouettes s'avancent discrètement dans le noir, trouvent leurs marques à l'emplacement qui leur revient. Trois silhouettes d'hommes. La salle bruisse de murmures, pourquoi seulement trois, où est la pièce maîtresse ? On ne nous a quand même pas menés en bateau ? Les regards sont rivés sur les trois musiciens, impatients, frustrés mais fascinés comme on peut l'être dans l'attente de quelque chose d'énorme. Voilà que tous se lèvent les uns après les autres, le premier rang d'abord, puis la vague se propage jusqu'au fond de la salle. Quelques-uns se rapprochent timidement de la scène.

Puis les premiers sons s'élèvent. Caleb, Elliott et Jamie libèrent les premières notes sans nous laisser le temps de les anticiper. Nous en sommes encore à guetter la venue de Matilda, et voilà que le premier morceau a commencé. J'en ai déjà la chair de poule. Un novice pourrait croire à une improvisation, une suite de notes sans queue ni tête destinée à accorder les instruments (c'est vrai que la mélodie est bien cachée, sous ces dehors chaotiques — il faut bien des écoutes attentives pour pouvoir la cerner). Et ce serait légitime, sauf qu'ici il n'y a pas de place pour les néophytes. Tout le monde a reconnu le morceau, bien sûr, l'instrumental qui ouvrait l'album *Moonbeam*. Par tradition, ce titre a toujours eu l'honneur de démarrer leurs concerts. Enfin, c'est ce qu'on m'a raconté. Dans le noir, le résultat est impressionnant. Planant et inquiétant à la fois.

J'essaie d'y voir quelque chose malgré l'obscurité, de me raccrocher à un détail, quoi que ce soit qui puisse me prouver que c'est bien vrai, que je ne suis pas en train d'écouter une bande enregistrée. La silhouette bien droite de Caleb devant moi. Je distingue un visage aux cheveux coupés ras, la forme d'une guitare, un costume impeccable de couleur sombre. Sur toutes les photos que j'ai pu voir, il n'a jamais été vêtu autrement. Pas le genre d'homme à débarquer sur scène en jean et tee-shirt, cigarette à la main (c'est plutôt le privilège de Jamie, planqué derrière sa batterie — il a une collection de tee-shirts hallucinante, jamais deux fois le même). Et ce son de guitare, unique, reconnaissable entre tous. Un son abrupt, sec et précis, comme une main qui abat un couteau. Personne ne joue comme Caleb.

Le fantôme d'une robe s'avance dans la pénombre, sans un bruit, une forme bleutée qui vient se planter devant moi. Je ne l'avais pas vue approcher jusqu'à ce qu'elle atteigne l'avant de la scène, là où le micro l'attend. Quelques rires nerveux fusent derrière moi. Plus quelques applaudissements discrets, pitoyables dans le silence épais, qui s'éteignent aussitôt.

Progressivement, la mélodie s'est ralentie. À peine le temps de comprendre que l'instrumental est terminé, voilà que les trois ont enchaîné sur l'intro de *As if the Sea.*

Oh mon Dieu.

La transition était subtile, vraiment remarquable. Plus que quelques secondes, quelques notes de guitare, les percussions devraient reprendre ici... Il ne manque plus que le chant, cinq, quatre, trois...

Maintenant.

Seigneur...

Et dire qu'il y a des gens qui vivent sans connaître sa voix.

Dire que j'ai moi-même vécu si longtemps dans l'ignorance.

Dire que jusqu'à ce soir...

La nuit se dissout à vue d'œil, les projecteurs se réveillent. Et soudain la voix prend un visage. Teint pâle, traits tirés, boucles brunes. Un corps aussi, drapé dans une robe échancrée, bleu cobalt. Classique mais très appropriée. Elle a des allures faussement sages de chanteuse de cabaret, comme sur les photos magnifiques du livret de *Shades of Green.* Je ne la croyais pas si petite. Même Caleb, qui n'a rien d'un géant, paraît immense auprès d'elle. À côté d'Elliott, le contraste est comique — surtout la juxtaposition de ce corps malingre et sec comme une brindille avec celui, tout en courbes, de Matilda. Quelle idiote je fais. Toute cette attente, et maintenant qu'elle se tient là, je ne trouve rien de mieux que de penser à sa taille. Alors qu'elle est devant moi, tout entière. Son corps et sa voix.

Son corps si concret, si ordinaire, l'enveloppe charnelle qui la rattache au monde terrestre. Qui la garde solidement ancrée au sol.

Sa voix unique, grave et puissante, capable de s'en aller tutoyer les dieux. Cette voix qui ne demande qu'à s'élever.

Tant de force enfermée dans cette prison de chair.

Son corps raide devant moi, présent pour la première fois. Le grain de la peau sur son visage, souligné par la lumière blanche. C'est à ce détail qu'on sait qu'il n'y a plus d'écran entre nous : le grain de la peau. Aucune photo de magazine ne saurait en rendre compte. Et tous ces petits mouvements qu'aucune caméra ne saurait capter. Ce regard en mouvement permanent enchâssé dans un visage impassible. Et ces plis imperceptibles au coin des yeux… Les photos n'ont jamais de rides, jamais l'air trop maquillées. Elles vous regardent sans vous voir. On peut leur parler, leur confier les secrets les plus embarrassants.

Sa voix qui vous pénètre comme un couteau, qui s'insinue jusque dans vos os. Une main qui essaie d'agripper vos entrailles pour vous retourner comme un gant. Seule dans ma chambre, mes écouteurs vissés aux oreilles, je me demandais déjà quelle magie noire était à l'œuvre. Mais se trouver face à une femme si petite et ordinaire, un être humain capable d'ouvrir les lèvres pour en faire jaillir un son si poignant… Ce n'est pas une de ces « belles voix » lisses et sans âme, celle-là est brute, pleine d'aspérités et de recoins cachés. Un jeu de pistes, un labyrinthe. Même sur un morceau si simple, sans prouesses particulières, sa voix joue déjà aux montagnes russes.

Regarde-moi, Matilda. Je t'en supplie, regarde-moi.

Ce soir la salle est peuplée de fantômes, ceux des heures passées dans ma chambre, seule avec sa voix, à me laisser hanter par ses visions. Ma confidente, ma sœur. Une parfaite étrangère. Je connais chaque détail de son visage. Elle ignore jusqu'à mon existence. Je la fixe et je ne vois qu'elle. Elle me regarde et je n'existe pas.

Quand la personne que vous admirez le plus au monde se tient si proche, à portée de main, alors que vous l'aviez crue à jamais insaisissable…

Ce soir Matilda a lâché ses cheveux, comme on dit lâcher les fauves. D'habitude, elle ne peut les dompter qu'en les attachant. Mais voilà qu'ils prennent leurs quartiers, occupent l'espace comme une forêt vierge. Ils s'efforcent de venir lui manger le visage, d'empêcher les anneaux qui pendent à ses oreilles d'accrocher la lumière. Parfois Matilda les retient d'un geste de la main. Et parfois elle oublie.

Elle oscille lentement d'avant en arrière suivant le rythme tout en langueur de la chanson. Elle serait tout à fait immobile sans ce mouvement inconscient, sans ce regard baladeur. Comme si elle essayait d'embrasser toute la salle du regard, ou plutôt de connaître chacun d'entre nous pendant une seconde au moins, jusqu'aux planqués du dernier rang, mais sans s'attarder sur aucun. Elle semble chercher quelqu'un, guetter chaque visage pour s'en détourner dès qu'elle comprend son erreur. Et pendant ce temps sa voix emplit peu à peu la salle, imperturbable, se répand dans les moindres recoins, comme la fumée d'un bâtonnet d'encens.

Puis l'écho de sa voix se dilue dans les dernières notes de guitare.

Le silence nous surprend dans la contemplation, tout étonné de reprendre ses droits. Comment succéder à une voix capable de hanter l'atmosphère même après qu'elle s'est tue ? Alors quelqu'un ose enfin se lâcher, un sifflet admiratif jaillit du cœur de la foule, comme celui qu'on adresse aux inconnues dans la rue. Les corps se remettent en mouvement, parce qu'il est des émotions qu'on ne peut pas contenir. Bientôt la salle crépite d'applaudissements frénétiques, la moitié du public se change en meute de loups hurlant à la lune.

C'est ce qu'il y a d'unique dans chaque concert, cette impression d'être dans l'instant, de vivre une histoire en train de s'écrire. Ce moment où tout devient possible. On peut toujours se passer les pirates en boucle ou visionner les vidéos, ce ne sera plus jamais pareil. Après, tout sera figé dans le temps, immuable, l'image nous échappera pour appartenir à d'autres. Alors qu'un vrai concert se vit dans le moment présent. Un concert manqué est perdu à jamais.

Sur la scène, Elliott et Caleb s'affairent à changer d'instruments, impassibles — ils savent que tous ces cris ne leur sont pas destinés. Ils n'ont jamais été dupes, ce soir encore moins qu'avant. Derrière la batterie, Jamie paraît distant de plusieurs kilomètres. On le prendrait pour un *roadie*, avec son tee-shirt trop large, ses cheveux longs retenus par un catogan. Et Matilda reste immobile, mais elle semble enfin nous voir, pendant un instant fugitif. Elle nous voit comme une foule compacte rassemblée à son attention, plus comme une série de visages anonymes. Elle esquisse un sourire maladroit, celui d'une personne qui doit réapprendre après des années passées sans exercice. Maladroit mais touchant de spontanéité. C'est si simple, et si difficile à concevoir : Matilda sourit pour nous, peut-être un peu pour moi. Elle se penche vers le micro, desserre les lèvres et articule tant bien que mal :

— Merci beaucoup.

Son français est approximatif mais son accent charrie toute la poussière du sud des États-Unis.

— Hé, c'est moi qui lui ai appris ça, jubile Cyprien derrière moi. Je ne pensais pas qu'elle s'en souviendrait.

Il m'a pratiquement bousculée en criant ces mots. Je me retourne un instant, partagée entre un sentiment d'extase naissant et un agacement sans motif. Il ressemble à un petit chien fou, avec ses cheveux qui lui retombent dans les yeux et ce sourire jusqu'aux oreilles. On jurerait qu'il va se mettre à aboyer. On fait moins le malin dans ces conditions, hein ? Finis les grands airs. Devant Matilda, nous sommes tous égaux.

Sans nous laisser reprendre notre souffle, voilà ses hommes repartis à l'attaque. Les premières notes de *November*, reconnaissables entre toutes, se rappellent à mon souvenir, et avec elles une sensation troublante, comme une impression de déjà-vu poussée jusqu'au vertige. Ce n'est pas possible, je vais en mourir s'ils la jouent ici, maintenant. Déjà qu'au bout de trois mille écoutes dans ma chambre, j'en ai encore des frissons comme si chaque fois était la première. Bien sûr qu'ils devaient la jouer. S'il est un titre incontournable dans tout leur répertoire, c'est bien celui-là. Une de ces chansons qui n'en finissent pas de se révéler à chaque écoute, sans jamais perdre de leur mystère.

Et ce soir encore je la redécouvre, parce qu'il est impossible de reproduire sur scène les arrangements hallucinants qui faisaient toute la beauté de la version d'origine. Le son est plus brut, plus immédiat, moins organique. Mais même privées de ces bruitages, ces notes de piano qui dessinaient des paysages comme des coups de pinceau, la chanson ne perd rien de son pouvoir de suggestion. *November* ou la bande-son d'un film imaginaire. Deux amants en fuite, une arme à feu, une voiture qui parcourt les routes de nuit, archétypes transcendés par ce son de guitare fabuleux, ces basses qui grondent comme un ciel d'orage, cette rythmique qui s'insinue sous votre peau pour vous posséder tout entier. Mon corps se laisse glisser dans une transe extatique, je sens les battements de mon cœur s'aligner sur la cadence martelée par la batterie.

Derrière elle, les musiciens s'affairent à bâtir des mondes. Pas le genre à étaler leurs prouesses, ces trois-là. Chacun perdu dans sa sphère, tout entier au service de la musique. Ils ont choisi de rester dans l'ombre, c'est tout à leur honneur. Un peu dommage quand même.

Les images me reviennent les unes après les autres dans un désordre affolé. C'est que je m'en suis inventé, des histoires, au son de cette musique. Des visions de routes désertes à peine éclairées par les phares. Le temps suspendu pour protéger les amants, leurs étreintes sur la banquette arrière. Tout un *road-movie* sans queue ni tête bâti au fil de mes rêveries.

Mais d'autres images viennent se mêler, comme à chaque nouvelle écoute. Peut-être à cause de la façon dont elle réinvente chaque mot comme si elle le chantait pour la première fois, comme s'il ne devait plus y en avoir de suivante. Jamais je n'avais perçu avec une telle intensité la peur qui habite les amants. Jamais elle ne l'avait rendue si palpable. Parce qu'ils sont hors-la-loi et ne pourront plus faire demi-tour. C'est un gouffre qui s'ouvre devant moi — l'image m'avait toujours semblé romantique, mais à présent je les vois tels qu'ils sont. Un homme et une femme entraînés malgré eux sur une route qu'ils n'ont pas choisie, ballottés au gré du hasard. Perdus pour la société.

J'en ai froid dans le dos. Pour la première fois je perçois la peur dans la voix de Matilda, dans son regard aussi, ces yeux grands ouverts qu'elle promène toujours parmi la foule, sans se fixer un seul instant. À la recherche de quelque chose qu'elle se sait incapable de trouver. Un souvenir qui lui échappe mais dont elle voudrait tant retrouver la trace. Un visage qu'elle espère peut-être reconnaître parmi nous. Elle devrait se souvenir mais quelque chose l'en empêche.

Je ne vois plus que trois choses maintenant. La robe bleu cobalt aux reflets changeants, comme ses yeux instables, qui capture la lumière des projecteurs pour mieux la pervertir. L'expression hantée sur ce visage si proche de moi, derrière l'écran de fumée qui la protège comme un rêve. Et les images dans ma tête, venues d'elles-mêmes sans que je les invoque. Ce n'est plus une route à présent, mais une ruelle obscure, sans réverbères, dans une ville inconnue. Un étranger tapi dans l'ombre. Une menace encore privée de forme et de visage.

Là où je me tiens, je distingue les veines apparentes sur le dos de la main qui agrippe le pied de micro étincelant. Le vernis d'un blanc bleuté au bout de ses doigts. Les reflets bleu néon des projecteurs sur la bague qu'elle porte au majeur droit.

Je suis dans l'instant.

Les paroles disent la solitude des amants, mais la voix s'émancipe pour raconter sa propre histoire. C'est elle à présent qui prend possession, et

Matilda se laisse guider, s'abandonne tout entière. Ses traits crispés, déjà irréguliers en temps ordinaire, sont un croquis asymétrique exécuté d'une main tremblante. Personne ne peut contrôler une voix pareille, c'est déjà un miracle qu'une enveloppe si menue puisse la contenir sans se laisser détruire. C'est son corps tout entier qui cède devant moi, tendu, raidi par l'effort. Qui rassemble toute son énergie comme s'il lui fallait renoncer jusqu'à ses fonctions vitales pour servir sa seule voix. Tant qu'il se tiendra sur cette scène, derrière ce micro, tant que nous serons si nombreux à attendre qu'il se livre, son corps acceptera d'être aboli au nom de cette seule cause.

Cette fois encore, fatalité, la course des amants s'achève dans le sang. La batterie s'interrompt soudain, aussi abrupte que leur chute. Ne reste que la guitare qui ose à peine murmurer quelques notes. Et toujours ces mêmes images, comme chaque fois, la carcasse d'une voiture que personne ne conduira plus, le vent qui souffle sur deux corps sans vie. La couleur sale du sang sur leur peau.

Et le sang d'une autre personne, promis par un couteau brandi dans une ruelle obscure.

Une lame qui n'a même pas de clair de lune à refléter.

Une silhouette imprécise et sans visage.

Puis tout s'efface et la foule hurle son plaisir. Matilda semble s'éveiller, tout étonnée de se trouver là, prendre conscience de l'espace qu'elle occupe, des corps entassés devant elle, de la présence des trois autres derrière. Mais je ne crois pas qu'elle nous voie. Son regard est tourné vers l'intérieur. Vers une image qui n'a toujours appartenu qu'à elle.

Enfin, jusqu'à ce soir.

Je m'entends hurler, et Cyprien aussi derrière moi, une voix perdue parmi tant d'autres, mais je sais qu'elle n'en tire aucune joie. Elle ne nous entend pas. Avec ou sans nous, il faut qu'elle continue.

Regarde-moi, Matilda. Regarde, je suis avec toi.

The Fountain. Un murmure tout d'abord, et des sons imprécis — ni guitare, ni basse, mais tout ça à la fois — qui vous caressent comme la brise. Une phrase répétée à l'infini comme une incantation ou une prière. À peine un souffle au commencement, juste le temps de nous laisser nous imprégner. De reculer pour mieux sauter. Bientôt la voix prend son envol, surgie du plus profond, là où elle seule peut la chercher. Là où personne ne peut l'atteindre. Et cette phrase, toujours la même, se transforme en appel. C'est à nous qu'elle s'adresse — ou peut-être pas. La voix prend ses marques, gagne en ampleur, en profondeur, comme une rivière gonflée par la tempête qui n'aspire qu'à sortir de son lit.

Et ce regard d'animal effrayé par sa propre force, qui semble supplier — l'un d'entre nous, la foule entière ou bien personne — de lui venir en aide. Qui prie pour sa délivrance, comme si nous pouvions quoi que ce soit pour elle. Comme si le chant, soudain, lui devenait douloureux.

The Fountain passe comme un rêve, improbable

et hors du temps. Suivront *Magdalene* (rythme ternaire irrésistible, valse surréaliste), *Strangers*, un titre de l'album inachevé, et puis d'autres encore, je ne sais plus combien. Il a pu s'écouler dix minutes comme une heure.

Et toujours la pression moite de ces corps entassés, parqués dans la fosse comme du bétail. La chaleur, l'odeur de tabac et de sueur qui nous enveloppe. Je les sens contre moi, tous ces corps, prêts à m'écraser contre la scène quand le spectacle deviendra trop intense. Ces corps qui se bousculent pour gagner du terrain, s'approcher toujours plus près de l'aimant qui les attire. L'instinct qui les possède est purement animal, enfoui si profond que seule la musique peut le révéler. S'il n'y avait pas de scène pour les retenir, je les croirais capables de se ruer sur Matilda pour se la disputer, de la mettre en pièces pour se l'approprier, percer le secret inhumain de sa voix. Tous ces corps en transe, c'est terrifiant. C'est fascinant. L'expérience la plus forte qui soit. Cette dévotion totale et absolue. Cette folie furieuse révélée et partagée au son d'une seule voix.

Et Matilda qui cherche et cherche encore. La panique qui s'empare d'elle lorsqu'elle comprend qu'elle n'y parviendra pas. Et malgré tout elle continue, pour elle-même plus que pour nous — une entité compacte, sans âme et sans visage. Nous qui sommes si nombreux, alors qu'elle est seule avec ses souvenirs. Seule à marcher sur une corde raide sous les regards de dizaines de voyeurs.

J'essaie de ne pas voir la douleur dans ses yeux,

mais je la sens se glisser en moi. Alors je détourne le regard, mais l'image me poursuit comme le soleil qui s'imprime sur la rétine. C'est la cicatrice, le plus pénible à voir. Ils n'ont pas cherché à la dissimuler derrière une couche de maquillage, parce qu'ils voulaient qu'elle soit visible.

Comme le choix de cette robe échancrée, ce n'est pas un hasard. Son cou est à la vue de tous, offert à la lumière crue des projecteurs qui souligne la blessure apparente. D'autres plaies sont visibles sur peau dénudée, pour qui sait regarder : au niveau du buste, juste au-dessus du tissu de la robe. Même en se laissant absorber par les reflets moirés de l'étoffe, on l'aperçoit toujours du coin de l'œil, hideuse et fascinante : la marque sur son cou.

Ils veulent qu'on se souvienne. C'est bien ainsi qu'est né le mythe.

C'est peut-être la vue de la chair à vif, l'appel du sang, qui réveille nos instincts primaires. La somme de nos voix forme une clameur barbare, tellement brute face à la pureté insensée de son chant. Des vampires assoiffés de la douleur qu'elle nous offre en pâture. Nous qu'elle n'a pas choisis. Nous qui avons abrité un assassin. C'était il y a trois ans.

Derrière moi, au milieu de la foule, un des spectateurs crie quelques mots dans un anglais épouvantable. Pratique courante dans les concerts : pour réclamer une chanson, encourager le groupe, demander à la chanteuse de finir le spectacle en tenue d'Ève. D'habitude, ça ne surprend personne. Mais ce soir, les autres n'ont pas l'air d'apprécier. J'ignore quel blasphème il a commis : son accent est incompréhensible. Mais j'en entends plus d'un qui proteste à grands cris. C'est à qui hurlera le plus fort pour le réduire au silence.

Car ce n'est pas encore fini. Il reste une chanson, une seule, pour conclure la soirée. Il faut nécessairement que tout finisse par celle-là, j'en étais sûre. Et pas seulement parce que Matilda l'a toujours choisie pour conclure ses concerts. Je l'ai attendue dans l'anxiété, dans l'impatience. Le spectacle ne serait pas complet sans *The Western Door*.

Avant même de reconnaître les premiers accords, je sais que l'heure est venue. Cette fois encore, le sol s'ouvre devant moi et le gouffre m'appelle à lui. Mais si j'ai survécu à tout le reste, je peux encore survivre à celle-ci. Il le faudra bien, puisque c'est la dernière.

Tout commence comme un duel, une rivalité. Elliott et Caleb occupent chacun un côté de la scène, coupés du reste du monde, humbles devant leur tâche. Dans le chaos naissant, les amplis recrachent les sons comme des projectiles, dans le désordre le plus total. Oui, c'est sans doute *The Western Door*. Mais quelque chose ne tourne pas rond. Le rythme ne devrait pas être si lent — c'est le battement d'un cœur tombé en léthargie. Je me sens partir, moi aussi. Ce n'est pas normal. Sur disque, c'est une de ces chansons épiques qui balaient tout sur leur passage, qui vous donnent envie de hurler à la lune.

Mais celle-ci n'est pas ma chanson.

C'est magnifique, bien sûr, mais je ne *veux pas*.

Ce n'est pas ainsi qu'il faut jouer *The Western Door.*

Ils n'ont pas le droit de nous faire ça. Même eux, ses créateurs, ils n'ont pas le droit. Elle nous appartient.

Autour de moi, je sens les autres retenir leur souffle. Dépossédés, privés de repères. Vulnérables devant l'inconnu. Nous devrions être en terrain familier, mais le paysage qui s'étend devant nous est étranger.

Rendez-nous *The Western Door.*

Sur scène, le corps de Matilda, possédé, entre à nouveau en transe. Seuls ses yeux sont encore autonomes, toujours en quête d'un visage qu'elle ne trouvera pas. Ces yeux qui nous implorent, comme si par notre nombre nous avions un quelconque pouvoir. Nous sommes si nombreux et elle nous tient sous sa coupe.

Mais Matilda est déjà ailleurs. Elle n'est plus au Manoir, plantée au bord de la scène minuscule. Le souvenir de la ruelle l'a déjà rattrapée. L'obscurité et le bruit de ses pas sur le pavé glissant. La silhouette dans l'ombre, encore privée de visage. Le choc du mur de brique contre laquelle on la plaque brusquement. L'haleine de l'étranger qui halète tout contre sa joue.

(Et celle de Cyprien dans mon cou, derrière moi.)

Le visage de Matilda, devant moi, est crispé dans l'effort. Les lèvres béantes cherchent à ravaler ce chant monstrueux, inhumain. Mais la lame vient déjà de s'abattre. Un couteau sans reflet pour faire luire les premières gouttes de sang.

Soudain je m'entends hurler les paroles, comme pour l'accompagner, mais mon cri se perd dans la rumeur formidable qui monte de la foule. Nous sommes si nombreux mais elle est si seule. Depuis trois ans, elle est perdue. Même parmi nous, elle le sera toujours.

Et les trois autres, sur la scène, comment peuvent-ils continuer ? Ce n'est pas possible qu'ils n'entendent pas cette voix. Est-ce qu'ils ont appris à s'immuniser ? Même après tous ces concerts donnés ensemble, quand il en était encore temps, ce n'est pas possible qu'ils soient devenus sourds. Trois pantins programmés pour jouer en aveugles, sans yeux et sans oreilles, pour ne surtout pas regarder autour d'eux. Le chaos grandissant dans la foule, la détresse de Matilda si près d'eux. Programmés surtout pour ne pas entendre l'appel. Ce n'est pas à eux qu'il s'adresse.

Pour ne pas voir les marques sur son cou, je fixe les reflets des projecteurs, bleu néon et rouge sang, sur le cuir craquelé de ses bottines. Ses talons qui martèlent la scène, de plus en plus fort, de plus en plus vite, comme le battement d'un cœur affolé. Une course frénétique contre la mort, dans une ruelle sans lumière. Courir tant que l'autre n'aura pas gagné. Cette fois, elle ne doit pas le laisser vaincre.

Et la voix se souvient. Cette voix si intense qu'elle ne peut que se briser ou détruire le corps qui l'abrite. Mais elle continuera jusqu'au bout.

Tant qu'il restera un espoir, une lueur de vie. Tant qu'elle croira pouvoir reconnaître parmi nous le visage de son assassin.

Tant qu'elle continuera à croire que cette fois, elle peut ne pas mourir. Qu'elle ne doit pas mourir. Que le couteau peut s'abattre

si moi je ne peux pas t'avoir
une fois,
alors personne ne t'aura
deux fois,
ça, je te le promets
trois fois,
je te le promets
sans répit,
encore et encore,
sans pouvoir l'atteindre.

Tant que le sang n'aura pas séché. Tant que son corps sentira encore la douleur insensée, la lame glaciale qui lui mord les chairs, qui creuse au plus profond, en quête du lieu caché où naît sa voix. Tant qu elle pourra encore lutter.

Peut-être que cette fois… si elle parvient à se souvenir…

La ruelle, le couteau maculé de sang, le *visage*…

Il doit être là, parmi nous. Il aura forcément voulu revenir. Il doit être là et elle le sait.

Si seulement la chanson pouvait reprendre son rythme normal, si tout pouvait rentrer dans l'ordre. C'est magnifique, mais c'est insupportable. Qu'on en finisse vite avec cette hérésie, avec ces visions.

La chanson se conclut sur un cri inhumain. Effroyable et perçant. À l'abri de ma chambre, quand Matilda n'était qu'un songe improbable, il me flanquait déjà la chair de poule. Mais ici, ce soir, c'est le cri d'un corps qui sent son âme se détacher et qui voudrait tant la retenir. Ce soir, c'est comme si Matilda mourait pour la seconde fois sous nos yeux impuissants. Plus solitaire encore que la première.

Le cri vient se loger dans ma tête comme une balle. Je plaque mes deux mains sur mes oreilles pour ne pas entendre, en vain. Sors de ma tête, Matilda, je t'en supplie. Est-ce que c'est de ma faute si je suis vivante et pas toi ? Ne me force pas à tomber à genoux. Je n'y suis pour rien s'il était l'un des nôtres.

Je me mords les lèvres pour garder le contrôle, jusqu'au sang s'il le faut. À travers le bouclier de mes paumes, j'entends le cri qui s'étire au-delà du concevable. Personne ne peut tenir une note si longtemps. Personne d'autre que Matilda. Je ferme les paupières comme on claque une porte, de toutes mes forces, mais le cri est toujours là, planté dans mon cerveau. Le cri d'un animal blessé. Lorsqu'il consent enfin à nous libérer, j'entends mourir les dernières notes de la chanson, comme un sinistre présage.

Puis le silence. Total, absolu, souverain. Qui d'entre nous osera le trahir en premier ?

Je laisse retomber mes mains, lentement, tous les sens aux aguets. Lorsque je relève les yeux, c'est pour voir Matilda à genoux sur la scène, penchée en avant, les bras repliés étreignant son propre corps. La voilà qui se balance d'avant en arrière suivant une cadence obsessionnelle, tout doucement d'abord, puis de plus en plus fort. Elle ressemble à ces autistes enfermés dans leur monde. Puis elle lève vers la foule son visage hagard, défait comme celui d'une femme ivre. Les larmes ont dissous son maquillage et sa peau est maculée de coulées de mascara. Elle regarde dans le vide, en direction d'une foule qui n'existe pas pour elle, comme la victime d'un accident fixe les badauds sans les voir.

Et soudain elle éclate de rire. Un hoquet monstrueux, discordant, parodie grotesque du cri qu'elle poussait tout à l'heure. Un rire qui lui échappe contre sa volonté, qui se fraie un passage au forceps hors de ce corps trop lourd à porter, chargé de trop de souvenirs. Loin de cette douleur, loin de la lame du couteau. Dans sa précipitation, la voix a même oublié comment rire.

Ce rire-là est sans joie, obscène comme une crise de larmes. Matilda se met à nu sous nos yeux impudiques, soudain dépouillée de ses oripeaux. À présent, elle n'est plus que douleur. Elle rit comme jamais elle n'a dû rire de son vivant, comme personne ne peut rire qui n'ait connu son épreuve. Ce n'est plus seulement sa musique qu'elle nous offre en spectacle, c'est sa chute.

Et voilà que je repense à ce projet insensé qui me trottait dans la tête l'an dernier, ce voyage aux États-Unis, direction Atlanta, pour aller fleurir sa tombe.

Quelle idiote. Comme si ça pouvait lui apporter quoi que ce soit. Ce n'est pas ce qu'elle attend de moi.

Les projecteurs s'éteignent d'un commun accord. Mais elle continue de plus belle, hystérique, une femme sans visage qui rit dans le noir, le cri d'un animal blessé caché dans les fourrés.

Personne n'ose bouger. Il ne reste qu'à attendre, entassés comme des bestiaux, chacun se tortillant pour essayer de deviner la forme prostrée qui hurle dans la nuit. La présence des autres se résume à ça, la pression, les coudes qui s'enfoncent dans mon dos, l'haleine tiède dans mon cou. Privés de lumière, c'est tout ce qu'il nous reste, l'odeur de tabac et de sueur, la promiscuité, la chaleur étouffante, et une voix retournée à l'état sauvage.

Puis soudain tout s'arrête, une boîte à musique au mécanisme brisé. D'autres bruits emplissent le silence, le souffle exhalé par des dizaines de poumons, le bruissement produit par le frottement des étoffes. Autant de bruits caractéristiques de l'entité que nous formons, comme le chant des grillons est indissociable de la nuit. Réduits à la cécité, comment deviner lesquels de ces sons proviennent de la scène ? Personne ne les a entendus s'esquiver, mais la lumière se rallume sur une scène vide.

Ils sont partis, tout simplement. Comme un rêve, comme un mirage.

Le réveil est douloureux, ce soir plus que jamais. Comme le retour des lumières au cinéma, en plein générique final, qui ne nous laisse jamais le temps d'essuyer nos larmes, de reprendre un visage humain. Dans la salle, les corps reviennent à la vie mais les regards se fuient, par peur de ce que refléteront ceux des autres, le miroir de notre embarras collectif. Si je lève les yeux, j'y lirai peut-être la honte d'avoir partagé cette expérience et d'y avoir pris plaisir. La satisfaction secrète d'avoir volé à Matilda une parcelle d'intimité. Une bande de vampires, voilà ce que nous sommes. Des drogués au sortir d'un trip collectif phénoménal, mais qui osent à peine se regarder en face une fois dégrisés.

Autour de moi, les filles ont des yeux de panda cernés de traces de mascara, ceux des garçons sont vidés de tout éclat. La foule commence à se disperser. C'est avec soulagement que je retrouve ma liberté de mouvement. Tout près de moi, une meute de chiens enragés se dispute les lambeaux de la *set-list*, piétinée par les talons de Matilda.

Un dernier regard sur la scène vide, devant moi. Elle était si proche, à portée de main. J'ai déjà du mal à y croire. Je l'ai peut-être imaginée. Mais j'ai le fantôme de ce rire incrusté au fond des oreilles. Je ne crois pas que j'aie pu l'inventer.

Je me retourne pour voir Cyprien toujours planté derrière moi. Le désordre calculé de ses cheveux a cédé la place à l'anarchie totale. Le hérisson gothique est en passe de virer hippie. Il n'a pas l'air surpris. Vidé et secoué, oui, qui ne le serait pas, mais il donne l'impression d'avoir été préparé à ce que nous avons vu.

Alors je lui pose la seule question qui importe vraiment :

— Matilda va revenir ?

— Avec ton aide, oui. Si tu veux bien te joindre à nous.

Cyprien s'est efforcé d'adopter un ton badin

mais sa nervosité saute aux yeux. Ne serait-ce que par la façon dont il tripote machinalement son passe.

— Elle n'est pas revenue seule, tu sais. Elle n'en aurait pas été capable.

Il a dans le regard l'écho de cette fierté qui m'agaçait tellement tout à l'heure. Je n'avais rien compris. Ce qui le distinguait, ce n'était pas tant d'avoir croisé Matilda en coulisses que de l'avoir aidée. Dire que je l'imaginais bien arborant une pancarte « je fais partie de l'élite ». Privilégié, oui, sans aucun doute. Mais je m'étais trompée de slogan. J'aurais dû lire « Matilda est revenue pour moi ».

Cyprien jette quelques regards méfiants pour s'assurer que personne ne l'écoute, puis me fait signe de le suivre. D'un pas décidé, il m'entraîne dans la direction des toilettes. Avant d'y entrer, je lance un dernier coup d'œil vers la scène où les *roadies* ont commencé à démonter le matériel. Cette fois c'est bien fini. Mais il m'a dit qu'elle reviendrait.

La lumière crue des toilettes me fait l'effet d'un seau d'eau en pleine figure. À travers les murs et la porte que Cyprien vient de repousser, j'entends toujours les bruits étouffés de la salle. J'aimerais tellement y retourner, cueillir quelques bribes de souvenirs avant qu'il soit trop tard.

Bientôt la scène sera vide et on nous chassera des lieux. Il y a quelque chose de gênant à me retrouver seule face à tous les Cyprien reflétés par les miroirs. Pendant un instant, l'ombre de Matilda s'est effacée, le seul lien qui nous rattachait l'un à l'autre. J'avais oublié que je ne le connaissais pas. Hors des limites de la salle, tout est différent. Retour progressif au réel, les images ne sont déjà plus que des souvenirs. C'est un autre monde ici, plus concret, terre à terre. Il n'y a plus que ces graffitis sur les murs jaune sale, ces noms de groupes griffonnés au marqueur, pour nous rappeler l'existence du Manoir, de l'autre côté de la porte fermée.

— Tu veux l'aider, toi aussi ? L'aider à retrouver le salaud qui lui a fait ça ? Il va revenir, tu peux en être sûre. S'il y a d'autres concerts, il va forcément en entendre parler. Si le type est un fan qui a pété les plombs, comme on l'a toujours cru, il finira par revenir. Je suis même prêt à parier qu'il était là ce soir. Et si Matilda le voit, elle le reconnaîtra.

D'un geste hésitant, comme s'il allait se dévêtir devant des yeux indiscrets, Cyprien dénoue son foulard. Comment ai-je pu ne pas les remarquer, tous ces gens qui portaient un foulard autour du cou ? Une quinzaine, peut-être une vingtaine — ce n'est pas un accessoire si courant dans les salles de concerts. Il ne fait partie d'aucune des panoplies que je connais. Celui-là est noir, imprimé de motifs blancs, comme ceux qu'on trouve pour deux fois rien aux Puces.

J'ai bien une vague idée de ce qu'il dissimule. Une fois le nœud défait, Cyprien retire le foulard d'un coup sec pour révéler une cicatrice que je connais bien, comme le sourire cousu d'une poupée de chiffon. La plaie semble récente, bien qu'elle ait commencé à cicatriser.

Je baisse les yeux vers le tee-shirt trempé de sueur qui lui colle à la peau comme la mue d'un serpent. Je sais bien ce que je verrais, juste en dessous de la banane, s'il l'ôtait devant moi. D'autres plaies pas encore tout à fait refermées. Une dizaine en tout, au niveau de la poitrine. Les stigmates de Matilda, reproduits à l'identique sur la peau nue de Cyprien. Il porte sur lui l'histoire de Matilda comme les pages d'un livre grand ouvert.

— Pour ça, bien sûr, il faut qu'il y ait d'autres concerts. Il faut donner à Matilda les moyens de revenir, tu comprends ? Elle n'y arriverait jamais seule. Et tant qu'on n'aura pas retrouvé le type qui lui a fait ça, elle ne sera jamais en paix.

Sa main disparaît dans sa poche pour émerger munie d'un objet que j'identifie comme un canif. Je ne peux pas m'empêcher de me demander combien de fois il l'a déjà utilisé. À moins que je sois sa première convertie ?

Mais la vraie question est ailleurs, celle qui me brûle les lèvres, la seule qui importe vraiment.

— Tu promets qu'elle va revenir ?

— Si on est assez nombreux, oui.

Sans doute que je l'ai toujours su, même pendant ces heures sans fin passées entre les murs de ma chambre. Un mythe n'existe que parce qu'on y croit, n'est-ce pas ? Elle est revenue parce que je l'ai bien voulu. Je comprends maintenant quelle était cette lumière qui l'habitait dans ses instants de grâce. Cette lumière qui voulait s'échapper d'elle par son regard. C'était la foi d'une multitude.

— Tu veux nous aider ? Être plus proche d'elle que tu l'as jamais été ? Ce n'est pas difficile, tu sais. Regarde, je l'ai bien fait, moi.

Je ne vois rien d'autre tandis qu'il parle : la nudité indécente de son cou mutilé. Pourquoi serait-il toujours le seul privilégié ? Je veux savoir, moi aussi.

— Je te garantis qu'il reviendra, et on finira par l'attraper. On lui fera passer le goût du meurtre, je te le promets. Il faudra bien qu'il paie pour Matilda.

La lame du canif semble émoussée, à première vue. Celle de l'étranger devait être autrement plus aiguisée. Enfin, quelle importance ? Autant qu'il en finisse tout de suite.

Tandis que je baisse la tête en signe de soumission, je me demande ce qu'elle a ressenti à l'instant précis où la main abattait le couteau pour la première fois. Je vais bientôt le savoir.

MÉMOIRE DES
HERBES AROMATIQUES

Tu ne t'attendais pas à me retrouver ici.

Pas derrière cette façade peinte du bleu et du blanc traditionnels, juste histoire de signaler au touriste égaré qu'*ici, on mange grec*. Pas entre les murs d'un endroit qu'on aurait baptisé, pour faire couleur locale, la *Taverne de Colchide*.

Tu m'avais quittée sur une île, tu me retrouves dans un restaurant échoué au milieu d'un quartier où toutes les gargotes se ressemblent. Et maîtresse des lieux, avec ça.

Te voici sur mon terrain. Le parfum des épices t'enveloppe comme une brume de chaleur en même temps que la semi-pénombre. Des senteurs d'huile d'olive, de muscade, d'oignons revenus, d'herbes et de viande grillée. Le miel de mes desserts, derrière cette première strate. Et une trace d'encens pour masquer des odeurs de cuisson moins plaisantes.

C'est moi qui fais le premier pas. Sinon tu resterais planté là, partagé entre l'envie d'entrer et celle de tourner les talons. Tu n'as plus l'air si sûr de toi, hein ? C'est une surprise pour moi aussi. Mais j'avais espéré que tes pas te conduiraient ici un jour ou l'autre. Après tout, nous avons l'éternité.

— Ne prends pas racine, Odysseus. Tiens, assieds-toi donc à cette table dans le coin. On pourra y parler tranquillement.

— Je préfère *Ulysse.* C'est un nom plus pratique à porter ces jours-ci.

Je ne peux pas m'empêcher de ricaner. Avec quelle fierté tu prononces ce nom, dis-moi. Il te va comme un masque. Mais puisque tu as laissé les livres trancher pour toi…

— À ta guise. Mais de mon côté, rien n'a changé. Tu peux toujours m'appeler Circé.

Tu traverses les rangées de tables dont l'azur et le blanc des nappes adoucissent le bois sombre, vers celle que je t'ai indiquée. Tu as gardé cette assurance dans la démarche, malgré l'effet de surprise. Et une stature imposante à travers les siècles. Sous le tissu blanc de ta chemise, je vois jouer ces muscles qui, autrefois, savaient seuls bander l'arc que personne ne maîtrisait. Les années n'ont pas voûté tes épaules ni tassé ta haute stature : tu me dépasses toujours de deux bonnes têtes au moins.

Lorsque je me penche vers la table pour allumer les bougies, personne ne fait mine de remarquer que je n'ai pas employé d'allumettes, rien que mes doigts nus. Mais il est vrai qu'à cette heure-ci, les clients se font rares. Et cette table est un peu à l'écart, parmi les tentures bleues qui semblent l'entourer d'un cocon protecteur.

Je te tends un menu plastifié aux armes du restaurant, pioché sur une table voisine. Je te l'ouvre sous les yeux. Le descriptif des plats s'agrémente de photos aux couleurs trop vives.

— Tiens, voici la carte. Qu'est-ce que je te sers, voyageur ?

Tu fais mine de l'étudier, en cachant mal les coups d'œil que tu me lances par-dessus le menu, entre l'examen de la liste des desserts et celle de ma carte des vins. Tu cherches à me déshabiller des yeux ? Retirer une par une les couches déposées par les ans, les altérations subtiles et la marque des époques ? Pas le vieillissement des traits, car je sais que mon visage ne s'est pas davantage ridé que le tien. Mais les amertumes passées ont dû le marquer de leurs plis.

Tu dénoues les dizaines de nattes fines de ma coiffure pour laisser en songe cascader mes cheveux. Je les avais un peu moins blonds à l'époque, couleur de miel et de cannelle. Ensuite tu ôtes les étoffes comme on pèle un fruit pour en révéler la chair pâle : cache-cœur en premier, puis l'épaisseur de jupes qui me tombe aux chevilles, pour finir par le corsage aux fines bretelles. Et sous le vert tendre et le violet sombre que j'affectionne aujourd'hui, tu retrouves l'écru de mes robes d'autrefois. Nuance qui convenait mieux à une peau brûlée par le soleil de Colchide.

Entre deux nouveaux coups d'œil à la carte des hors-d'œuvre, tu regardes ce bracelet aux motifs végétaux qui m'enserre le bras juste au-dessus du coude. Et tu te demandes si je n'en avais pas déjà un semblable dans le temps.

— Voyons ce que je peux te proposer... J'ai un tzatziki fondant, en entrée, dont tu me diras des nouvelles. Les feuilletés aux épinards sont un délice, et les courgettes farcies parfumées à souhait. Des boulettes keftedes, si tu préfères la viande ? Ou mieux encore, j'ai une spécialité qui devrait te plaire.

Et j'ajoute d'une voix basse un rien théâtrale, pour doser mes effets :

— Un secret bien gardé.

Sans doute ma voix gourmande a-t-elle su te convaincre, à moins que tu aies choisi de t'en remettre au hasard ? Car tu me tends la carte repliée en annonçant :

— Va pour la spécialité.

— Tu ne le regretteras pas. Je passe commande auprès de ma nièce et je reviens tout de suite.

De l'entrée de la cuisine où je viens donner mes ordres, je te vois te détendre, libéré du poids de ma présence. Depuis le renfoncement qui sépare la salle de la cuisine, je peux observer sans être vue, à l'abri derrière le comptoir de la caisse où brûlent des cônes d'encens.

Tu te laisses aller sur ta chaise, mais sans t'avachir totalement comme le premier touriste venu. J'entends crisser d'ici le cuir noir de ton pantalon lacé sur les côtés. Tu as gardé tes manières de roi d'Ithaque : les épaules toujours droites et le port de tête bien ferme. Même ta tignasse d'alors, destinée à en imposer, tu l'entretiens. Un peu plus courte, peut-être. Tu l'arborais alors comme une intouchable crinière de lion, parce qu'on ne peut prétendre au statut de légende sans soigner son image. Et que les attributs bestiaux servent à poser un héros. Tu portes maintenant le catogan avec une décontraction qui ne te dessert en rien. Tu ne manques pas d'allure, tu sais. Oh oui, tu l'as toujours su.

C'est mon décor que tu es en train de scruter, les lèvres tordues d'un rictus de dégoût. Elles te déplaisent, ces images, Odysseus ? Moi, elles me font rire. Les humains ont déformé notre héritage, et alors ? Le cliché m'amuse, et mieux vaut prendre ce parti qu'en pleurer. Mais il est vrai que je ne me suis jamais, comme toi, acharnée à me bâtir une légende. J'avais d'autres fantômes à garder.

L'artiste qui a peint cette fresque sur le mur, face à toi, avait le mauvais goût très sûr. Et respectait davantage les poncifs du folklore que notre vérité historique (dont il se moquait d'ailleurs éperdument). Tu te demandes ce que ce temple sur sa colline, ce bateau voguant sur un fleuve, voile ornée d'une chouette stylisée, ont de commun avec la Grèce de tes souvenirs. Comment Zeus, à l'extrême bord de la fresque, a pu se transformer en vieillard hirsute brandissant un éclair ridicule. On dirait qu'il va se griller les paumes, tu ne trouves pas ? Et ça m'amuse de le voir ainsi. Perché sur ces rochers d'un rose saumon qui ne doit pas grand-chose à la teinte de la pierre brute. Sous un ciel pervenche, un soleil mandarine.

La farce n'est pas de ton goût, hein ? Mais c'est la rançon des mythes. Sitôt transmis, sitôt déformés, accommodés à des sauces chaque fois plus incongrues.

Quand je te rejoins, tes yeux font la navette entre ma silhouette et ce décor, incapables d'admettre notre appartenance à un même plan de réalité. Tu m'as l'air attristé, mon petit roi d'Ithaque ? Quitte à retrouver aujourd'hui une sorcière de ta connaissance, tu aurais préféré un décor plus imposant ? Un temple en ruines, une falaise fouettée par les vagues ? Tu n'as jamais caché ta folie des grandeurs. Mon voyageur assoiffé de légende.

Je brandis sous ton nez une bouteille de vin sans étiquette qui fleure bon la production maison.

— Petite surprise : cuvée de l'année de la guerre de Troie. Un cru des vignes de Dionysos. Et tu sais le plus beau ? Il est mêlé d'une touche de nectar. On m'en avait offert en échange d'un service, dans le temps… J'avais une cave bien remplie sur mon île.

De l'autre main, je produis deux verres que je tenais renversés, tiges coincées entre mes doigts. Je les aligne sur la nappe avant de faire sauter le bouchon. De là où je me tiens, je vois par transparence une bougie colorer le liquide versé. Elle le pare d'une nuance qui rappelle le rosé enflammé de certains crépuscules.

— Tu diriges cet endroit depuis longtemps ?

Tiens, tu te décides à aligner quelques mots ? Je commençais presque à regretter le beau parleur d'autrefois. Mais tu t'es penché vers moi, coudes reposant sur la nappe, pour guetter ma réponse.

— La *Taverne*, depuis une dizaine d'années.

Mais j'en ai tenu quelques autres avant celle-ci. Avec ma nièce, qui s'occupe des cuisines. Je t'avouerais que j'y prends goût.

Et mon verre rempli heurte le tien avec un tintement sonore, avant que je le porte à mes lèvres. À voir comme tu me regardes avaler la première gorgée avant de goûter la tienne, j'en déduis que tu te méfies toujours des breuvages servis de ma main.

Mais sans doute as-tu décidé d'opter cette fois pour la confiance. Ton visage se détend lorsque le vin répand dans ton corps une chaleur sublime. Je te vois pincer les lèvres d'un air connaisseur, traquant l'arrière-goût sur ton palais. N'est-ce pas que le raisin et le nectar se marient à la perfection ? Comme une dernière touche de miel sur un dessert déjà succulent. Et à travers cette saveur moelleuse et parfumée, tu cherches l'écho d'une autre, peut-être un breuvage dégusté au cours de tes voyages. Et voilà qu'une bulle de souvenir remonte à la surface pour éclater à peine surgie, non sans t'avoir tiré un sourire, spectre d'une joie passée.

— Ton vin est délicieux, reconnais-tu.

— J'irais jusqu'à le qualifier de *divin*.

Tu ris toi-même du clin d'œil. Bien. La glace est brisée. Je prends appui contre une colonne peinte en blanc, ornée de fausses feuilles de vigne en plastique vert brillant.

— Maintenant, *Ulysse*, c'est moi qui pose les questions. Qui t'a amené ici ? Ne me parle pas de hasard, je n'y croirai pas. J'en ai vu passer quelques-uns, depuis mon premier restaurant. Et le conseil circule de l'un à l'autre. C'était qui, pour toi ?

— Prométhée. Je l'ai croisé il n'y a pas si longtemps. (Puis comme pour t'excuser, tu t'empresses d'ajouter :) Je suis nouveau en ville, tu sais, je continue à voyager souvent.

— L'appel du large, hein ? Prométhée, voilà un petit moment qu'il n'est pas entré ici. Un jour, il m'a fait promettre de lui servir le foie de son aigle sur une assiette. Si possible grillé au feu de bois. Il ne t'a pas donné mon nom, je suppose ?

Tu ne dis rien, mais je connais la réponse. Je ne suis pas naïve au point de croire que tu serais venu me trouver ici exprès.

— Tu vas rire : je crois qu'il ne le connaît même pas. Il sait que je suis l'une des nôtres, et ça lui suffit. Certains ont ce principe, quand ils en croisent un de leur espèce : ne jamais demander son nom. Par peur que la réalité ne soit pas à la hauteur de leurs espérances. Il n'y a pas que les humains qui se soient monté des films sur nos petites histoires. Les immortels non plus n'aiment pas les déceptions.

— Mais tu en vois souvent passer ici ?

— Assez souvent. Et il y a ceux qui viennent me consulter, comme autrefois dans mon île d'Aea. Mais la plupart viennent pour la cuisine. Il n'y a qu'à Dionysos que je refuse l'entrée, depuis la fois où il s'est saoulé à mort avant de vouloir tout casser.

— Prométhée m'a seulement dit qu'on servait ici une cuisine… étonnante. Qui rappelle le vieux pays. Il avait les yeux qui brillaient en parlant de ton poisson grillé et de ton pain aux olives.

— Et de ce qu'il avait vu ici, sans bouger de

cette table ? Il y a d'autres façons de voyager que sur un bateau à voiles, tu sais.

L'heure est à la confidence. Mon vin commence à te réchauffer les entrailles, t'adoucir le pli des lèvres, te dénouer la langue. La tête un peu plus légère, le port moins raide, tu esquisses la question que tu caressais depuis ton entrée :

— Mais pourquoi un restaurant ?

— Les herbes, Ulysse. Depuis le début, tout n'est qu'une question d'herbes.

Tu as la mine comique dans ton indécision : sourcils haussés mais pas tout à fait, figés en plein élan, entre deux réactions. Tu guettes dans mes paroles une trace d'ironie, un sens caché, un trait d'esprit qui t'aurait échappé. Je pourrais m'amuser longtemps à te laisser chercher. Mais j'opte pour la clémence.

— La différence entre cuisine et sorcellerie n'est pas si grande qu'on veut bien le croire. J'étais sérieuse, tu sais : tout est dans les herbes. Leur connaissance est la clé de tout, en cuisine comme en magie. Tu sais ce que Prométhée te disait sur mes plats ? Tu comprendras quand tu auras goûté à ton tour.

Tu lèves les yeux vers la femme qui vient de poser devant toi, sans douceur, une assiette fumante. Mais son regard sans joie te force à les baisser. Oui, je sais : on ne le soutient facilement qu'avec la force de l'habitude. Qu'elle soit de ma famille ne change pas grand-chose pour moi. En attendant qu'elle se retire, et cette tension avec elle, tu t'attardes sur les fines arabesques tracées au henné sur le dos de ses mains.

— La marque du sang, te lance-t-elle, acerbe. On ne s'en débarrasse jamais.

L'assiette posée devant toi, elle retire vivement les mains comme sous l'effet d'une brûlure. Elle a toujours eu le geste brusque et un rien excessif. Ses doigts retrouvent leur posture favorite à ses côtés, noués en des angles bizarres, comme déformés par l'âge ou parcourus d'électricité. Elle semble parodier la gestuelle d'une sorcière des campagnes reculées.

— Ulysse, je ne crois pas que tu aies déjà croisé ma nièce Médée ?

Mais l'intéressée s'est déjà détournée. Avant qu'elle disparaisse aux cuisines, tu lui dérobes un dernier coup d'œil furtif. Médée ne passe pas inaperçue dans ce décor. Elle cultive l'ambition secrète de ressembler à une plaie ambulante. Toujours vêtue de rouge agressif sur noir charbon, glanés dans ces boutiques où les gosses d'aujourd'hui s'habillent en morts-vivants à grands renforts de dentelles sombres. Elle porte aux poignets des bijoux assez tranchants pour la meurtrir, et autour de la taille des ceintures qui la compriment à l'en étouffer. Médée pour qui la douleur est un art de vivre, un petit foyer privé qu'on cultive pour mieux en jeter les braises à la face du monde.

— J'ai recueilli ma nièce après certains événements qui ont laissé en elle une marque… indélébile. Une sombre histoire de meurtre et d'abandon, tu en auras peut-être entendu parler. Elle a tenu la plupart de mes restaurants avec moi.

Le reste ne te regarde pas. Je me vois mal t'expliquer, par exemple, pourquoi Médée garde au congélateur deux morceaux de viande qu'elle destine à un seul homme. Il y a quelques siècles, lors d'un retour au pays, nous sommes allées ensemble trouver Tantale aux Enfers. Et en échange d'un peu de nourriture, nous lui avons soutiré sa recette pour accommoder la chair humaine. Médée a juré que si Jason entre un jour dans ce restaurant, elle lui servira sur un plat la viande des deux enfants qu'elle a portés de lui. Et tués, par sa faute, de ses propres mains. Certains griefs ne connaissent pas l'usure.

Mais sitôt Médée disparue de ta vue, tu as saisi fourchette et couteau d'un geste plein d'appétit. Il suffit de peu pour réveiller l'estomac d'un homme : un subtil agencement de couleurs dans l'assiette, ou un nuage de fumée qui flotte jusqu'à tes narines. La nourriture s'insinue en toi par l'odorat d'abord. Et sonde dans ton ventre les profondeurs d'un gouffre que tu ignorais il y a quelques instants.

— Notre spécialité : brochettes de porc souvlaki. Bon appétit, voyageur.

Sur l'assiette de porcelaine blanche, ornée de frises bleu azur comme il se doit, un lit de riz et légumes accueille les boulettes de viande montées sur brochettes de bois. Une touche finale de sauce tzatziki agrémente le tableau : petits éclats verts de concombre sur fond de blanc crémeux, piqueté de persil. Médée a l'œil pour disposer les éléments.

Trompe-l'œil éphémère, puisque ton appétit en viendra bientôt à bout : un coup de fourchette brise la symétrie de l'ensemble. Et la première bouchée t'allume le regard de l'intérieur. Avoue : je t'ai surpris. Tu ne t'attendais pas à me découvrir ce don. C'est la main de Médée qui a préparé ce plat, mais la recette, le dosage des épices, sont entièrement les miens.

— La plupart des ingrédients viennent du pays : j'y retourne parfois, avec ou sans ma nièce. Pour revoir ceux des nôtres qui ne se sont pas encore exilés, et rapporter dans mes valises tout ce que je peux récolter du vieux pays. On conserve la nourriture si longtemps, de nos jours.

Je te vois qui commences à démêler mon écheveau de saveurs. L'huile d'olive qui sous-tend l'ensemble, les nuances d'ail et d'origan mêlés, la touche de jus de citron qui relève le tout. Tu t'émerveilles de la façon dont une gorgée de vin parfume la viande marinée. Et dont les épices, à leur tour, ravivent l'arôme caché du breuvage.

— J'ai gardé ceci des jours anciens : la connaissance des herbes et de leurs effets. Tu sais, la cuisine, comme la sorcellerie, est affaire de rémanence. La viande garde la trace de ce qu'elle était de son vivant. Et les herbes, celle de la terre qui les a vues pousser. Le fromage se rappelle la brebis. Chacune des olives qui ont nourri mon huile garde le souvenir de l'arbre qui l'a portée, du parfum de l'écorce, de la couleur des pentes herbeuses.

Et tu les parcours en esprit, n'est-ce pas ? Je te vois partir dans une rêverie éveillée. Elles t'ont peut-être rappelé les collines d'Ithaque et les brebis qui allaient y paître. Ou l'une des îles traversées lors de ton grand voyage. Laisse-moi deviner… Calypso ? La tiédeur des nuits passées à partager sa couche, pendant que Pénélope n'en finissait plus de défaire sa tapisserie ? Je lis sur ton visage un fantôme d'extase, derrière la simple satisfaction du palais.

— Et puisque tout est là, dans la mémoire des choses, il n'appartient qu'à moi, à mes herbes, de la restituer pour l'estomac des gourmets. Il suffit de peu pour réveiller les souvenirs enfouis de la matière.

Tu comprends maintenant ce qu'ils viennent tous chercher ici ? Le souvenir du temps où le vieux pays nous appartenait, où nous étions le centre de toutes les croyances. Pour Prométhée, la mémoire d'un temps d'avant le vol du feu, d'avant le supplice de l'aigle.

Toi, tu entends claquer les voiles gonflées de ton navire. Ta peau retrouve la mémoire délicieuse des embruns. On a tous connu un moment de grandeur, une page difficile à tourner : tu ne t'es jamais remis d'avoir dû toucher terre au bout de ton périple. Avoue que tu n'as pas aimé voir la traversée prendre fin. Tu aurais bien vogué éternellement, sans les devoirs qui te liaient à une épouse et un royaume. On s'enivre vite de ne plus connaître d'attaches.

— Et pour en revenir à ta question — le restaurant, tu sais — les points communs sont nombreux. Première chose. Il y a en cuisine et en sorcellerie, comme en art, la part de figures imposées et la touche personnelle. La signature. Un mariage d'épices ou de saveurs un peu plus audacieux. Une métamorphose enrichie de détails symboliques.

Tu hoches la tête mais je sais que tu ne m'écoutes plus. Tu es ailleurs, attaché peut-être au mât de ton navire, les oreilles emplies d'un chant sublime et redoutable. C'est ainsi : je n'ai pas la voix aussi mélodieuse qu'un bataillon de sirènes.

Voilà. Tu es ferré. Chaque bouchée appelle la suivante. Et tu trouves à chacune un arrière-goût amer impossible à cerner.

Il y a des saveurs, tu sais, qu'on oublie difficilement. Le goût du sel m'a longtemps rappelé celui de ta peau. Tu avais la sueur gorgée d'iode et d'humeurs marines. Et l'épiderme imprégné du sel de toutes ces années passées au large. Une peau de marin. Saveur piquante qui s'était attardée sur ma langue bien après cette nuit-là.

Je continue à discourir, pour ma propre satisfaction, car je sais que tu ne m'écoutes plus.

— Il y a une chose essentielle qui échappe à la plupart des humains, comme à ceux de notre étoffe. Tu ne fais pas exception à la règle, si j'en crois tes mensonges passés. C'est sur cette même mémoire du monde que s'appuie la magie. Pas sur l'illusion, comme tous paraissent le croire : sur la révélation de la nature profonde des choses. Ça t'épate, hein ? Non, tu ne m'écoutes plus, mon petit marin ? Pourtant, tu comprendrais un peu mieux certains événements passés. Tes compagnons ne t'avaient pas tout dit. Mais rien n'est jamais illusion gratuite.

Rien, tu m'entends ? Et c'est pour cette raison que la magie fait si peur. Elle va chercher l'essence derrière les masques. Elle prend appui sur ce qui a toujours été. Regarde cette bougie : si je peux l'allumer sur simple demande, c'est que la mèche a gardé la mémoire des flammes précédentes. Je lui dis "feu" et elle se souvient, et recrée à partir de ce souvenir. La magie est une affaire concrète, Odysseus.

L'arrière-goût se précise. Et tu le traques à chaque nouvelle bouchée arrosée de mon vin. Il t'évoque l'amertume d'une herbe que tu as goûtée autrefois. La flamme des bougies creuse des ombres dans la caverne de tes sourcils, arqués dans l'effort de mémoire. Une bouchée de plus et tu sauras peut-être ?

— La magie agrandit, déforme, multiplie, mais elle ne saurait créer à partir du vide. Pas davantage qu'on ne saurait tisser d'étoffe sans utiliser de fils, ni peindre sans palette de couleurs. Je ne les ai pas *transformés*, tes compagnons. Je n'ai fait que révéler leur nature. Leur bestialité. Tu sais ce qu'ils m'avaient fait ? Celui qui s'est enfui, Eurylochos, est venu te trouver avec la mine épouvantée en disant qu'une sorcière avait capturé tes hommes. Et tu as cru cet éclat de terreur dans ses yeux. Mais c'est de sa propre lâcheté qu'il avait pris peur. De sa honte que j'avais le pouvoir d'étaler à la face du monde. Il a pris ses jambes à son cou lorsqu'il a vu le premier de ses hommes changé en cochon sauvage. J'en rigole encore, Odysseus : tes fidèles compagnons vautrés à quatre pattes dans la fange, et moi qui les nourrissais de glands dans un enclos. Ils ont abusé de moi, tes porcs. Eurylochos tout autant que les autres. Tu savais ça ?

Ma voix ne s'élève plus au-dessus d'un murmure. Tu ne m'entendrais pas de toute façon. Et il n'y a pas plus de violence dans un cri d'hystérie que dans une phrase énoncée d'une voix calme et blanche. Être capable de regarder un adversaire droit dans les yeux et le mettre face à la vérité nue : le vrai pouvoir est là. Pas dans la force brute d'une troupe de marins qui s'amuse aux dépens d'une femme seule pour se soulager des tensions du voyage, du poids de l'abstinence.

Tu te figes un instant avec l'air de vouloir déloger de la nourriture prise entre tes dents. C'est plutôt que l'appétit commence à te déserter. Tu as exploré toute ma gamme de parfums, et maintenant seulement tu perçois, sous le masque des condiments, le goût véritable de la viande de porc.

— Trois d'entre tes hommes ne sont jamais revenus, ce que ne dit pas la légende. Tu te souviens ? Tu as cru qu'ils s'étaient enfuis de leur enclos. Et dans ta hâte de quitter cette île, tu as préféré décider qu'après tout, on ne les retrouverait plus. Et que mieux valait perdre trois hommes plutôt que de risquer, *toi*, de ne jamais repartir. On peut conserver longtemps la nourriture, avec les progrès de la science des hommes, tu sais ? Mais pas aussi longtemps qu'avec certains charmes qui figent les objets dans le temps. On conserverait un bout de viande indéfiniment, rien que pour attendre le moment de le servir.

Tu commences à comprendre, à percevoir : après la mémoire de l'huile et des épices, celle de la viande. Et de son incarnation précédente. Tu vois l'intérieur du palais tel qu'ils l'ont connu lorsqu'ils sont venus me trouver. Les tentures arrachées, jetées à ma face, pour m'aveugler et gêner mes mouvements. Tu perçois l'écho du plaisir brut et honteux qu'ils ont tiré de l'acte, en riant toujours plus fort pour masquer leur honte. Leurs gloussements ressemblaient déjà au cri des porcs qu'ils allaient devenir.

— C'est facile d'inverser les rôles quand on a le nombre pour soi. *Cette salope de Circé, qui hait les hommes au point de vouloir tous les changer en bêtes.* Ben voyons. Tout comme on parlait de *cette pauvre conne de Pandore, pas foutue de laisser une boîte à sa place.* C'est Épiméthée qui l'a poussée à ouvrir la boîte, tu savais ça ? Parce qu'il n'en pouvait plus de ne pas savoir ce qu'elle contenait, et qu'il crevait de trouille à l'idée de l'ouvrir lui-même. Et voilà comment se forgent les mythes les plus tenaces. Un mensonge répété avec un peu trop de ferveur. Et quelques belles âmes empressées de le colporter. Médée aussi en a entendu de belles, en son temps.

Tu apprends, maintenant, la sensation de la chair modelée, et le vertige qui les a pris lorsque deux pattes n'ont plus suffi à les soutenir. Les cris indignés qui mutaient en couinements grotesques. Tu sais ce que c'est de garder une conscience, le souvenir d'une identité, quand le corps n'a plus rien d'humain. Tu vois le monde par les yeux d'une bande de cochons paniqués.

Le dégoût te saisit comme la nausée des soirs d'ivresse. C'est trop pour un seul homme ? Le souvenir des crimes d'une horde qui te remonte le long du gosier, mêlé de bile et d'une autre amertume végétale ? La mémoire qui proteste, au bord de l'écœurement ? Et voilà que tout te revient. Ce petit arrière-goût que tu trouvais à mes brochettes, c'est celui d'une herbe de Colchide. Tu sais maintenant où et quand tu l'as déjà consommée.

Tu n'étais pas tout blanc non plus, que je sache. Tu as menti à ce type, Homère, quand il est venu te trouver pour écrire tes mémoires. Au récit d'Eurylochos, tu as mêlé tes propres affabulations. Tu as menti, mon petit roi pétri d'orgueil, parce que c'est le verbe qui nous façonne. Je suis de la même étoffe que toi, n'oublie pas, l'étoffe dont sont taillés les mythes. Alors par le verbe, tu as voulu changer le cours des choses. Te recréer sous les traits d'un héros pour passer l'éponge sur certaines trahisons.

Raconte-moi donc, Odysseus, à *quel* moment je t'ai donné trois fils ? Raconte-moi *comment* nous avons passé des années heureuses sur mon île, puisque tu n'es resté qu'une soirée auprès de moi ? Raconte-moi *quand* tu m'as possédée comme un roi son épouse ? Tu ne m'as donné qu'une nuit, et par tromperie. Tu m'as séduite dans le seul espoir de libérer tes compagnons pour mieux t'en retourner. Mais tu n'as pas osé me regarder en face quand tu m'as promis ton retour. Avec un ultime baiser qui n'était plus que chaste, et me fuyait déjà.

Moi, porter tes fils ? Jamais. Je n'ai mis au monde qu'un enfant mort-né, étouffé par son propre cordon. Une chance pour lui, car s'il avait vécu, je l'aurais tué de mes propres mains. C'était le fils d'un de tes porcs.

Humains, dieux ou titans, nous sommes tous de cette espèce qui n'oublie jamais, ni ne pardonne. C'est notre essence même, puisqu'on nous a créés pour la fureur et la vengeance. J'ose dire que nous y excellons.

Tu te relèves d'un bond et ta main, dans un spasme, envoie valser l'assiette dont tu te régalais. Le restant de viande et de riz, tout englué de sauce, s'en va heurter le plancher dans un bruit de porcelaine brisée. Le vin répandu dans un même élan souille ma nappe d'une large trace. Ton corps immense se courbe en deux, main à la gorge, pris d'un haut-le-cœur fort peu élégant. Voilà qui sied mal à un roi de ton espèce. Tu patauges dans la nourriture que tu semblais trouver exquise. Les grains de riz s'écrasent sous tes semelles pour mieux s'y coller.

Les deux couples formant ce soir ma clientèle ont à peine le temps de s'inquiéter du fracas : tu as déjà filé. La porte grande ouverte sur la tiédeur nocturne t'appelait à elle. Disparu, mon courant d'air. À l'entrée de la cuisine, Médée, qui guettait mon signal en feignant d'essuyer la vaisselle, repose ses couverts pour courir à ta suite.

Cette herbe qui donnait à ma viande cette petite touche unique, tu sais ? Ma signature ? Tu l'avais goûtée autrefois sur mon île, mêlée au breuvage dont je t'offrais une pleine coupe. Cette première fois, tu étais protégé par l'antidote d'Hermès, les pétales de cyclamen qui en annulaient les effets. Mais tout finit toujours par se payer.

Médée ne tarde pas à me rejoindre, avec aux lèvres un de ces rictus à l'extrême limite entre grimace et sourire. Je la remercie d'un geste. Et sors à mon tour du restaurant.

Dans la ruelle qui fait l'angle avec celle de la façade s'ouvre une porte de bois. Elle donne sur un réduit obscur aux relents de moisi. Ma nièce et moi avons chacune la clé.

Je te trouve sans aucun mal, tapi dans un recoin entre deux piles de cageots vides. Tu te sais acculé. Je me penche pour te flatter doucement le groin et parcourir d'une main légère les soies qui tapissent ta couenne toute neuve.

Ravale donc tes couinements, mon petit roi d'Ithaque. Je n'ai fait que rendre justice. Tu sais comme moi que le verbe ne se trompe jamais. Et si l'on m'a nommée *faucon*, c'est que jamais je ne lâche prise.

PETIT THÉÂTRE DE RAME

GALERIE
(Rodrigue, station Campo-Formio)

L'entrée de la station émerge du trottoir comme un îlot de métal vert qui singerait le végétal. Depuis que j'habite le quartier, je l'ai photographiée sous tous les angles possibles. Ce décor me fascinait : les arabesques art nouveau, les deux grandes tiges qui flanquent la gueule de l'entrée. Le métal qui coule comme du fromage fondu et la pancarte qui annonce la couleur en lettres biscornues, vertes sur fond jaune : « Métropolitain ». Juste au-dessous, un nom, « Campo-Formio », marque l'endroit avec la précision des cases du Monopoly. Sautez d'un point à l'autre sans passer par la case départ, ne touchez pas vingt mille francs. Bienvenue dans le réseau souterrain.

Sitôt que je m'engouffre dans le passage, je laisse derrière moi la lumière déclinante du soir, et la ville dont elle adoucit les contours. Passage obligé du tourniquet, couloir, nouvelle volée de marches, parcours familier que je répéterais les yeux fermés. Et me voici sur le quai, là où la lumière ne pénètre jamais. Alors ça y est, je retrouve mon décor. Le jeu va pouvoir recommencer.

Il n'y a jamais grand monde à cette heure-là. L'heure de pointe est passée, celle des retours de soirée attendra minuit et l'échéance des derniers trains. À l'exception d'un ado affalé sur un des sièges de plastique, le nez plongé dans la lecture de mangas, j'ai l'endroit pour moi seul.

Je m'adosse au mur, tranquille, et jette des coups d'œil furtifs à l'adolescent, là-bas, des fois qu'il lui vienne une pose intéressante. Ma main cherche d'instinct le petit sac en bandoulière qui protège l'appareil. Mais ce ne sera pas pour cette fois. J'ai tout mon temps ce soir. Autant goûter d'abord à la vibration qui imprègne les quais. L'écho du mouvement d'autres trains, plus loin, que répercutent les rails le long des tunnels. Le bourdonnement électrique dont l'air est saturé. Même dans l'immobilité des soirées, le silence est toujours relatif sur les quais. Parce que fatalement, jusqu'à l'arrêt des trains, il se passe toujours quelque chose ailleurs.

Et comme chaque fois que je descends ici, je regrette de n'avoir jamais pu capturer cette lumière. D'autres stations, sur cette même ligne, ont les murs couverts de mosaïque orange, trois teintes différentes plus celle des sièges (j'ignorais qu'il existait autant de nuances dans la fadeur). Je préfère ce blanc lisse et brillant, un peu sale, et l'éclat des néons qui règne partout où le soleil est interdit de séjour. Le mariage des deux, surtout, cette lumière de couloir d'hôpital. Cette façon qu'elle a de glisser sur le carrelage, comme une pellicule liquide et fuyante qui refuse de sécher.

Comme n'importe quel touriste, j'ai commencé par les classiques, parce qu'il faut bien écrémer les lieux communs avant de trouver sa propre voie. Le tape-à-l'œil, le folklorique, le grandiose et le coloré. Tous les clichés, aux deux sens du terme, qui remplissent mon premier album. Les lieux qui ouvrent grand les yeux des visiteurs, et devant certaines de ces stations, fraîchement arrivé en ville, on se sent comme un gamin. Moi comme les autres, les premiers temps.

Et alignées dans mon album, des dizaines de photos soigneuses et trop bien cadrées. Bridées sans doute par le poids des regards qui fige ces lieux dans l'imagerie officielle.

Le plafond pastel de Cluny-La-Sorbonne et sa mosaïque de signatures célèbres, qui font lever les yeux vers les étoiles. À peine le temps d'en reconnaître quelques-unes et voici que la rame débarque pour briser l'illusion tout net. Jusqu'au prochain passage.

Les parois cuivrées d'Arts-et-Métiers percées de hublots étranges et d'alignements de boulons. Et l'impression, la première fois, de se promener dans un chaudron. La deuxième, dans un décor de film d'un autre temps. La troisième, de plonger hors du monde l'espace d'une halte.

Les lettres éparpillées sur les murs de Concorde, où l'on s'amuse, quand le métro tarde à venir, à reconstituer des bouts de la déclaration.

Étudiant, j'ai commencé par là pour meubler mon temps libre. Après les monuments, une première série de stations de métro. Je tapissais de photos les murs de mon studio sous les toits, en attendant de m'offrir un endroit plus vaste où les aligner. Puis j'ai appris à ouvrir les yeux un peu plus grand.

Parce qu'au fil des jours qui éloignent du tout premier, on apprend la ville, ses façades et ses parcours. Jusqu'à son réseau souterrain, à force de l'emprunter chaque jour. On apprend la carte d'une autre ville sous la ville, où les mêmes noms désignent des lieux différents.

Alors on s'approprie ces endroits qui font maintenant partie de la routine, ceux du trajet quotidien vers la fac ou le lieu de travail, si souvent répété qu'on en oublie de regarder autour de soi. On plonge le nez dans un livre, les pensées dans les souvenirs de la journée de travail, tout ce qui occupe le trajet en effaçant les lieux. Le regard s'endort si facilement quand on ne l'exerce pas.

C'est pour réveiller le mien que j'ai poursuivi la série du métro : réapprendre à ouvrir les yeux. Après les classiques, je suis passé aux stations en travaux, celles dont je ne pouvais tirer le portrait qu'au passage, quand le train les traversait sans plus s'y arrêter. Puis à leur tour, les stations ordinaires. Les murs les plus ternes, les panneaux les plus communs, les escaliers les plus banals. Les guichets, les tourniquets à différentes heures de la journée.

Et tout naturellement, par glissement d'intérêt, je suis passé aux gens. Parce qu'en traquant les lieux, j'avais aussi figé des gestes, que je m'étonnais de ne pas avoir vus à travers l'objectif. Une jeune fille qui adopte inconsciemment la posture du mannequin de l'affiche publicitaire contre laquelle elle s'appuie. Un musicien chargé de tout son fatras, qui cherche un sursaut d'énergie avant de monter dans une rame pour y récolter quelques pièces.

Ce n'est pas vrai qu'il ne se passe jamais rien dans ces couloirs, sur ces quais, dans ces trains. Même au cœur de la routine la plus usée, c'est impossible. Pas alors qu'il s'y bouscule tant de monde. Pas tant que chacun s'y construira une image bien à lui des lieux qui l'entourent. Les zones de transit ont ceci de fascinant qu'elles appartiennent à tout le monde, à force de n'être à personne.

Il n'y a que la lumière qui refuse de se laisser traquer. La lumière, et la vibration, celle qui me bourdonne aux oreilles en ce moment même. J'adorerais la fixer un jour sur pellicule. Le mouvement, ça oui, il se laisse dompter. Surtout depuis que j'ai opté pour le Polaroïd, en délaissant un temps les lieux pour leur faune. Lignes de fuite, va-et-vient des passants : j'ai des photos entièrement brouillées par ce mouvement perpétuel, de jour, aux heures de pointe. Instantanés du désordre et du bouillonnement. Des photos prises alors qu'on me bousculait et qu'un coude enfoncé dans mes côtes faisait dévier l'objectif. Et le soir, l'attente permanente, le vide jamais total, toujours ces bruits au loin, cette vibration. Toujours un étudiant sur un banc, plongé dans un livre d'occasion aux pages cornées. Un jeune cadre plus très dynamique qui revient de ses heures sup', la cravate ouverte, l'attaché-case posté à ses pieds.

J'ai photographié les regards qui s'évitent, la lassitude de zombie dans ces yeux fuyants. Les contorsions des heures de pointe, pour gagner quelques centimètres d'espace et quelques bouffées d'air. Le relâchement des épaules dans l'attente. La crispation, parfois, quand passe un clochard, main tendue pour demander l'aumône.

Tiens, en voilà une, parmi les images qui m'échappent : l'arrivée du métro à quai. La lueur qui remplit le tunnel avant qu'il pointe le bout du museau, et le grondement lointain qui annonce sa venue. C'est chaque fois pareil : j'essaie de mémoriser ce que l'instant a de spécial, trouver une métaphore qui dise ce moment-là. Peine perdue. Je pense : serpent, ver de terre, bête surgie de sa tanière, et je retombe dans les clichés. Le comble pour un photographe.

La rame s'immobilise à grand bruit. L'ado de tout à l'heure monte sans se presser, toujours plongé dans sa lecture. Sans même lever les yeux pour se diriger, il s'affale sur la première banquette venue. Je prends place tout au bout, sur l'un des strapontins. Dans le sens inverse de la marche : j'aime me laisser emporter. Le point de vue se modifie légèrement, dès qu'on regarde défiler le monde en marche arrière. Et toute altération du regard est bonne à prendre.

Alors, quels petits bouts récolter dans ce train-ci ? Pas grand-chose à première vue. Le sol est gris de la poussière répandue par toutes ces semelles, mais pas tellement plus qu'ailleurs. Les graffitis fleurissent sur les murs et commencent à grimper jusqu'aux vitres, mais rien que de très banal. J'en ai capturé d'autrement plus colorés.

En parlant de graffitis, il y a une portion de couloir souterrain, entre Bastille et Quai de la Rapée, que j'adorerais immortaliser un jour. Quelques mètres entièrement peints de couleurs vives, un vrai petit bijou d'art urbain. J'espère toujours un incident technique qui immobilisera le métro juste au moment de passer ce couloir. Le temps que j'en emporte une parcelle sur pellicule.

Mais en guise de couloir, je vois juste défiler des alignements de câbles à toute vitesse et je pense : nœud de serpents. Incroyable ce que le métro appelle comme clichés reptiliens, je n'en sortirai donc jamais ?

Bon. Se recentrer sur les gens. Pas grand monde ce soir, et l'ado qui me tient compagnie dans la rame ne m'inspire rien de particulier. Laissons un peu jouer le hasard : le prochain qui montera ? Adjugé. Reste à espérer qu'il n'attendra pas trop longtemps. Quitte à parcourir la ligne d'un bout à l'autre, autant rentabiliser le trajet.

Le temps de sortir l'appareil de son étui, je guette les arrivants de la station suivante. Trois sur le quai, pas un seul pour mon wagon. Pas de bol. Ce sera pour la prochaine.

C'était par ici, je crois, que j'avais photographié un jour un groupe d'ados improvisant une danse en plein trajet. Maladroitement, et sans autre musique qu'un baladeur dont ils avaient poussé le volume à fond. Ils s'étaient attiré les regards réprobateurs d'un trio de vieilles bourgeoises, les coups d'œil complices et amusés des autres. J'espère parfois les retrouver sur cette ligne, mais c'est la loi du métro : les surprises s'y répètent rarement.

Ça devait être ici, oui, je me rappelle : le métro aérien... Les vieilles avaient râlé par peur que le train bascule dans le vide à cause des gamins.

J'ai toute une série prise ici le mois dernier, sur le passage aérien. Il y manque l'essentiel, le vertige, la lumière du jour qui se rappelle à notre bon souvenir... La grâce un peu pataude de la ferraille qui voudrait se faire plus légère que l'air. Instant funambule, suspendu entre ciel et terre, le seul où les deux mondes fusionnent brièvement.

Juste le temps que le métro se prenne pour un train de fête foraine, slalome un peu entre toits et façades d'immeubles, au grand jour pour une fois. Et se paie même le luxe d'enjamber la Seine : derrière une enfilade de ponts, j'entrevois certains des repères que j'avais fixés sur mes pellicules d'étudiant. Un aperçu de Notre-Dame, plus loin le dôme des Invalides. Histoire de nous rappeler qu'il y a encore une vie dehors, après la descente sous terre.

Tiens, voilà ma première proie ? Je ne l'avais pas vue débarquer. Le type a dû monter au dernier arrêt, pendant que je rêvassais. Pourtant j'aurais dû le remarquer, ou à défaut de le voir, *lui*, prêter au moins attention à son chien.

L'homme est posté sur un strapontin à l'autre bout de la rame. Juste à gauche de la vitre derrière laquelle je vois tanguer le wagon suivant. Son allure a quelque chose de vague, de pas vraiment fini, sans que je puisse préciser en quoi. Ses cheveux qui touchent presque les épaules, mais pas tout à fait. Sa manière de se tenir un peu voûté, mais presque droit. Pantalon de treillis et veste informe, casquette rouge vissée sur le crâne, un peu de travers, mais pas vraiment. Une ombre de barbe lui assombrit le visage, sans qu'on puisse déterminer où elle commence.

Couché sagement à ses pieds, le berger allemand ressemble à un chien d'aveugle comme on en croise souvent dans le métro. Mais son propriétaire... Non, j'ai eu un instant de doute, la faute à ce regard flottant qui ne se fixe nulle part, à l'ombre de la casquette. Mais le type n'a rien d'un non-voyant.

Il ne bronche pas lorsque j'ouvre mon appareil avec un déclic sonore. Pourtant dans une rame vide, à l'arrêt, difficile d'ignorer le bruit. J'attends qu'il change de position ou d'attitude quand il me verra soulever l'appareil... J'ai connu ça chez beaucoup de gens, quand j'interpose cet artifice entre eux et moi. Les regards hostiles ou gênés, parfois légèrement suppliants, parce que j'ai un bouclier mais pas eux. Ceux qui s'offrent à l'image sans résistance sont plus rares. Une des raisons pour lesquelles je préfère l'effet de surprise.

Mais non, il continue à m'ignorer, sans même un signe d'agacement. Tant mieux. Je cadre l'image pour contenir à la fois le maître et son chien. Je n'aurai pas la bête en entier, mais ça fera l'affaire. Voilà... C'est parti.

Le chien regardait dans ma direction, mais n'a

pas réagi quand le flash s'est déclenché. Ni quand l'appareil a recraché la photo avec ce petit bruit agaçant. J'ai connu des bêtes plus farouches devant l'objectif.

Les wagons voisins commencent à se remplir un peu, je descendrai au prochain arrêt pour voir ce qui s'y passe. À travers la fenêtre du fond, je n'aperçois que les silhouettes. Mais il y aura bien dans le tas quelques modèles intéressants.

Je pourrais déjà jeter un coup d'œil au cliché, pour juger de l'effet d'ensemble ? Voyons ça… Le cadrage n'est pas trop mal. Rien d'exceptionnel, mais… Tiens, un jeu d'ombres intéressant derrière le dos du type, je n'y avais pas prêté attention. Ça devrait produire un bel effet, quand la photo sera bien nette. Par contre, le chien… C'est curieux, il n'a pourtant pas bougé pendant que je prenais la photo. Quelque chose est passé entre l'objectif et lui ? Je l'aurais remarqué.

Mais le chien n'était pas…

Je n'ai pas rêvé pourtant. Je relève les yeux juste un instant, pour comparer.

Merde.

La rame est à l'arrêt, le type a dû descendre. Et le chien avec lui. J'ai juste le temps de les rattraper.

Je soulève la poignée d'un coup sec, la porte coulisse à grand fracas. Coup d'œil de droite à gauche, il n'est pas sur le quai ? Voilà, j'aperçois la sortie sur ma gauche. Il a dû passer là. Si je cours assez vite, il n'a pas pu aller bien loin…

— Mais ça va pas, non ?

Une voix adolescente chargée de toute la hargne du monde. Je viens de percuter une gamine, treize-quatorze ans maximum, qui s'apprêtait à monter dans la rame. Un nuage de couleurs criardes flotte au coin de mon champ de vision, orange sur kaki sur rose bonbon. Je me penche pour ramasser la photo tombée par terre au moment de l'impact.

Une seconde d'hésitation avant de m'élancer. Le réflexe prend le dessus : j'ai enregistré l'image en un clin d'œil, avec l'impression d'un détail qui ne collait pas. Les collants bariolés, la jupe et le tee-shirt dont les couleurs jurent ensemble, les traces de maquillage anarchiques autour des yeux. Treize ans, quatorze, l'âge où l'on s'habille pour emmerder les parents, où l'on apprend à se maquiller avec un miroir pour seul conseiller. Qu'est-ce qui a retenu mon regard ? Le colis qui pend à son cou, un porte-bébé aux tons pastel ?

Tant pis, pas le temps. Je dois retrouver le type et son chien.

Mais le couloir débouche sur un grand vide, pas la moindre trace de mon modèle, je n'ai réussi qu'à m'essouffler gratuitement. Et j'ai failli perdre la photo en cours de route. Si je n'avais pas hésité une seconde de trop, quand j'ai bousculé la gamine sur le quai…

Je m'adosse au mur carrelé le temps d'arrêter de siffler comme un asthmatique. Avec dans les oreilles l'écho du métro qui vient de repartir. Le type a pu emprunter une autre sortie. Ou monter dans le wagon suivant. Pas de chance. Moi qui traque les failles, depuis que je photographie les dessous de Paris, je suis sûr que j'en tenais une. Et je l'ai laissée filer.

Il ne m'en reste qu'une trace. Une photo pas encore sèche, mais bien plus nette que tout à l'heure. Je n'avais pas tout vu. Juste pressenti. J'aurai l'air de quoi, avec ça dans ma collection ?

Assis sur son strapontin, l'homme à la casquette se tient légèrement penché en avant, de sorte que sa veste dévoile en partie une autre couche de vêtements. Un tee-shirt à l'air pas très net, quelque part entre jaune et blanc, sur lequel se détachent plusieurs formes fines et sombres. Comme de petites pointes noires, presque cachées par la veste. Impossible de les distinguer : il me faudrait retrouver le modèle pour comprendre de quoi il retourne. Mais sur la photo, sous la forme que gardera toujours la scène, on jurerait voir une poupée vaudoue criblée d'épingles.

Et lovée à ses pieds, la queue enroulée autour des chaussures de son maître, la forme sombre d'un alligator a remplacé le chien.

ORDALIE
(Vinciane, station Bréguet-Sabin)

Putain mais qu'est-ce qui lui prend, à celui-là ? Ça lui arrive souvent de se précipiter comme ça hors du métro, sans regarder où il fonce ? Pauvre taré. Il se prend pour qui avec ses grands airs ? Je suis sûre que c'est un étudiant, il en a bien la dégaine. Petites lunettes, catogan, imper noir : cherche pas, c'est un étudiant. J'en ai vu traîner plein qui lui ressemblent autour de la fac, près de chez ma copine Delphine. Des fois, on se met à la fenêtre pour les regarder passer, et on rigole rien qu'à voir leurs tronches.

Une chance qu'il n'ait pas fait brailler la môme, sinon j'étais partie pour l'entendre des heures. J'ai un biberon dans mon sac à dos juste au cas où. Pas envie de l'entendre beugler, c'est pas le jour. Ça me gave déjà bien assez de devoir me balader ici avec elle dans les bras. J'ai l'impression de traîner derrière moi une odeur de lait caillé et de purée de carottes.

Tiens, le wagon est vide, j'ai les banquettes pour moi toute seule. Génial. Pas envie de devoir partager. Comme ça, je pourrai m'installer tout contre la vitre et regarder ce qui se passe dehors. Si jamais il se balade sur le quai, je le verrai tout de suite. J'aurai juste le temps de foncer le rejoindre. À l'heure de pointe, ce serait carrément plus dur.

D'ailleurs, j'espère que les voisins ne prennent jamais la ligne 5 à cette heure-ci, parce que sinon, je suis mal barrée. J'aurais peut-être dû m'habiller moins voyant, un truc qui se confonde avec les couleurs du métro… Avec le bol que j'ai, je vais les croiser un de ces soirs, ou alors les collègues de maman. Il va quand même falloir que je trouve une réponse crédible un de ces jours, parce que la question, c'est sûr qu'ils me la poseront si je leur tombe dessus : « alors Vinciane, qu'est-ce que tu trafiques dans le métro avec ta petite sœur ? »

La question que je préférerais qu'ils me posent, un jour, c'est plutôt : « pourquoi tu te retrouves encore avec le bébé à garder ? » Ou encore mieux : « pourquoi ta mère est tellement douée pour se faire foutre en cloque, mais pas capable de garder un mec ? »

C'est vrai quoi, je leur en pose des questions ? Déjà que chaque fois que je trimballe Anaïs dans le métro, j'ai la trouille que maman rentre plus tôt, qu'elle trouve ma chambre vide, plus de bébé dans le berceau, et qu'elle pique une crise. Parce que là, j'aurais pas fini d'en entendre parler. Remarque, l'avantage, c'est qu'elle n'oserait plus sortir en me laissant garder la môme. Pas si je lui fais une fois une frayeur pareille.

Enfin non, la connaissant, ça lui passerait au bout de deux semaines. Et dès qu'il lui reviendrait l'envie de sortir le soir, ce serait le même manège. « Tu es une grande fille, Vinciane, tu peux quand même garder ta petite sœur pour me rendre service. Juste pour ce soir ? » Sous-entendu : mérite un peu ton argent de poche, je ne suis pas milliardaire. Ben voyons. C'est facile de faire des gosses, si on n'est pas foutu de rester chez soi pour s'en occuper.

Enfin, si je réussis, ça n'aura plus d'importance. Parce que tout rentrera dans l'ordre. Ça fait seulement trois semaines que je reviens ici le chercher. Je finirai bien par lui tomber dessus.

La vache, si cette gosse pouvait s'arrêter de gigoter cinq minutes… C'est incroyable qu'un petit bout comme ça puisse peser si lourd. J'imagine l'effet quand on porte ça dans son ventre pendant tout ce temps, on doit finir par avoir les reins en compote. Et puis ras-le-bol de ce porte-bébé, tiens, je vais l'enlever cinq minutes. C'est toujours un bordel, pour retirer ce truc…

Mais tu vas t'arrêter de gigoter, toi ? T'inquiète, je vais pas te laisser tomber. Pas comme ça en tout cas. Je ne dis pas que ça ne m'amuserait pas de te balancer sur les rails, juste pour voir ce que je ressentirais. Mais je peux pas, à cause de maman. Là, t'es rassurée ? Arrête de remuer ou je te flanque par terre pour de bon, ça te fera les pieds.

Toujours rien en vue… Peut-être un peu plus tard. Je sais pas, j'ai confiance. Si c'est pas ce soir, ce sera la prochaine fois que maman décidera de sortir, ou la fois d'après, mais je finirai bien par le retrouver. J'ai dans l'idée que ce sera sur cette ligne. Comme la première fois. Y a pas meilleur moyen pour retrouver quelqu'un : les lignes, c'est sacré. Les clochards font toujours la manche sur leur ligne attitrée, toujours le même parcours, avec le même discours. Les gens qu'on croise le matin à l'heure d'aller en cours, c'est pareil : si on s'en tient à la même ligne, on a toutes les chances de retomber sur les mêmes d'un jour à l'autre. Même attitude, même place, plutôt banquette ou plutôt strapontin. Dans le métro, y a que des habitudes. Alors si ça se trouve, lui aussi. Je ne sais pas comment, mais y a des chances. Appelez ça une intuition.

Tu sais que t'as failli ne jamais exister, toi ? Et c'est par ici que ça s'est passé. Sur cette ligne, à

Stalingrad. Je te raconte pas comme j'étais heureuse ce soir-là. Mais ça n'a pas duré. On rentrait d'une visite chez les cousins, avec maman. C'était le soir, à peu près vers cette heure-là. Elle se sentait déjà bizarre dans l'après-midi, mais là, quand elle m'a demandé d'aller chercher de l'aide, et que j'ai vu la tête qu'elle faisait… Elle m'a dit un truc à propos des contractions, j'ai rien compris mais je me répétais : ça y est pour de bon, tout va rentrer dans l'ordre. Ça pouvait pas être un accouchement, le bébé était prévu pour plus tard, elle comptait les jours comme les prisonniers dans les films.

Alors je suis remontée jusqu'aux guichets, mais surtout sans me presser. J'ai couru juste assez pour paraître un peu essoufflée à mon retour. Je me suis dit : ça y est, une fausse couche, je suis tranquille pour cette fois. J'avais envie de bondir dans les couloirs tellement je me sentais légère, mais je me suis forcée à ralentir pour perdre du temps. Juste au cas où. J'ai repensé à un truc que m'avait expliqué ma copine Delphine. Des femmes qui ont l'air enceintes mais qui en fait n'ont rien du tout dans leur gros ventre, ça s'appelle une grossesse nerveuse. Alors j'imaginais maman là-dessous en train de se dégonfler comme un ballon de baudruche, mais y avait que du vide à l'intérieur.

Tu parles. Fausse alerte de fausse couche, mais un accouchement pour de bon. Tu sais que si ça s'était passé ailleurs, dans une autre station moins près d'un hôpital, maman serait peut-être arrivée trop tard ? Ça s'est joué à deux fois rien. Et je me suis retrouvée à poireauter une éternité dans les couloirs de l'hosto, pour m'entendre annoncer : « Tu as une petite sœur, elle s'appelle Anaïs. » Je me retrouvais bien avancée, avec ça. On m'aurait dit un petit squelette, un petit fœtus mort, génial, là j'aurais compris. Mais une vraie petite sœur vivante, fallait apprendre à composer avec. Et pas à quatorze ans, merde. C'est pas possible, une mère qui se fait foutre en cloque treize ans après. Ça se fait pas.

Ils ont voulu que je te prenne dans mes bras, les vaches. Comme ça, dès le premier jour, même pas le temps de m'habituer à l'idée. Ça y est, te voilà grande sœur, maintenant tu dois apprendre à la porter. C'est le rôle des grandes sœurs. J'aurais dû me douter qu'on me préparait à ça : les soirées passées à garder la môme pendant que maman s'amuse.

Mais tu vas t'arrêter de gigoter, la crevette ? Pourtant ça devrait te bercer, le balancement du métro. Ou bien c'est le bruit qui te garde éveillée ? Avec moi, ça ne rate jamais au retour du collège, à peine montée à bord, je m'endors dans les cinq minutes. Rien à faire, ça me berce. Pourquoi ça ne marche pas sur toi, que j'aie un peu la paix ?

Tu sais que ça m'éclate, déjà, de venir avec toi jusqu'ici et de penser à ce qui *pourrait* arriver. Je ne dis pas que je le provoquerais, hein, pas de cette façon. Mais c'est fascinant de passer tout ça en revue. Exemple. Je *pourrais* faire semblant de perdre l'équilibre, et hop, un petit bébé sur les rails, le métro qui déboule, trop tard pour l'arrêter. Ça arrive si vite, un accident.

Autre exemple : un kidnappeur de bébé. Genre une mère qui décide d'enlever un môme encore tout petit parce qu'elle n'a jamais pu en avoir. Je relâche mon attention deux minutes et quand je regarde, plus d'Anaïs, et personne ne sait où elle est.

Et tous les microbes qui se trimballent ici, imagine le nombre de gens qui passent là chaque jour, qui respirent cet air, rejettent du gaz carbonique et tout. Pas un endroit pour un bébé, le métro. Sauf que toi, c'est ici que t'as commencé à vouloir sortir. Stalingrad, on y passera tout à l'heure, ça te rappellera des souvenirs.

Le type que je cherche sur la ligne, je l'ai vu pour la première fois ce jour-là. Et je suis persuadée que c'est lui qui était derrière tout ça. Parce que moi je l'ai vu, et pas maman. Ou en tout cas, elle ne s'en souvenait pas, ce qui revient au même. D'autres types sont passés sur le quai en même temps que lui, et personne n'a rien vu. Personne d'autre que moi. Parce qu'il était venu rien que pour moi. C'est bien la preuve.

Déjà, il avait un visage qu'on n'oublie pas. Enfin je ne me le rappelle pas précisément, mais je sais que je le reconnaîtrai quand je le verrai. Ses yeux, son expression. Peut-être aussi ses habits s'il a gardé les mêmes. La casquette rouge, le pantalon trop large (je me rappelle avoir pensé que les muscles de ses jambes avaient dû fondre, tellement il ne le remplissait plus). Il traînait derrière lui un gros chien en laisse, un berger allemand. Mais c'est son visage que je reconnaîtrai, j'en suis sûre.

Je n'avais pas fait gaffe à son manège avant l'arrivée des rats. Je ne sais pas d'où ils ont débarqué, on voit parfois passer quelques rats dans le métro, surtout le soir, quand on n'a rien d'autre à regarder. Mais ils étaient toute une bande, arrivés de nulle part, je vois mal où ils avaient pu se cacher. Et personne ne faisait gaffe. Sauf le type à la casquette rouge qui les regardait passer avec un curieux petit sourire, l'air de bien s'amuser. Ça m'a intriguée. J'ai rien contre les rats, moi, mais les adultes font toujours des mines dégoûtées quand ils en voient passer. Surtout en bande. Tous les adultes, mais pas lui.

Et puis il s'est mis à faire un drôle de petit geste en approchant les doigts de ses lèvres, comme s'il soufflait dans une sarbacane. Et là, paf ! La bande des rats se disperse d'un seul coup, et là où elle se tenait rassemblée, je vois qu'il en reste un seul, transpercé par un gros clou. Complètement empalé, le rat ! J'en croyais pas mes yeux.

J'ai regardé à nouveau le type, qui avait toujours son petit sourire en coin. Il suivait des yeux un groupe de rats qui venait de se reformer, à l'écart du cadavre. Le chien les regardait passer avec un air nonchalant, la langue pendante. Son maître a levé les doigts encore une fois pour refaire son geste de sarbacane, et paf ! Un deuxième rat empalé par un gros clou. J'avais même pas vu partir le coup. Il a continué comme ça à souffler des clous sur les rats, deux fois, trois fois, dix fois, sans jamais rater sa cible. On aurait dit un gosse qui s'amuse à un stand de tir, à la fête foraine.

Pendant tout ce temps, j'ai pas réussi à croiser

ses yeux, mais j'étais persuadée qu'il me regardait. Bizarrement ça m'a rappelé un film, avec un clown qui s'amusait à faire peur aux enfants quand les adultes n'étaient pas là.

Il a fini par s'en aller au bout d'une dizaine de rats. Je l'ai regardé marcher jusqu'à la sortie, avec l'envie de l'interpeller pour le faire rester, mais j'ai pas pu réagir. Quand il a disparu pour de bon, je me suis aperçue qu'il ne restait pas un seul rat sur le quai, mort ou vivant. Et personne n'avait rien vu.

Cinq minutes après, maman a fait sa fausse alerte de fausse couche.

J'ai eu le temps d'y repenser, depuis trois mois que la gosse est née. Il ne m'a pas fallu longtemps pour faire le lien. Il était venu pour moi, pour que les choses rentrent dans l'ordre. Parce que je suis fille unique, je l'ai toujours été, c'est pas à quatorze ans qu'on change ces choses-là. Parce que j'aurais dû le rester. Et il a failli réussir. Si l'hosto n'était pas si près, maman serait arrivée trop tard.

Dans un dico, j'ai trouvé le mot « ordalie » : une sorte de jugement de Dieu, par l'eau ou par le feu. Mon parcours dans le métro avec Anaïs dans les bras, c'est pareil : mon ordalie à moi. Si c'est écrit que je dois retomber sur le type, alors ça se fera naturellement, et je lui rendrai la môme.

Et là, au tout dernier moment, je saurai ce que je veux vraiment. Si la chose que je désire le plus, c'est qu'on enlève cette crevette de ma vue et que je n'en entende plus parler. Ou alors si je me suis trompée. Ce sera une mise à l'épreuve.

Mais si c'est vraiment ça, et que je l'ai mérité,

alors je lui demanderai de la reprendre. Et il effacera tout, comme il aurait dû le faire ce jour-là sur le quai de Stalingrad. Maman n'aura jamais été enceinte. Y aura jamais eu de gosse pour brailler la nuit dans la chambre d'à côté. Elle n'aura jamais existé. Parce qu'elle n'aurait pas dû.

Tiens, quelqu'un monte dans la rame. J'espère qu'elle ne va pas s'asseoir juste à côté de moi, y a bien assez de place. Non, elle reste debout… Aïe, je vois. Moi qui croyais qu'ils ne circulaient plus à cette heure-là.

— Bonsoir, messieurs dames.

Comme si elle n'avait pas vu que j'étais toute seule ? Qu'elle en finisse vite, c'est gênant à cette heure-ci. À l'heure de pointe au moins, on peut faire semblant de ne rien voir, ou baisser les yeux comme le voisin, non, pas de monnaie, désolée.

En fait je me rappelle l'avoir déjà vue sur cette ligne. Avec cette façon qu'elle a de se tenir toute droite, de s'appuyer sur la barre métallique pendant qu'elle danse. Mais c'est sa voix qui m'avait marquée l'autre fois. Je me rappelle avoir pensé que sa place n'était pas ici. Elle chante beaucoup trop bien, et ça lui monte des tripes. Pas comme ceux qui débarquent dans la rame avec un accordéon musette ou trois accords de guitare. La dernière fois, je me suis demandé ce qu'elle foutait là, dans ce décor, avec ses chants manouches.

Si c'est bien des chants manouches, mais pour ce que j'y connais… Je me demande d'où elle peut débarquer, d'ailleurs, avec sa peau mate et ses longs cheveux crépus. Et ses colliers de perles en plastique qui s'entrechoquent quand elle danse. Et puis elle a un nom étranger, elle l'a prononcé la dernière fois. Mais je ne me rappelle plus. Alors que je me souvenais très bien de cette manière de faire valser ses jupes noires, de renverser la tête en arrière, de remplir toute la rame rien qu'avec sa voix. À en faire oublier le boucan du métro autour de nous, qui roule et qui tangue comme un train fantôme.

Je vais regarder s'il me reste de la monnaie. Ce serait dommage de la laisser partir comme ça. Pour une fois que j'en trouve une qui sait chanter, et qui en a autant dans les tripes. Elle m'a foutu la chair de poule. Voyons ça… Anaïs, putain, tu vas t'arrêter de gesticuler ? Juste le temps que je sorte mon porte-monnaie du sac à dos ? Ouais, il me reste une poignée de petite monnaie, je n'ai qu'à tout lui refiler. Le spectacle le mérite.

Elle s'est arrêtée de chanter, et tout d'un coup elle donne l'impression de sortir de sa transe pour revenir toucher terre, comme si elle venait de léviter au-dessus du sol. Elle a dû voir mon manège avec le sac à dos, parce qu'elle s'avance droit vers moi. La main tendue, mais pas suppliante.

Elle plante ses yeux marron droit dans les miens, et de près, je vois qu'elle ne lésine pas sur le khôl et le mascara. C'est pour ça qu'elle les a si grands. Avec des rides juste au coin, mais ça lui va bien, pas comme maman. Ses lèvres sont peintes d'un brun doré qui ressort bien sur sa peau mate. Moi, je détourne un peu le regard, intimidée quand même, et je dépose toute ma poignée de monnaie sur sa paume tendue. Elle la referme sans se presser, s'incline un peu, puis elle me dit :

— Nejma te remercie.

Elle saluait déjà comme ça la dernière fois. Je me disais aussi que ce n'était pas un nom d'ici.

Et puis elle reprend sa route par habitude, vers le fond du wagon, comme s'il y avait des gens derrière moi à qui demander l'aumône. Je me retourne pour la voir ouvrir la porte, et juste au moment où l'alarme retentit, je l'aperçois qui monte dans le suivant. Juste le temps d'entendre la porte se refermer en claquant, et au loin le même refrain que tout à l'heure, « Bonsoir messieurs dames. » Et le métro repart.

J'espère que le type à la casquette n'est pas monté à quai en même temps qu'elle, parce qu'elle serait foutue de me l'avoir fait rater, la garce. C'est déjà assez dur de garder les yeux partout. Même depuis le wagon du milieu, collée à la vitre, comment voulez-vous que je repère tout ce qui se passe à quai ? Mais j'ai confiance. Si je dois le trouver, il viendra à moi tout seul, pas possible qu'on se rate si bêtement.

Gare de l'Est. J'aime pas cette station. Les murs orange, c'est d'un malsain. Et puis cet escalier planté au milieu du quai. J'aime pas les escaliers, on ne sait jamais trop où ils mènent, et celui-là, je ne l'ai jamais emprunté. C'est pas ma station, qu'est-ce que j'irais y faire ? D'abord je préfère les stations normales, avec les murs blancs et les…

Il est là !

La casquette, le chien et tout. Qu'est-ce que je disais ! J'y crois pas, ça y est, c'est mon ordalie !

Juste le temps de rassembler les affaires, sac à dos, porte-bébé, Anaïs, rien laisser tomber, j'ai le temps de descendre de la rame avant la sonnerie. Mais cette poignée, c'est pratique à soulever d'une main, je vous jure…

Il est là, il est encore là, il m'attend. Assis sur l'escalier, je l'avais pas vu à cause de la grille derrière laquelle il se planque. Avec le chien juste à côté. Mais pas de rats en vue. Tant mieux, j'avais pas trop envie qu'il me refasse le coup de la sarbacane.

C'est malin, j'ai la trouille d'avancer maintenant. Bon, juste assez pour me placer en face de lui. Il a bien dû m'entendre, mais il ne regarde toujours pas. Je m'approche encore un peu… Juste en face de ses yeux, il me dépasse de deux bonnes têtes, assis sur les marches, mais il doit bien me voir.

Je lui tends le porte-bébé avec Anaïs dedans, à bout de bras, pour ne pas devoir le toucher quand il avancera les mains. Elle pèse une tonne, cette môme. Mais tant pis si je la lâche, rien à foutre.

— Ça y est, je te l'ai rapportée.

Il lève les yeux vers moi, mais sans répondre. On dirait qu'il regarde à travers moi. Qu'est-ce que je pourrais dire d'autre ?

— S'il te plaît… Je te la rapporte, rien que pour toi. Pour que tu la reprennes.

Toujours rien.

— S'il te plaît.

Et là, il éclate de rire. Mais le ricanement d'une personne trop fatiguée pour rigoler franchement, à croire qu'il n'a plus d'air dans les poumons. Ou qu'il va les cracher là, sur le quai, au bas des marches.

Il se lève, et le chien avec lui.

Et il s'en va ! Sans la môme, sans un regard en arrière, mais qu'est-ce qui lui prend de me foutre en l'air mon ordalie ?

J'ai l'air de quoi, sur les quais de Gare de l'Est, avec un porte-bébé dans les bras et Anaïs qui se remet à brailler ?

Mais si elle pouvait se taire cinq minutes, cette gosse…

SÉRÉNADE
(Nejma, station Gare du Nord)

La soirée ne sera pas perdue, j'ai au moins récolté un peu de monnaie. Une adolescente mal fagotée qui semblait prête à me rembarrer quand je suis montée, et qui a ouvert de grands yeux aux premières notes. Elle m'a tendu sa monnaie avec le regard gêné qu'ont souvent les gamins de cet âge quand ils offrent l'aumône : pourvu que le voisin n'ait rien vu, pas envie de me faire remarquer. Les réflexes ont la peau dure, même à l'heure où le métro est vide aux trois quarts.

L'heure est moins fructueuse, mais tellement plus reposante. Celle où les rames se vident des odeurs accumulées dans la journée. Toutes les couches qui s'y déposent aux heures de pointe, lorsqu'on n'a d'autre choix que la promiscuité : relents de sueur et de peau omniprésents, parfois noyés sous l'eau de toilette et l'après-rasage, mélange écœurant s'il en est. Et à l'heure des repas, l'odeur des sandwiches grignotés sur un coin de banquette, viande, oignons et sauce mêlés.

Le soir, les rames retrouvent cette simple odeur de crasse un peu fade, moins agressive. On finit par l'oublier à force d'arpenter ces couloirs pour y gagner trois sous. C'est devenu mon décor, après tout : le théâtre ambulant où je me produis devant un public chaque fois différent.

Et mes jupes frôlent, sans s'y attarder, le sol foulé par des dizaines de pas anonymes, effleurent la crasse sans jamais la côtoyer vraiment. Sans la laisser m'imprégner. On peut, avec un peu de volonté, résister à la contagion. De la même façon que je peux encore me dresser de toute ma hauteur sous les regards, et tendre la main non pour la charité, mais pour un geste, un échange, un moment partagé.

Et chacun de ces regards est un projecteur braqué sur moi, et qui me magnifie, et me fait exister. Tant que j'arrive à ne pas y éveiller le mépris, la pitié, le dégoût.

Pour l'instant, j'y parviens encore.

Alors j'essaie, puisqu'il faut toujours saisir les occasions offertes, de ramener un peu de vie, un souffle, un vertige, jusqu'ici sous terre. Et parfois je fais naître un éclair. Parfois j'illumine un instant. Ils m'oublieront sitôt rentrés chez eux, mais ils m'offrent un sourire en même temps qu'une pièce, parce que je les ai touchés. Ils ont l'habitude des voix discordantes, des accordéons qui dénaturent les airs populaires. Alors ils se blindent contre le défilé, parce qu'il y en a tant chaque jour, tant de sollicitations, de regards à éviter. Tant de moments où l'on plonge les yeux dans son livre pour signifier que l'on n'a rien vu.

Mais parfois, oui, je réussis à les toucher, à la force de ma seule voix. Comme je me rappelle un jour avoir campé une demi-heure sur les marches de la station Châtelet, pour écouter un orchestre slave dont les notes m'avaient remplie d'une tristesse euphorique. Alors aux vibrations du métro, j'essaie de rajouter la mienne. J'ai du sang tzigane, marocain, andalou, d'autres sangs mêlés encore, et je chante la mémoire de toutes ces origines. Puisqu'il faut bien exister aux regards, sous terre, et clamer fort son identité.

Je leur offre mon prénom en guise de remerciement. Refrain rituel : « Nejma vous remercie. » Quand on m'accorde une pièce, plus encore un sourire. Après la chanson, je leur offre un peu de moi, mon seul prénom. Ma signature.

Alors voilà : ce soir comme chaque jour, sur cette rame, avec trois personnes pour tout public, je me donne en spectacle. La main sur cette barre que tant d'autres ont serrée, poisseuse encore de leur sueur. Mais j'en fais le pivot de ma danse.

Le sol vibre sous mes pas, je l'accompagne : martelant du talon, une main vissée à la barre, l'autre soulevant l'ourlet de mes jupes. Il n'est pas de scène moins stable qu'une rame de métro. J'en ai pris mon parti. C'est l'immobilité retrouvée, ensuite, qui me déstabilisera. Pas le mouvement, jamais. Pas la danse, ni le chant. Ce sera le retour au quai, à l'extérieur. Pas le théâtre que j'ai fait mien.

Et le roulis dicte mes pas, métronome détraqué, rythme bâtard. La vitesse du métro me porte, je ne touche plus terre, je suis dans le mouvement. J'en fais partie. Le long du couloir et autour de la barre, sur un sol jamais stable. Il me porte, ce mouvement, il me pousse de l'avant et m'arrache à la terre, à la crasse, au sol foulé par tous ces gens, poussière de leurs semelles.

Elle grise, à la longue, cette impression de train fantôme, sensation retrouvée de l'enfance : le vertige du manège. J'ignore où je me dirige, où me mènent ces longs couloirs tapissés de câbles, de signes ésotériques peints sur les murs… Dans le noir et le vacarme, j'ignore où ils me mènent, mais je me laisse aller. Il ne s'arrêtera jamais. Le sol continuera à s'ébranler jusqu'à me faire perdre pied. Mais je poursuivrai ma danse, autour de cette barre, plus fière que jamais.

Et après la danse vient le chant, sitôt installée dans le mouvement, quand le corps a trouvé ses mécanismes. Est-ce qu'ils connaissent ça, tous ces gens qui s'en reviennent du travail par cette ligne, épaules voûtées, yeux fatigués ? Est-ce qu'ils ont déjà connu ça ? La note qui part des tripes et de la gorge, incertaine d'abord, pour m'embraser tout entière ? Le long des nerfs jusqu'aux extrémités, ma propre vibration m'emplit jusqu'au bout des doigts.

Et mes cordes vocales vibrent à l'unisson des rails et de la ferraille, chant du métro, des allées et venues incessantes, de la répétition qui est au cœur des choses. Les notes qui investissent la chair pour la rendre soudain légère, dénouer d'un coup toutes les tensions.

Ils ont déjà connu ça : la sensation de s'élever au-dessus de son propre corps ? Le miracle d'une voix qui transperce la chair, et devient guide et phare ?

Alors je ne suis plus Nejma, simplement cette voix qui transforme un espace de métal et de plastique en scène de ballet.

Et avec chaque étape, le risque répété, une fois après l'autre, que le souffle ne prenne pas. Que je reste plantée là, vissée à ma barre métallique, simple automate qui pousse la chansonnette. Comme tant d'autres avant moi, tant d'autres ensuite, en ce moment même, parfois sur la même rame. Inutile et quelconque, oubliée dès qu'elle referme la bouche.

Et devant d'autres spectateurs, il devient dur, parfois, de ne pas se laisser démonter. Même quand on s'habitue aux dérapages. Plus visibles à mesure qu'on s'imprègne du décor. À force de vivre sous terre, avec des noms de stations pour tout repère, on apprend à connaître les lieux. Et ce qui les habite.

Ce soir encore, j'ai de la visite. Et comme d'habitude, aucun témoin. Je chante pour trois personnes au fond d'un wagon, qui regardent et ne verront rien. Ils voient la danse, le mouvement des jupes, la cadence des talons dans la crasse.

Mais les rats ne sont que pour mes yeux.

Ils se faufilent en groupe sous les banquettes, marée sombre au poil brillant, qui déferle jusqu'à mes pieds. Ou presque. C'est moi qui délimite la zone. Comme toujours. Là où dansent mes talons, ils n'avanceront pas. Ils n'ont pas encore osé profaner le sol que je foule.

Quelques dizaines, comme d'habitude, et pas un pour s'écarter du troupeau. Je commence à le connaître, mon public à moustaches. Je sais aussi qui j'apercevrai quand je détacherai les yeux de la meute pour les diriger vers ma droite.

Te voilà, toi. Fidèle au poste, chaque fois que tu promènes ta troupe. Et toujours les mêmes frusques, la même casquette fanée, le clébard à tes pieds. Une poignée de clous à la main. Tu vas me demander, une fois encore, de donner la sérénade à tes rats ? Et t'esquiver dès que le jeu aura trop duré à ton goût ? Tu ne te lasses pas vite, dis-moi. Je suppose que je devrais m'en réjouir. Toutes les chanteuses de métro ne peuvent pas se vanter d'avoir un public si fidèle.

Oh, je les garderai à distance. Ce n'est pas ce soir que tu m'auras.

Et comme chaque fois tu me regardes avec ce sourire en biais qui dit : *danse, Nejma, ou je lâche mes rats sur toi.* Et qui dit en même temps que tu ne le feras pas. Mais que je n'ai aucune envie de découvrir si tu en es capable.

C'est vrai. Alors je continue à tournoyer, grisée par le chant, et j'élargis le cercle pour les éloigner un peu. Mon public humain n'a pas bronché. Je ne sais toujours pas, à force, si c'est par cécité ou si tu n'appartiens qu'à moi.

Tu joues aux devinettes ? C'est ce que tu veux ? Tester un peu ma résistance, ma volonté ou ma mémoire ? Mais je sais qui tu es. Je le soupçonne, plutôt. Et je sais que je t'ai déjà vu. Avant la première sérénade donnée aux rats. Et bien avant encore.

La vraie première fois, je ne sais pas. Mais ensuite... Dans l'un de ces métros vides que l'on croise parfois au détour d'un couloir. Sur une voie parallèle, comme abandonnés là, coquilles vides au milieu de nulle part. Je me colle toujours à la vitre pour les observer. Avec le même émerveillement, et cette question inévitable, pour ceux qui comme moi ignorent tout des voies et de leur fonctionnement : comment un métro vide a-t-il pu échouer là ? Et l'imagination, alors, repeuple l'épave de plantes grimpantes ou de toiles d'araignées.

Je t'y ai vu il y a, disons, quatre mois ? Ton passage remonte à cette date ? Sans rats ni chien, aucun que je puisse voir en tout cas, mais tu scrutais déjà les voyageurs. Et personne, à part moi, pour t'observer depuis l'autre rame.

Et oui, si c'est ce que tu veux savoir, je me souviens de t'avoir vu avant. Je ne saurais dire quel jour, quelle ligne, quelle routine. Mais j'ai dû te croiser. Tu faisais déjà partie de la faune de cet endroit avant d'y être par la force des choses.

Et si c'est un défi, ton petit jeu, ne compte pas sur moi pour céder. Je danserai jusqu'à ce que tu rappelles tes rats pour disparaître une fois encore, et revenir plus tard. Me saluer du même salut. Jouer aux mêmes devinettes.

J'ai pour moi le roulis du métro qui me porte. Et la voix qui m'électrise jour après jour.

TRANSPARENCE
(L'homme aux clous, ligne 5)

Un lieu qu'on hantait déjà de son vivant, quoi d'étonnant à ce qu'on revienne y rôder après sa mort ? Mais je me demande ce qu'il restait encore de vivant dans cette carcasse usée. J'étais devenu une silhouette, presque un meuble : je faisais partie du décor. Chaque jour un peu moins visible, un peu plus effacé, fondu dans la grisaille. Devenu aussi pâle que le carrelage de tous ces murs, blafards sous les néons. J'avais renoncé à la surface depuis un bon moment. Pour trouver refuge là où les nuits sont moins froides. Mais où l'on ne connaît pas d'abri pour autant. Pour nous, il n'en existe aucun.

J'étais de ceux qu'on voyait dormir roulés en boule sous leurs couvertures, à même le carrelage, entre les sièges de plastique. Et qu'on évitait soigneusement d'approcher.

Le jour, les regards se détournaient sur mon passage quand je traversais les rames surpeuplées, casquette tendue pour récolter quelques pièces. Et je lisais le soulagement sur les visages, quand le voisin de banquette me donnait l'aumône : parfait, on pouvait soi-même s'en dispenser. Une pièce, c'était bien assez pour un bon à rien pas même foutu de trouver du travail. On pouvait continuer à m'ignorer, la conscience en paix. Puisqu'un autre avait donné.

C'est qu'il y en avait des dizaines, des centaines comme moi, les rebuts de la société, à hanter ces lignes. Avec les mêmes litanies chaque jour, les mêmes exigences, la même honte mêlée de rage au fond des yeux. Ou parfois le découragement, au fur et à mesure qu'avançait la journée sans remplir le porte-monnaie. Et toutes ces variations, ceux qui annonçaient leur nom, ceux qui faisaient au plus bref, et ceux qui récitaient : je sors de prison, j'ai perdu mon emploi, j'ai un enfant à charge. Une hydre dont les têtes repoussaient chaque jour plus nombreuses.

Et dans ces mêmes yeux parfois, un éclat de haine devant l'indifférence ou la pitié des braves gens, sans plus savoir laquelle est pire.

Chaque jour le même trajet, le même manège, et le blanc des néons qui efface les contours, et jusqu'à votre nom. La femme qui chantait tout à l'heure lutte farouchement pour garder le sien. Elle le brandit à la face des passants, Nejma, comme une carte d'identité. Mais pour moi, c'est trop tard. J'avais perdu mon nom bien avant de perdre la vie.

Nejma fait partie des miens, ou de ceux qui l'étaient avant : ceux qui doivent, pour survivre, accrocher le regard. Chacun avec ses armes. Et d'une personne à l'autre, les chances ne sont pas égales. L'un suscitera la sympathie, l'autre n'inspire que le dégoût. Les dés sont pipés d'avance.

J'ai joué un peu avec elle. Juste un peu, pour m'entraîner, et je recommencerai, mais jamais très longtemps. Pas sur elle en particulier. D'autres mériteront plus d'attention, quand j'aurai gagné en expérience. Elle sait déjà ouvrir les yeux.

Elle se rappelle peut-être m'avoir croisé avant.

Du temps où existait entre nous cette méfiance, presque une rivalité : celui qui nous précède dans la rame volera la pièce qui nous revenait. Même chez les moins indifférents des passagers, la tolérance a ses limites.

Et alors adieu la moisson. Adieu veau, vache, repas chaud, chambre d'hôtel. Alors on se jauge, on hésite : on est de la même espèce, mais gare à ne pas empiéter sur le territoire de l'autre.

Tout ça me dépasse maintenant. Ce n'est pas comme si l'argent me servait encore à quelque chose. Ou comme si j'espérais sortir d'ici un jour. Mais j'ai tout le temps de m'entraîner. En trois mois, j'ai déjà progressé. Et obtenu parfois de jolis résultats. La dévotion idiote dans les yeux de la gamine, tout à l'heure, qui me tendait un bébé à bout de bras… J'en rigole encore. Et j'ai adoré ça. J'ai hâte de retrouver cette flamme dans d'autres yeux moins crédules. Moins faciles à troubler. J'ai tout mon temps.

Je vais leur apprendre, à tous ces gens, comment ouvrir les yeux. Voir les bizarreries, les failles, les petits accrocs de la normalité. Je vais leur apprendre à voir. Oublier la routine et la répétition, le décor qu'on finit par ne plus remarquer, les mêmes gens aux mêmes arrêts, les regards qu'on évite de croiser, chaque jour sur le même trajet.

Oublier que le métro est un endroit où une bande de voyous accompagnée d'un chien peut torturer un clochard avec un pistolet à clous… juste pour s'amuser. À une heure où les quais sont vides, où personne ne vous voit, et où de toute manière, personne ne s'en soucie. Où une ombre peut devenir l'ombre d'elle-même.

Ils m'ont laissé au moins ça, mes assassins : une poignée de souvenirs dans lesquels je puise mes illusions. Maintenant qu'il ne me reste que ce petit jeu. L'image d'un alligator tatoué sur l'avant-bras qui me plaquait au sol. Peut-être la dernière chose que j'aie vue de mon vivant. Le rat sur lequel ils ont testé le pistolet à clous pour me montrer leur habileté. Pour le seul plaisir d'une étincelle de peur dans mon regard. Leur chien qui m'avait mordu à la jambe, et dont je promène désormais l'ombre dans les couloirs.

Le souvenir des clous, aussi.

Et mon cortège de rats fantômes, mon troupeau de mirages, sur lesquels passer toutes mes fantaisies. Mes rats que j'invoque selon mon bon plaisir, pour les faire disparaître une fois rempli leur rôle. Quand la proie a mordu à l'hameçon de mes illusions.

Mon trésor, maintenant, mon patrimoine : me voici devenu petit maître des rats, roi des clous, pour épater la galerie. Oh oui, ils apprendront à ouvrir les yeux. Je les y forcerai. Je m'entraîne encore prudemment, le soir, sur des proies isolées. Juste pour apprendre un peu à changer leur regard.

Je progresse lentement mais sûrement. Et j'attends avec impatience (si tant est qu'il me reste quelque chose de semblable) le jour où je saurai semer la panique dans une rame bondée à l'heure de pointe.

Alors je ne serai plus celui devant lequel on détournait le regard. Ils apprendront à ne plus voir que moi. Et ils emporteront mon souvenir vers la lumière du jour que je ne connais plus.

LE FAISEUR DE PLUIE

— Ingrid, je m'ennuie !

Allongé à plat ventre sur le tapis du salon, Noël griffonnait des robots sur sa page de carnet, autour de son dessin déjà terminé. Ingrid ne pouvait pas lui donner tort. C'étaient bien les vacances les plus sinistres que les deux cousins aient passées dans la maison de la grand-mère. Une si grande maison pour quatre personnes, c'en devenait intimidant. Surtout après trois jours enfermés entre ses murs sans pouvoir en sortir. Déjà qu'elle paraissait vide depuis la mort de la grand-mère — la *Nonna*, comme ils l'appelaient. Nonna Alessandra. Elle était partie depuis près de six mois.

Trois jours de déluge ininterrompu, dans un pays où les cousins n'avaient jamais connu que la canicule, c'était à se demander ce qui ne tournait pas rond. Ingrid en venait à songer que la pluie, à force de tomber, finirait par dissoudre totalement le soleil.

(« À quoi ça sert de venir en Italie si c'est pour se croire en Bretagne ? », avait-elle demandé à Noël, qui avait ricané en guise de réponse. Les parents du cousin l'avaient emmenée dans le Finistère lors des vacances de Pâques et il avait fait un temps à ravir les grenouilles. Deux semaines cloîtrés à jouer aux cartes faute de pouvoir sortir se promener, bonjour le dépaysement.)

— Dis, tu crois qu'on ira à la piscine demain ? demanda Noël pour la dixième fois de la journée.

— J'en sais rien. Ça dépendra du temps.

— Il va bien falloir que le soleil revienne, quand même.

Mais personne n'y croyait plus. Et après tout, quel intérêt de parcourir tant de kilomètres en voiture si c'était pour devoir se rabattre sur une piscine couverte ? Ingrid et Noël ne rêvaient plus que de s'asseoir au bord de l'eau dans leurs maillots de bain colorés, et de déguster une glace ou une part de pizza à la tomate en laissant le soleil sécher les gouttelettes sur leur peau. L'eau des piscines de plein air était bleu turquoise sous les rayons solaires, pareille à la mer des cartes postales.

Dire que les deux cousins avaient accueilli le premier jour de pluie avec une joie secrète. C'était le prétexte rêvé pour échapper à l'excursion prévue par les parents, avec visite de musée à la clé et quatre heures à mijoter dans une voiture surchauffée. Ils avaient aidé la mère d'Ingrid à faire du pain, et la cuisine sentait bon la farine, l'huile d'olive, la pâte en train de cuire. Aucun pain ne saurait égaler en saveur celui qu'on prépare avec les grandes personnes par un après-midi pluvieux. Ingrid n'avait pu s'empêcher de penser à Nonna Alessandra en train de préparer la *pasta* sur cette même table, étalant la pâte et coupant les tomates en morceaux avec des gestes assurés, acquis à force d'expérience.

D'ordinaire, les jours de pluie rendent les enfants plus créatifs pour inventer de nouveaux jeux. Mais l'enthousiasme initial s'était dissous dans les trombes d'eau tombées les deux jours suivants. Même les émissions perdaient l'attrait de la nouveauté, à force. C'était le rituel des deux cousins : le premier levé réveillait l'autre avant d'allumer la télé pour se gaver de dessins animés nippons. Il n'y avait rien d'autre à regarder le matin, et Ingrid s'amusait toujours d'entendre ces petits bonshommes japonais déclamer un italien parfait. À chaque retour de vacances, elle s'empressait de décrire à sa copine Marion des émissions qui n'arriveraient en France que l'année suivante, juste pour allumer une petite flamme d'envie dans son regard.

C'en devenait déprimant, de penser à tous ces jeux qui leur seraient refusés tant que le soleil ferait grève. Grimper aux arbres pour cueillir les abricots bien juteux du jardin. Faire la course entre les oliviers, ou bien s'installer à l'ombre pour jouer aux cow-boys et aux Indiens avec leurs Playmobil. Ingrid avait beau insister, son père refusait de les conduire au supermarché du coin. Là au moins, ils auraient pu se distraire en prenant racine au rayon des jouets ou des biscuits. Ils repéraient à chaque visite de nouvelles marques encore jamais vues en France, et faisaient pression sur les parents pour qu'ils acceptent de les tester. Avec un petit effort de persuasion, ils pourraient même se faire offrir des coloriages ou des petites voitures.

Mais la pluie semblait avoir ramolli les parents de l'intérieur. Plus moyen d'obtenir quoi que ce soit depuis trois jours. Même les cousins avaient perdu l'envie de se creuser la tête pour parvenir à leurs fins.

Le pire restait d'être privés de leur balade nocturne. Le soir, les parents prenaient la voiture pour emmener les enfants en ville, à l'heure où le soleil disparaissait derrière les montagnes. Ils y retrouvaient les oncles et les tantes de papa, ceux qui parlaient très fort avec de grands gestes et se répandaient en embrassades et bisous baveux. Ceux qui ne pouvaient voir Ingrid et Noël sans s'extasier sur leur croissance, s'informer de leurs résultats scolaires et leur glisser en douce un billet pour acheter des jouets.

Le marchand de glaces était une étape incontournable. Les deux cousins demandaient leurs parfums préférés en italien, histoire de faire sourire les serveurs. C'était toujours «*fragola e limone, per favore*» pour Noël et «*fiordilatte e nocciola*» pour Ingrid, avec des tonnes de crème fouettée quand les parents étaient d'humeur clémente.

Les villes italiennes savaient se faire tellement agréables une fois la nuit tombée. Disparue la chaleur agressive, l'air était doux et sucré, les rues tranquilles. Dire que celles que les enfants arpentaient en France à la sortie de l'école paraissaient tellement sinistres de nuit. Pas le genre de rues qui donnaient comme ici l'envie de s'y attarder au calme. Huit ou neuf heures du soir, c'était le moment où les rues italiennes prenaient vie, à croire que les heures du soleil ne servaient qu'à préparer cette trêve.

Mais la pluie ne cessait plus, et c'était le salon qui accueillait désormais leurs jeux.

Ingrid regarda Noël se redresser sur un coude pour se mettre à genoux. Son maillot de foot rouge et bleu avait ramassé la poussière du tapis. Ils se sentaient l'air fin tous les deux, en plein été italien, avec leurs gilets de laine par-dessus leurs vêtements légers. Bermudas, petites jupes et sandalettes, tout ça ne rimait plus à grand-chose quand le soleil avait fondu depuis trois jours. La maison dilapidait la chaleur accumulée pendant tout un été, avant le début de la pluie. Malgré le froid, Ingrid avait insisté pour garder sa robe sous le gilet, histoire de s'accrocher encore un peu à l'été. Rien ne vous donne autant que des vêtements neufs la sensation d'être en vacances. Elle avait attendu le dernier moment avant de se résoudre à ne plus se promener bras nus. À quoi bon se décorer la peau de faux tatouages achetés par maman au marché, si personne ne les voyait ?

— Alors, Noël, tu me le montres ce dessin ?

— Tu parles, ça ressemble à rien.

— Montre quand même. Un concours, c'est un concours.

Façon de parler, vu qu'il n'y avait jamais rien à gagner. Seulement l'expression sonnait assez bien pour que toute séance de dessin autour d'un thème commun se voie baptiser de la sorte.

Noël haussa les épaules, l'air peu convaincu, avant de pousser vers Ingrid son carnet ouvert.

Quand ce fut au tour de sa cousine de lui montrer son œuvre, il leva les yeux au ciel.

— N'importe quoi. Ça ressemble à un faiseur de pluie, ça ?

— Tu peux parler, toi, avec ton chacal.

— C'est pas un chacal. Tu sais pas reconnaître un renard ?

Elle avait parlé en toute mauvaise foi, pour le simple plaisir (intact comme au premier jour) d'énerver le cousin. Mais à bien y regarder, le dessin évoquait l'un des dieux égyptiens vus dans le livre d'histoire de Dimitri, le frère aîné de Noël. Peut-être à cause de sa position, tête tournée sur le côté selon un angle improbable, ou de son museau pointu. Il semblait perdu, au milieu du défilé de robots qui l'entourait sur la page. C'était la nouvelle lubie de Noël : plus tard, il serait concepteur de robots. Dans sa chambre, il en avait déjà construit des dizaines de modèles à base de Lego.

— Mais si, insista Ingrid, on dirait le dieu-chacal dans le livre de Dimitri. C'est n'importe quoi. Il pleut pas, en Égypte. Et pourquoi un renard, d'abord ? Y en a pas en Italie.

— Je sais pas, c'est un truc que j'avais vu dans un film, une fois. Un bonhomme avec une tête de renard. Ça se passait au Japon.

Au moins, tant qu'ils faisaient semblant de se bagarrer, ils oubliaient de s'ennuyer. Dès qu'il s'agissait de ronchonner sans raison, ces deux-là devenaient imbattables et en venaient très vite aux mains, faute de pouvoir se supporter plus longtemps. La façon la plus directe de régler les conflits, voire d'attirer l'attention des adultes en temps utile.

Noël, à son tour, étudia le dessin de sa cousine puis le lui rendit avec une grimace calculée.

— C'est vraiment n'importe quoi. Pourquoi un parapluie ?

— Ben faut bien qu'il se protège, quand il fait pleuvoir.

Son faiseur de pluie, Ingrid l'avait représenté sous les traits d'un homme filiforme, vêtu d'un de ces longs manteaux à capuchon qu'arborent les sorciers dans les dessins animés. (Elle s'était souvent promis d'en dénicher un semblable dès qu'elle serait en âge de soustraire ses achats au regard parental.) Il tenait à la main un immense parapluie ouvert dont les contours dentelés évoquaient une aile de chauve-souris.

C'était le père d'Ingrid qui leur avait parlé du faiseur de pluie. Au moment de sortir leurs carnets à dessins, le sujet du concours s'était imposé de lui-même. Après le déjeuner, alors que les deux enfants aidaient les adultes à débarrasser la table, Ingrid avait demandé :

— Dis papa, c'est possible de faire tomber la pluie exprès ?

Trois jours confinée dans cette maison, à se demander si la pluie cesserait avant la fin des vacances, et il lui venait déjà de drôles d'idées. Si l'on pouvait ensorceler des humains en criblant d'aiguilles une poupée de cire, comme elle l'avait vu faire dans un film, alors il était sûrement possible, pour qui s'y connaissait en arts occultes, d'influencer le temps. Croire à une malédiction, c'était s'accorder le droit de croire aussi à l'antidote.

Papa avait ri et demandé à Noël si c'était son père qui lui avait raconté de pareilles histoires. Les cousins avaient échangé un regard perplexe sans comprendre ce que la question avait de si comique. Il y avait longtemps que la pluie ne leur donnait plus envie de rire.

— Matteo ne t'a jamais raconté cette histoire ? avait repris papa. Pourtant, qu'est-ce que j'ai pu le charrier avec, quand on était gamins… Ça s'est passé ici, du temps où on habitait encore cette maison avec nos parents.

Noël s'était figé, une assiette encore pleine à la main. Pas le genre à laisser passer l'occasion d'asticoter son père, surtout s'il y avait une histoire compromettante à la clé. Puisque les adultes adorent rappeler les frasques les plus gênantes de leur progéniture, pourquoi faudrait-il que ce soit à sens unique ? Avant même d'entendre l'anecdote, il s'imaginait déjà la raconter d'un air innocent, pour le seul plaisir de faire rougir son père. (« Au fait, papa, c'est vrai ce que m'a raconté Enzo… »)

— Il a prétendu avoir croisé un fantôme dans la maison, voilà tout. On a eu beau lui rire au nez, avec Fabio, il n'en démordait pas.

— Quel genre de fantôme ? demanda Noël qui venait de s'asseoir après avoir soigneusement reposé son assiette.

— Un grand type vêtu d'une cape noire et d'un masque. Vous savez, un de ces masques du carnaval de Venise ? Il n'a pas eu à chercher bien loin pour inventer cette histoire. Mes parents avaient un de ces masques accroché au mur de leur chambre, et Matteo en avait une peur bleue.

— Un masque avec un bec d'oiseau ? demanda Ingrid.

La seule idée de se trouver nez à nez avec un pareil déguisement à la nuit tombée avait quelque chose de sinistre. Certains enfants ont peur des clowns ; elle nourrissait une secrète terreur à l'égard des masques. Surtout ces grands masques blancs et noirs qui ornent les murs des magasins de décoration. Ceux qui semblent toujours vous suivre du regard.

— Au bout de deux jours, Matteo en a eu marre qu'on ricane dans son dos ou que Fabio se planque derrière les portes en hurlant comme un fantôme. Il n'a pas osé revenir sur sa déclaration, mais il a commencé à la modifier. Maintenant ce n'était plus vraiment un fantôme, mais un esprit.

— C'est quoi la différence ? s'enquit Noël.

Pour une fois que sa cousine pouvait saisir une si belle occasion de lui damer le pion, elle n'allait pas s'en priver. Ce fut de son ton le plus docte qu'elle expliqua :

— La différence, c'est qu'un fantôme est forcément mort, alors qu'un esprit, si ça se trouve, il n'a jamais été vivant.

— Il lui avait donné un nom, à son esprit : le faiseur de pluie. Il s'est passé un bon moment avant que je fasse le rapprochement avec les histoires de notre grand-mère. Comme quoi il n'avait rien inventé, ton père. Toujours à monter des histoires pour mener son monde en bateau, celui-là.

— Elle racontait des histoires de fantômes, la grand-mère ?

Aucun des deux enfants n'avait connu la vieille dame, mais la maison semblait un drôle d'endroit pour parler de fantômes. Ces histoires-là étaient faites pour les longues soirées d'hiver, les pulls de laine, le chocolat chaud au coin du feu. Pas pour les demeures bordées d'oliviers qui se protègent de la canicule derrière des volets fermés.

— Pas exactement. Mais elle nous avait raconté que les habitants du coin, quand ils construisaient une maison, avaient pris l'habitude de lui attacher un esprit familier. Un esprit de la nature, en fait. Ils cachaient dans les fondations de la maison un objet censé appeler sur elle la protection de l'esprit.

— Ça se peut pas. Comment tu veux attacher un fantôme qui passe à travers les murs ?

— Je te l'ai dit, Ingrid : en cachant un objet consacré dans les fondations de la maison. Je ne parlais pas d'attacher vraiment, comme avec une corde.

Noël, qui s'était désintéressé de l'histoire en comprenant qu'il n'en tirerait rien qui puisse compromettre son père, se redressa d'un seul coup, regard pétillant comme un verre de soda.

— C'était de la sorcellerie, alors ?

— Plutôt de la superstition. Cette maison a été construite au début du vingtième siècle, tu sais. Les récoltes dépendaient beaucoup du temps, par ici, alors ce n'est pas étonnant que les gens se soient imaginé qu'un esprit de la pluie veillerait sur leurs terrains. Pour eux, ça devait sembler aussi naturel que le cycle des saisons.

— Ben il a pas l'air de protéger grand-chose, en ce moment, ton faiseur de pluie, ronchonna le cousin. Tu crois qu'elle aurait su lui demander d'arrêter la pluie, ta grand-mère ?

Il échangea avec Ingrid un regard entendu, de ceux qui n'ont de sens que pour les moins de dix ans. Passé cette limite d'âge, certaines idées s'imposent moins spontanément.

Sûr que s'ils avaient connu la formule, ils ne se seraient pas privés de quémander les services de l'esprit familier. On accepte bien des choses quand il s'agit de protéger ses rituels de vacances. Une petite prière en échange d'un après-midi piscine et d'une cueillette d'abricots semblait un marché équitable.

À travers la fenêtre de la cuisine, le rideau de pluie continuait à effacer le monde. Les couleurs avaient déjà disparu, le ciel d'un bleu tellement pur qu'on croyait regarder un tableau, le vert mêlé de jaune du tapis d'herbe, les nuances indécises des montagnes. Bientôt les formes s'estomperaient à leur tour et les montagnes se mettraient à fondre (on appelait ça « l'érosion », Ingrid l'avait lu dans son livre de sciences naturelles, à l'école). Elle se demandait combien de temps la maison tiendrait encore avant de se dissoudre comme un bout de sucre dans une tasse de café.

*

L'avantage d'occuper à quatre une si grande maison, c'était de s'y permettre des jeux impossibles en appartement. Une vraie partie de cache-cache, par exemple. Ou une bonne chasse aux fantômes dans un décor de maison hantée, une fois la nuit tombée.

Maman avait aidé Ingrid et Noël à creuser la pastèque du dessert de façon à garder l'écorce intacte. Après quoi Noël s'était appliqué à découper la forme de deux yeux et d'une grande bouche édentée, à la manière des citrouilles d'Halloween. (Non sans avoir arraché ce privilège à sa cousine après tirage au sort, imposé par maman pour couper court à toute amorce de dispute.) Papa leur avait montré comment transformer la pastèque en lanterne à l'aide d'une lampe de poche. Les ombres projetées par les yeux de la créature déformaient les perspectives jusqu'à doubler la superficie apparente de la maison.

Leur terrain de jeu préféré restait le grand couloir, celui qui donnait sur l'escalier menant à l'étage. Les miroirs y reflétaient des murs plantés selon des angles curieux. Les cousins pouvaient s'y contempler à loisir, avec leur lanterne brandie et leurs visages changés par la faible lueur en masques de cire. C'était le moment ou jamais de se livrer à des concours de grimaces.

Et puis il y avait la grande statue de plâtre qui montait la garde au pied de l'escalier, reproduction d'une sculpture célèbre. Le jour où Ingrid, toute petite, avait aperçu l'original dans un musée de Florence, elle s'était écriée : « Regardez, c'est la statue de Nonna », et papa avait éclaté de rire

En voilà une au moins qui se prêtait de bonne grâce à leurs jeux. C'est tranquille, une statue, et ça fait moins de manières qu'un chat ou un chien quand il s'agit de servir de cobaye. La statue était même la compagne idéale d'une partie de maison hantée : à la lumière de la lampe torche, il n'y avait pas à se forcer beaucoup pour voir dans ses traits exsangues ceux d'un fantôme ou d'un vampire à jeun. Les ombres de ses paupières donnaient une telle impression de relief qu'on aurait juré qu'elle vous suivait du regard.

Finalement, même la maison de la Nonna ne semblait plus si improbable, comme repaire de fantômes. Chaque maison possède sans doute les siens.

Noël s'apprêtait à négocier un passage difficile. Comment atteindre la porte du salon sans attirer l'attention du garde vampire planté sur son chemin ? Si l'on poste un gardien à l'entrée d'un couloir, c'est logiquement pour décourager les intrus, autrement dit parce qu'ils sont sur la bonne voie. Il ne doutait pas de trouver bientôt l'issue du labyrinthe.

Il avait progressé de quelques pas d'escargot lorsqu'il s'aperçut que sa cousine ne le suivait pas. Toujours pareil, avec les filles : incapables de jouer le jeu jusqu'au bout.

— Qu'est-ce que tu trafiques, Ingrid ? soufflat-il assez bas pour que le vampire ne devine pas sa présence.

Ingrid ne répondit pas. Plantée devant l'escalier, c'était à peine si elle osait bouger suffisamment pour faire non de la tête. Noël suivit son regard et se figea à son tour. Ils n'étaient plus seuls dans leur théâtre d'ombres et de lumière.

Le personnage qui descendait les dernières marches avançait avec la même discrétion que Noël un instant plus tôt, la maladresse en plus. Un poulain faisant ses premiers pas sur des jambes encore instables bougerait avec plus d'assurance.

C'est la première fois qu'il marche sur ces pattes-là, songea Ingrid. *La première fois qu'il prend cette forme.* Et ses pas ne produisaient aucun bruit au contact des marches.

Évidemment, que c'était la première fois. Cette forme-là n'avait été conçue que l'après-midi même, dans un moment de désœuvrement. Devant le plus incongru des déguisements, Ingrid ne put s'empêcher de se demander à quoi il ressemblait, là-dessous. Et s'il avait jamais fait le moindre bruit en marchant. Autour d'eux, le temps s'était épaissi comme de la gelée.

Ce n'est pas tous les jours qu'on se trouve nez à nez avec ses propres dessins, surtout vivants et hauts de plus d'un mètre. La tête était celle du renard de Noël, émergeant d'une cape semblable à celle dont elle-même avait revêtu son personnage. Un manteau de pluie, dont les plis aux reflets changeants évoquaient un pan d'averse, un rideau aquatique en train de goutter sur le sol. Mouvement trop fluide pour n'être que du tissu.

La tête du renard dodelinait à chaque pas, comme celle des petits chiens qu'on place à l'arrière des voitures. *Pas possible*, songeait Ingrid, *il a dû la dessiner lui-même*. Idée tellement loufoque qu'elle en aurait ri dans d'autres circonstances. Plutôt qu une réplique du dessin de Noël, c'était l'esquisse d'une tête de renard exécutée par quelqu'un qui n'en a jamais croisé. Tête juste assez ronde pour assortir son corps tassé et trapu, museau un rien trop pointu.

Mais les couleurs, sans aucun doute, étaient celles du dessin. Couleur de feutre orange, marron sur les bords, yeux et truffe pareillement noirs. Seulement, les traits restaient curieusement instables, comme les diapos de vacances que papa projetait sur les murs à la fin des repas de famille.

Maintenant qu'il avait trouvé un semblant d'équilibre, sa démarche était celle d'une marionnette maniée par une main peu experte. Ingrid sentit ses lèvres esquisser un sourire lorsqu'il faillit manquer une marche et se rattrapa de justesse à la rampe de l'escalier. S'il espérait une entrée specta culaire, c'était raté.

Ce fut sa dernière impression avant qu'une main agrippe son bras pour la tirer brusquement en arrière. Entraînée de force, elle sentit les semelles de ses sandalettes glisser sur le carrelage et s'efforça de se redresser à temps. Elle n'eut d'autre choix que de courir pour garder l'équilibre, à la vitesse imposée par la force qui la guidait. On ne la laissa reprendre son souffle qu'une fois parvenue à la porte de la cuisine.

Son premier réflexe fut de tourner la tête en direction de l'escalier — d'où l'apparition s'était effacée entre-temps. Le deuxième fut d'arracher sa manche à la poigne de Noël avant de le repousser assez fort pour qu'il heurte la porte.

— Ça y est, rugit-elle, t'es content maintenant ? Il est parti.

— Mais t'as pas compris ce que c'était ? Tu sais, le…

— Bien sûr que j'ai compris. C'est pour ça qu'il avait pris la tête de ton dessin : pour qu'on le reconnaisse. Sûrement pas parce qu'elle lui plaisait, tiens. C'est que si ça se trouve, il n'aurait pas pu nous parler.

Avec une grimace soigneusement exagérée, Noël frottait son épaule endolorie par la rencontre avec la porte.

— De toute façon, ajouta-t-il, ça ne peut vouloir dire que deux choses, cette forme qu'il a prise. Soit c'était pour nous faire peur… soit pour pas qu'on ait peur.

La mimique consternée de la cousine lui fit monter le rouge aux joues.

— Et comment on le saura, maintenant, gros malin ? Tout ça parce que t'as flippé comme un débile.

— Même pas vrai.

Et comme Noël cherchait une repartie bien sentie afin de sauver la face, elle s'empressa d'ajouter :

— T'es vraiment trop con.

Mais prononcer un gros mot loin des oreilles parentales ne lui procura aucun plaisir. Seule restait une sensation d'inachevé, et une déception qui imprégnait toutes choses comme savent le faire les mauvaises ondes.

Elle n'avait même pas pu le toucher pour s'assurer qu'il était réel.

— On aurait dû lui demander ce qu'il voulait, en fait, hasarda Noël pour ne pas laisser le silence prendre racine.

Mieux valait toujours une bonne bagarre qu'une rancune silencieuse : tel était son credo, maintes fois vérifié auprès d'Ingrid.

— Ah bravo, c'est maintenant que tu t'en rends compte.

Elle se tut pour ne pas lui donner le plaisir d'entendre sa voix se fêler. Dire qu'il avait été si proche, presque à portée de main. Si Noël l'avait laissé les approcher, elle aurait peut-être su comment lui demander de faire cesser la pluie. En signe de protestation, elle se laissa glisser à terre, genoux ramenés contre sa poitrine, et croisa les bras en arborant l'air le plus buté de son répertoire.

— T'inquiète, on essaiera une prochaine fois, insista Noël. Parce qu'il va revenir, hein ? Il va forcément revenir. Mais y a juste un truc qui me tracasse…

Ce fut à l'intention d'une cousine sourde, aveugle, muette et murée dans son entêtement qu'il demanda :

— Ça parle quelle langue, un esprit de la nature italien ?

*

Assis en tailleur sur le lit réservé à Noël dans la chambre d'amis, les deux cousins osaient à peine se regarder. Une distance respectable d'un mètre les séparait comme une barrière. C'était tellement gênant de voir pleurer un garçon, même un proche avec lequel on avait grandi. Depuis tout petit, Noël n'avait pleuré qu'une fois en présence d'Ingrid, deux ans plus tôt, quand il s'était cassé le poignet en grimpant aux arbres.

Il n'avait pas quitté la chambre depuis l'après-midi, sur ordre des parents d'Ingrid. Motif invoqué : la scène qu'il leur avait faite après avoir surpris par hasard leur conversation. Le ton était monté jusqu'au point où l'on perd le contrôle de ses pensées comme de ses paroles. L'argument hurlé par Noël à sa tante (« T'as rien à me dire, t'es pas ma mère ! ») lui avait valu une gifle retentissante, du genre aller-retour assené avec une précision redoutable. Il prétendait avoir entendu ses oreilles résonner comme si on le frappait avec une poêle à frire. « Tu regardes trop Bip-Bip et le Coyote », avait commenté sa cousine.

Depuis qu'Ingrid l'avait rejoint dans la chambre, il ne se gênait plus pour traiter la tante de noms d'oiseaux dont chacun lui aurait valu une gifle supplémentaire, avec une créativité dont s'étonna même sa cousine. Sans doute les tenait-il de Dimitri, lequel faisait sa propre éducation dans la cour du collège et possédait un répertoire étonnant.

— Ils vont pas le faire, rugit-il en ravalant ses larmes. C'est pas possible, ils vont pas le faire.

— Ben, puisqu'ils l'ont dit…

— Pas possible, je te dis. D'abord, la Nonna, elle aurait jamais voulu. Jamais de la vie.

— Ben oui, mais elle n'est plus là pour râler, la Nonna.

— Peut-être que mon père sera pas d'accord. Il les laissera pas faire. Elle est à lui aussi, la maison.

Ingrid se garda de répliquer qu'ils n'auraient jamais pris cette décision sans consulter l'oncle Matteo. Le plus énervant, dans cette histoire, restait qu'on ait pu monter le projet sans leur en toucher un mot, à eux, les gosses. Dans un sens, ils l'avaient au moins découvert avant qu'il soit trop tard. Sans l'indiscrétion de Noël, les vacances se seraient achevées sans qu'ils aient soupçonné quoi que ce soit. Sans qu'ils aient su qu'ils ne reverraient jamais la maison de Nonna Alessandra.

Et Ingrid se retrouvait là, assise en pyjama sur ce lit, à essayer de fixer dans sa mémoire cette odeur de vieux, parce qu'on oublie les parfums plus vite que tout le reste. Dire que bientôt, même celui-là lui manquerait : les draps aux fleurs décolorées tout imprégnés de naphtaline, l'air chargé d'un goût de poussière et de renfermé qu'on ne chassait jamais tout à fait. Odeur de vacances et de vieillesse qu'Ingrid associerait toujours aux crucifix accrochés aux murs, aux calendriers affichant les noms des mois en italien, illustrés d'images en couleurs de la Vierge.

Les habitants suivants, ceux qui rachèteraient la maison, chasseraient-ils cette odeur en ouvrant volets et fenêtres, comme on repousse les fantômes d'une autre vie ?

Certaines choses relèvent de l'impossible. Certaines choses ne peuvent pas se produire, simplement parce qu'elles sont inconcevables. On peut revendre une maison, mais pas un sanctuaire. Pas le terrain de jeux de six étés. On ne vend pas les fantômes qui le peuplent à ceux qui ne comprendront pas. Qu'est-ce qu'il leur resterait, aux fantômes ?

Mais une petite voix maligne soufflait à Ingrid: *tu sais bien qu'ils vont le faire.* Et tout nier en bloc n'y changerait rien. Depuis quand les adultes s'arrêtent-ils à ce genre de considérations ?

— Alors ça te fait rien, à toi ? siffla Noël entre ses dents. Ça te fait rien, qu'on revende la maison ? Elle a toujours appartenu à la famille.

— Écoute, t'as bien entendu ce qu'a dit mon père. Si personne n'habite ici, ça sert à rien de garder la maison.

— On n'a qu'à tous venir habiter ici, proposa Noël, jamais à court d'idées. Tes parents, les miens, Dimitri et puis nous deux. Y a largement la place pour tout le monde.

Ingrid haussa les épaules. Même à neuf ans, elle savait une chose: les vacances perdent de leur piquant sitôt qu'elles se prolongent. Les dessins animés japonais doublés en italien, c'est marrant pendant deux ou trois semaines, mais un régime quotidien de plusieurs mois, non merci. Surtout si ça signifiait changer d'école. Elle pensait à ses camarades de classe, à ses leçons de poney du mercredi après-midi, à la balançoire du jardin, au grenier de sa copine Marion dont le père y avait construit un gigantesque circuit de voitures électriques. Rien qu'elle accepterait d'échanger contre tous les oliviers et les abricotiers du monde.

— Tu comprends vraiment pas ce qui se passe ? s'obstina Noël, le visage assez proche de celui d'Ingrid pour qu'elle récolte quelques postillons au passage. Tu comprends pas pourquoi il fait si froid, depuis plusieurs jours ? La maison est en train de mourir, voilà pourquoi. Elle appartient à la famille depuis toujours. Ils ne peuvent pas la vendre à n'importe qui. Ça se peut pas.

Les réserves de soleil amassées par la maison avaient fini par fondre. Depuis deux soirs, les cousins cherchaient à nouveau l'abri des couvertures. Elles étaient loin, les nuits où ils dormaient pardessus les draps, fenêtre ouverte pour inviter la brise. Les nuits où l'air trop dense leur collait à la peau telle une pellicule de sueur poisseuse. La pluie n'avait pas cessé, et Ingrid frissonnait dans son pyjama trop léger.

— Dis, pour hier soir, reprit Noël, tu crois qu'il essayait de nous prévenir ? Quand même, c'est trop gros comme coïncidence.

Les préoccupations du jour avaient chassé de leur esprit l'apparition de la veille, mais Noël ne perdait pas le nord pour autant. On a vite fait de tirer des conclusions dans les situations extrêmes.

— Quelle coïncidence ?

— Le fait qu'on l'ait vu hier soir, et pas les autres années. Si c'est vraiment un esprit qui appartient à la maison, ça veut dire qu'il n'a jamais obéi à personne d'autre qu'à la famille. T'as pigé ce que ça veut dire ?

— Qu'il est venu nous voir exprès ?

— Peut-être qu'il voulait nous prévenir.

Ingrid se représenta une maison abandonnée, tous volets fermés, arborant la pancarte « À vendre, très bon état, esprits familiers compris ». L'idée lui arracha un sourire qu'elle s'empressa de dissimuler. Noël ne comprendrait pas.

— Et si on allait le chercher nous-mêmes ? reprit-il. Ça lui évitera de devoir venir nous trouver. Avec un peu de chance, il saura quoi faire pour la maison. Quelque chose me dit qu'il n'a pas envie d'être vendu avec les meubles, lui non plus.

Sa cousine s'apprêtait à lui rappeler l'interdiction de quitter la chambre (ses parents ne plaisantaient pas avec la discipline) mais Noël avait déjà bondi du lit et enfilé un gilet par-dessus son pyjama usé aux genoux. Par réflexe, Ingrid lui emboîta le pas, prête à le saisir par la manche à la première gaffe. C'est que s'ils étaient pris à désobéir ensemble, la gifle serait collective. Et sa mère s'y entendait pour vous donner l'impression d'avoir les joues marquées au fer rouge du sceau de l'infamie. Une vraie tireuse d'élite.

— Mais où tu veux aller le chercher, gros malin ?

— Ben, autant commencer par le grand couloir, comme hier. Tu sais, ton père disait qu'il y avait un objet caché qui le rattache à la maison. Alors si ça se trouve, l'objet est planqué quelque part dans le couloir, c'est pour ça qu'il est apparu là-bas hier, et on n'a qu'à…

Il n'acheva pas sa phrase. La porte qu'il venait d'ouvrir révélait une silhouette plantée très exactement au milieu du cadre. La règle veut qu'au cinéma, le sale type dont vous venez de médire bruyamment se trouve toujours posté derrière la porte, bras croisés, sourire moqueur aux lèvres. Mais pour le coup, aucun des deux cousins ne se sentait l'envie de rire. Le voleur faisant face au gendarme qui vient de le prendre la main dans le sac se sentirait à peine moins crétin.

À chaque pas qu'ils firent à reculons, lui avança d'un pas identique vers l'intérieur de la pièce, si bien qu'ils ne savaient plus s'il les suivait ou si c'était lui qui les guidait. Le lit les accueillit à nouveau et ils s'y laissèrent tomber sans résistance, regard toujours braqué sur leur visiteur. Ingrid constata que la porte était de nouveau fermée, mais elle ne se souvenait pas que l'un des trois y ait touché.

Si le faiseur de pluie avait changé depuis la veille, c'était en netteté qu'il avait perdu. Ses traits se faisaient plus flous encore, comme si l'énergie nécessaire pour conserver sa forme s'épuisait peu à peu. On commençait à distinguer les contours de la porte à travers son corps. Ou peut-être était-ce dû à l'éclairage plus vif ? La veille, il n'avait dû affronter que la lumière de leur lanterne. Ingrid songea aller éteindre la lampe, mais elle n'eut pas le cran de bouger du lit. La seule présence du faiseur de pluie intimidait aussi sûrement que le regard de l'instit choisissant une victime à envoyer au tableau.

Quand il se remit à bouger, ce fut à gestes lents et à peine moins patauds que ceux de la veille. Elle lui aurait bien demandé de changer de forme, s'il avait tant de mal à épouser celle qu'il leur avait empruntée, mais comme l'avait si justement remarqué Noël : quelle langue parler à un esprit de la nature italien ? Lui se limitait à un langage corporel qui avait le mérite d'être simple et éloquent, à défaut de permettre une grande richesse dans les détails. On gagne toujours à recourir aux moyens du bord.

Et de fait, il mima toute la scène sans prononcer un mot. Les deux cousins le regardèrent esquisser d'un doigt instable le tracé d'un fil invisible, sa tête de renard légèrement penchée de côté. Puis ses doigts devinrent une paire de ciseaux avec laquelle il trancha le fil dessiné un peu plus tôt. Il répéta le geste une fois, deux fois, jusqu'à s'assurer que les enfants l'avaient assimilé. Il terminait en traçant une sorte de zigzag en direction du ciel, puis suivait des yeux l'objet imaginaire ainsi libéré. Sa main figurait l'envolée avec une fluidité de serpent glissant sur la roche. La souplesse du geste étonnait, au vu de sa maladresse habituelle.

— Un cerf-volant, souffla Ingrid.

— N'importe quoi, murmura Noël. C'est un ballon.

— Ça change rien. Il veut qu'on le libère. Enfin je crois.

Tandis qu'il répétait consciencieusement sa gestuelle, la lumière changeait les pans du manteau de pluie en parade de bulles de savon. L'œil se laissait volontiers hypnotiser par le ballet des taches colorées sur le tissu fuyant, jamais deux fois pareilles. Même à la lumière plus crue de la lampe, le manteau semblait comme la veille prêt à se liquéfier pour asperger le sol de ses couleurs.

Une curieuse petite musique s'était glissée dans la tête d'Ingrid, de celles qu'on entend dans les cirques et les parcs d'attraction, amusante et lugubre à la fois. Une musique guillerette mais tout empreinte de pesanteur, parfaite pour illustrer un numéro d'otaries ou d'éléphants. C'était sans doute la lenteur appliquée du faiseur de pluie qui l'avait suggérée : il semblait bouger au son d'un air entendu de lui seul, mais dont il suivait le rythme pour garder l'équilibre. Il se mouvait au ralenti comme on se déplace sous l'eau, tout entier concentré sur ses actes.

— Mais comment il veut qu'on fasse ? demanda Ingrid à son cousin, assez fort pour espérer que leur visiteur les entende.

Elle ne pouvait pas se résoudre à s'adresser directement à lui.

Outre le problème de la langue, restait un autre dilemme. On ne tutoie pas un esprit des éléments, surtout s'il a connu le grand-père de votre grand-père. On ne vouvoie pas un renard court sur pattes et à la démarche de clown, surtout s'il est né de vos dessins.

Il s'était arrêté un instant, oreilles frémissantes, museau pointant à la verticale, avant d'entamer un nouveau croquis dans les airs. Cette fois c'était une sorte de voûte qu'il traçait d'un doigt tendu, en la suivant du regard. Une voûte à l'intérieur de laquelle il dessinait une croix. Geste répété jusqu'à graver le motif dans leur mémoire, de sorte qu'ils le reconnaissent le moment venu. Il s'appliquait tant à en tracer les contours qu'il en oubliait parfois de maintenir sa forme. Par moments, sa substance s'effilochait aux extrémités, pareille à un nuage.

Ingrid en était maintenant persuadée : ce qu'il était venu réclamer, ce n'était rien de moins que sa libération. Peut-être la Nonna n'avait-elle pas pu s'en charger avant qu'il soit trop tard. À moins qu'elle ait cru jusqu'au bout que ses fils garderaient la maison ? Ou bien qu'elle n'ait pas su comment s'y prendre ? Lui en tout cas ne manifestait aucune envie de rester attaché à une maison vide, à attendre que d'autres viennent. Il avait déjà servi la famille trop longtemps.

Et tandis qu'elle mémorisait l'étrange chorégraphie et le motif de la croix dans la voûte, Ingrid sut qu'ils n'avaient pas le choix. Mais au fond, ce n'est pas tous les jours qu'on s'embarque en croisade sur la demande d'un renard au manteau de pluie. Et quelque part, ils avaient une dette envers lui. Son allure comique et son museau pointu, c'était à eux qu'il les devait.

*

Ils en avaient vu, des choses, ce matin-là. Tout ce qu'ils avaient sous les yeux depuis leur arrivée et qu'ils n'avaient pas voulu remarquer. Des objets disparus d'un jour à l'autre, sans avertissement. Des emplacements vides là où s'étaient tenus les mêmes bibelots, immuables, depuis qu'ils passaient leurs vacances en Italie. Des caisses que la maison accueillait chaque jour plus nombreuses, sournoisement rangées dans les coins en attendant leur heure.

Les cousins s'étaient fait un devoir de visiter chaque pièce, et dans chacune ils avaient volé un objet. Dans le salon, un petit napperon au crochet. Dans la salle à manger, une de ces tasses blanches à liseré doré dans lesquelles Nonna Alessandra servait le café. Dans la chambre de la Nonna, un chapelet de plastique phosphorescent. Ingrid l'aurait volontiers porté autour du cou, s'il n'y avait la crainte que les parents le remarquent. C'était original, un collier qui brillait dans le noir, comme les petites étoiles autocollantes dont Noël avait décoré les murs de sa chambre. Leur butin s'amassait sous leurs lits, à l'abri des adultes.

Mais de la voûte contenant une croix, aucune trace.

Une pièce après l'autre, et dans chacune la découverte de nouvelles absences. Les crucifix décrochés des murs. Les livres en italien disparus des étagères. Les photos de famille enlevées des cadres. Et avant ce jour-là, ils n'avaient rien vu, sinon du coin de l'œil. Chaque jour, un objet ne se trouvait plus à l'emplacement qu'il avait toujours occupé.

C'est triste, une maison vide, triste et fragile. Une coquille creuse qu'on menace de briser en marchant dessus. Ils avaient vu une maison qu'on vidait comme on dépouille un cadavre encore chaud, sans pudeur aucune, avant que l'esprit quitte le corps pour de bon.

Ils étaient encore là, les fantômes, tout autour d'eux. Celui de la Nonna surtout, dont le souvenir habitait la cuisine au milieu d'un tourbillon de parfums. Huile d'olive et romarin pour le poulet aux pommes de terre sautées, dorées à souhait. Tomate et viande pour la *pasta* en train de cuire, odeur brute et un peu piquante. Minestrone, sabayon et gâteau au citron. Melon et jambon cru. Ingrid se rappela les fois où la Nonna les avait laissés façonner eux-mêmes les gnocchis à la main, comme des boulettes de pâte à modeler. Et pendant ce temps, elle essayait de leur apprendre des chansons pour enfants italiennes, dont ils ingurgitaient la phonétique en vrac sans chercher à en démêler les paroles.

Elle était là, dans la cuisine, rémanence d'images, de parfums et d'accent boiteux. Même quinze années passées en France avec son époux et ses fils n'en étaient pas venues à bout. Ses mots se bousculaient jusqu'à donner l'impression qu'ils allaient s'écrouler les uns sur les autres comme une pile de dominos. Sa voix haut perchée maniait avec plus d'assurance la fluidité de sa langue natale, toujours assortie de grands gestes des mains.

Pour la première fois, Ingrid se demanda combien avaient habité sous ce toit, et s'ils étaient encore là à les regarder sauver ce qui pouvait l'être, c'est-à-dire deux fois rien. Elle espérait que ce n'était pas le cas. Triste spectacle, pour des fantômes, que de voir mourir leur maison à petit feu.

L'après-midi, une fois l'inventaire achevé, les cousins avaient enfin osé braver la pluie.

Ce qui ne fut pas une mince affaire. Ils s'étaient armés chacun d'un coupe-vent à capuchon, mais avaient renoncé à porter un pantalon. Noël avait opté pour un bermuda, Ingrid pour une jupe imprimée d'un motif de cerises. Mieux valait se faire doucher les jambes plutôt que d'être entravés par des vêtements trempés. En quelques minutes, les trombes d'eau avaient dissous la chaleur de leur corps avant de s'appliquer à faire fondre leur peau, minutieusement, façon supplice chinois. L'image de deux enfants courant sur des jambes de squelette, toute la peau et la chair rongées comme par de l'acide, arracha tout de même un sourire à Ingrid. Les gouttes faisaient la course sur son coupe-vent, glissaient dans son col des milliers de doigts chatouilleurs.

Pour le tour extérieur de la maison, les cousins avaient choisi de faire bande à part. À compter de l'instant où ils franchirent la porte d'entrée, le territoire situé à gauche fut attribué à Noël, le reste à sa cousine. Ce fut donc en solitaire qu'elle partit en exploration, avec l'impression de marcher tout habillée sous la douche. S'imaginer dans la peau d'un plongeur en mission secrète sous la mer l'aida à se distraire deux minutes. Mais la vue des oliviers tout gris, branches recroquevillées comme des bras protégeant un visage, lui ôta toute envie de jouer. Un fade parfum d'herbe mouillée accompagnait ses pas, odeur d'automne et de rentrée des classes.

L'exploration de l'extérieur fut bien plus rapide que celle des pièces de la maison. Quel butin ramasser là, sinon un morceau d'écorce, une poignée d'herbe ou de pignons de pin ? Ingrid se fit cependant un devoir de longer les murs sur toute l'étendue de son territoire, progressant accroupie lorsqu'elle passait sous une fenêtre où les parents risquaient de la voir. La fessée de leur vie, ils n'y couperaient pas de toute façon, alors autant la retarder le plus longtemps possible.

Ce fut à l'extérieur qu'elle trouva ce qu'ils cherchaient depuis le matin. Une voûte, une croix. Rébus si simple à déchiffrer, pourtant, presque trop évident. Une voûte contenant une croix. Une niche aménagée dans l'un des murs extérieurs, au centre de laquelle on avait cloué un crucifix de bois. La petite chapelle privée devant laquelle Nonna Alessandra venait se recueillir tous les matins. Une statuette en plâtre à l'effigie de la *Madonna* complétait le tableau.

Papa l'avait bien dit, que l'objet qu'ils recherchaient serait caché dans les fondations de la maison. Quel abri plus astucieux aurait-on pu trouver : en s'inclinant chaque matin devant Jésus, la Nonna saluait en même temps leur esprit familier.

Ingrid traîna jusqu'à la chapelle une chaise de jardin rouillée pour se hisser à hauteur de la croix. L'inspection plus précise du mur déçut ses espérances : les briques fixées moins solidement se repéraient au premier coup d'œil. Quoi, pas de passage secret, pas de code à déchiffrer, rien que deux ou trois briques à déplacer ? Depuis quand enterre-t-on des secrets de famille dans des cachettes à la vue de tous ?

Les briques se révélèrent tellement faciles à

dégager qu'Ingrid sut ne pas être la première à accéder à la cachette. On avait dû beaucoup l'utiliser, depuis que la maison et sa petite chapelle avaient été bâties. Sans doute la Nonna elle-même y avait-elle eu fréquemment accès.

Peut-être même lors des vacances précédentes, alors que les enfants et leur famille se trouvaient en ces lieux.

Vue sous cet angle, la découverte retrouvait tout son piquant. À défaut de secret, c'était un *rituel* qu'Ingrid avait mis au jour. Une tradition qui s'éteindrait sans son aide.

Juste au moment où la cachette allait dévoiler son trésor, la voix stridente de Noël prit sa cousine par surprise au point qu'elle faillit perdre l'équilibre.

— *Ingriiiiiid ! Viens voir ça tout de suite !*

Il déboula tout essoufflé, avec son coupe-vent qui lui donnait des allures d'eskimo et ses jambes nues dépassant du bermuda comme deux bâtonnets. Il se pencha en avant pour reprendre sa respiration, bouche grande ouverte avalant l'air par goulées profondes.

— C'est bon, pas la peine de hurler comme ça.

— Faut que tu viennes voir, Ingrid. Il s'est payé notre tête, mais grave.

— Deux minutes. Je crois que j'ai trouvé un truc. On n'est pas dégourdis, tous les deux, je te jure. Quand je pense qu'on a cherché partout…

Elle ne finit pas sa phrase, car ses doigts fouillant l'ombre de la cachette venaient de se refermer sur un objet. Elle l'attira vers la lumière avec la plus grande délicatesse.

Noël se redressa d'un coup, sa bouche toujours ouverte figée par la surprise — visage de carpe prête à gober un ver de terre.

Ingrid venait de dégager une statuette de bois grossièrement sculptée. Par sa taille et sa forme, elle ressemblait au Pinocchio rouge et vert que les parents lui avaient acheté dans une boutique de souvenirs de Sienne. Mais le visage comme le corps étaient entièrement lisses, à l'exception de caractères minuscules gravés sur l'abdomen. La statuette était coiffée d'une couronne d'herbes tressées. Dire qu'Ingrid avait passé des après-midi à essayer de se fabriquer des bracelets à base de brins d'herbe, sans jamais atteindre une telle finesse d'exécution. Les siens tombaient en morceaux au bout de quelques heures. Cette couronne-là était en place depuis un bon moment.

Pas depuis la création de la maison, non. Pas depuis la mise au point de cette cachette. Malgré sa science limitée en la matière, Ingrid soupçonnait qu'une couronne d'herbes n'aurait pas pu rester intacte pendant un siècle entier. On avait dû la changer récemment, remplacer une statuette ancienne par une plus neuve. À y regarder de plus près, deux des mots gravés ressemblaient fort à des prénoms. Quinto, Alessandra. Les deux derniers propriétaires.

Ingrid ôta la couronne d'herbes, qu'elle replaça dans la cachette. Elle goûtait la satisfaction secrète d'avoir cloué le bec du cousin en trouvant la statuette avant lui. L'argument lui servirait bien un jour ou l'autre ; elle prendrait soin de lui rappeler sa victoire à la première occasion.

— Dis, c'est moi ou il pleut moins fort là où on se tient ? demanda Noël.

— C'est pas seulement ici. Regarde, on dirait que la pluie va s'arrêter.

Le déluge n'allait tout de même pas cesser si vite ? C'était tout ce qu'il leur offrait, le faiseur de pluie, en échange de sa libération ? Pas même un coup de tonnerre pour marquer l'événement ? Avec le mal qu'ils s'étaient donné pour trouver la cachette ?

Mais déjà, les trombes d'eau cédaient la place à une bête averse d'été. D'ici quelques minutes, ce ne serait plus qu'une petite pluie passagère. Les nuages se dissiperaient, et le soleil reprendrait ses droits.

C'était tout. Il était parti sans un au revoir.

Quel ingrat, tout de même.

— Faut que tu viennes voir tout de suite, insista Noël. Après, il sera trop tard.

Avant de le suivre, Ingrid prit soin de cacher la statuette sous son coupe-vent, à l'abri de la pluie. Seule l'épaisseur de son tee-shirt séparait le bois de sa peau. De savoir l'objet si proche tout à coup, privilège accordé à elle seule, elle se sentit un peu plus importante. Elle espéra que Nonna Alessandra l'avait vue faire, où qu'elle se trouve.

Les cousins s'élancèrent, Noël ouvrant la marche. Il lâcha un cri d'Indien puisé au plus profond de ses poumons, repris en écho par Ingrid. Il y avait si longtemps qu'ils n'avaient pas pu dresser un camp au fond du jardin ou se balader torse nu, visage barbouillé de peintures de guerre. Mais bientôt la pluie ne serait plus qu'un mauvais souvenir. Rien de plus qu'un petit contretemps.

Chaque foulée soulevait des gerbes d'éclaboussures qui maculaient de boue leurs mollets et leurs cuisses. Si leurs sandalettes n'étaient pas fichues, elles auraient au moins changé de couleur. Maman n'allait pas du tout apprécier.

Noël guida sa cousine le long de l'allée qui menait de la maison jusqu'à la route. Les graviers glissaient sous leurs pas, collaient à leurs semelles déjà décorées de boue et de brins d'herbe. Et soudain, sans transition, ils se retrouvèrent hors de la pluie, sur une route parfaitement sèche. Une route qui n'avait pas connu d'averse depuis des semaines au moins.

Le soleil frappa Ingrid en plein visage avec l'ardeur d'un baiser de retrouvailles. Une sensation familière sur sa peau, retour à l'ordre naturel des choses. C'était comme se débarrasser d'un vêtement trop étroit qui empêche le corps de respirer. Elle rejeta son capuchon pour offrir ses cheveux au soleil et le laisser imprégner son visage. La chaleur soudaine lui rappela la présence de gouttes sur sa peau nue. Elle s'ébroua comme un petit chien, pour le seul plaisir de voir voltiger les gouttelettes de son coupe-vent.

— Et attends un peu, dit Noël, regarde-moi ça.

Il lui fit signe de reculer de quelques mètres : ils se tenaient de nouveau sous un rideau de pluie. Un pas en avant, le soleil à perte de vue ; un pas en arrière, retour à la grisaille. La coupure était aussi nette qu'un passage secret d'un monde vers un autre. Pendant tout ce temps, il n'avait plu qu'autour de la maison.

Hors de la zone de pluie, les couleurs semblaient trop vives pour leurs yeux qui les avaient désapprises. Le bleu sans bornes du ciel, la palette des jaunes et des verts qui tissaient l'étendue d'herbe, même les nuances de gris de la route, si nette sous leurs pas, révélaient soudain une richesse insoupçonnée. L'œil s'habitue si vite à ces choses-là.

— Non mais je te jure, reprit Noël. Tu vois un peu comme il s'est foutu de nous ? Tout ce temps-là, on aurait pu le passer à la piscine.

De l'extérieur, rien ne trahissait la présence de ce rideau de pluie. À peine un halo brumeux entourant la maison, pareil au miroitement d'une route surchauffée sous les rayons du soleil. Un halo moins visible à chaque minute, bientôt plus qu'un souvenir lorsque la pluie aurait cessé.

C'était la maison qui pleurait, songea Ingrid. *La maison pleurait parce qu'on l'abandonne.* C'était la dernière pluie qu'ils verraient jamais en Italie.

Elle continua à regarder la maison depuis cette distance, malgré tout, avec l'impression confuse que quelque chose venait d'y mourir. Elle avait lu bien des histoires où l'on rendait sa liberté à un fantôme — mais jamais encore à l'esprit d'une maison.

Et elle sut que bientôt, ce serait la pluie qui leur manquerait le plus.

LE PASSEUR

Première parution :
Noires sœurs, Éditions de l'ODS, 2002

La plupart des gens prient pour avoir une muse ; moi, j'aimerais tant que la mienne me laisse en paix. Qu'elle me laisse ranger couleurs et pinceaux, mettre le feu à l'atelier. Qu'elle m'accorde de souffler un peu : je n'aspire qu'à l'oubli.

Je ne sais plus si j'ai toujours été insomniaque ou si je le suis devenu par la force des choses, pour avoir refusé de vivre le jour. On acquiert vite le rythme des nuits, et plus moyen ensuite de faire marche arrière. C'est la foule, le plus pénible. Tous ces contacts indésirables et moites, ce va-et-vient incessant, quand on n'aspire qu'à marcher dans des rues vides en quête de silence. Tous ces pas qui effacent les couleurs de la ville, déjà ternies par la lumière fade du jour. Et le bruit, surtout, comme la rumeur diffuse de centaines de fourmis travailleuses. On croit ne plus l'entendre, à force d'en être imprégné. Mais le silence, le vrai, n'existe que la nuit.

Il abrite seulement cette petite musique lointaine qu'on n'entend qu'après minuit, et en tendant l'oreille. Une voix que seuls connaissent ceux qui ont oublié comment dormir. Le jour, tout n'est qu'apparence, étouffant de banalité. La nuit, il faut affronter sa part d'ombre. La nuit, je peux enfin être animal.

C'est la nuit qui m'avait donné Rebecca. Elle aimait la nuit comme elle aimait la ville, parce qu'elle la protégeait des regards. Depuis, l'eau a coulé sous les ponts. Ces mêmes ponts sur lesquels j'ai gravé son nom un soir après l'autre. Surtout les premiers temps, quand la voix m'appelait au bord des quais.

J'ai tout essayé pour ne pas l'entendre. J'ai voulu retrouver le jour, mais mon corps a refusé le soleil. J'ai tenté la boisson, puisqu'on lui prête la vertu d'effacer tous les maux. J'espérais parvenir à me perdre au fond d'une bouteille. Pactiser un peu avec mes démons dans l'ivresse.

Mais l'alcool n'a fait qu'ouvrir des portes que j'aurais préféré garder fermées. D'autres voix se mêlaient, peut-être imaginaires, pour ce que j'en savais. Plus je m'enivrais pour les faire taire, plus elles devenaient agressives. Plus je buvais, plus les barrières cédaient. Ensuite je ne pouvais plus qu'écouter leurs insanités et leurs bordées d'injures. C'était toute une armée de soldats avinés qui campait sous mon crâne. Et derrière la multitude, j'entendais sa voix, cruelle entre toutes.

Tu te souviens, Anton ? J'espère que tu es fier.

Tu oserais sortir au grand jour et leur dire ce que tu m'as fait ? Tu oserais, si tu étais un homme.

J'ai fini par vider ma dernière bouteille dans les eaux du fleuve, puis je l'ai fracassée contre un mur.

Les parasites se sont tus, seule la voix est restée. Avec les éclats de verre, j'ai gravé son nom sur l'écorce d'un arbre, au bord de l'eau. La voix s'est faite plus conciliante. Elle a dû savoir que j'avais compris, sans me quitter pour autant. Je la savais tenace, mais j'ignorais à quel point.

C'est tranquille, le long des quais : à l'ombre des ponts, personne ne vous voit. Sauf les rats qui se glissent tout contre les murs. De grosses bestioles grises et velues qui m'ont regardé faire tandis que je gravais son nom sur tous les ponts, le plus près possible du niveau de l'eau. Je voulais que les eaux sachent qui elles abritaient, puisque personne d'autre ne la connaissait. Elle me le rappelait assez souvent : j'étais le dernier témoin.

Maintenant il n'y a plus que toi, Anton. Tu le savais bien, non ?

Quand j'avais terminé, je pouvais passer des heures à scruter les eaux noires et polluées pour guetter son visage sous la surface. Pas le lieu le plus accueillant où finir ses jours, j'en conviens. Je me rappelle l'endroit précis où je l'ai abandonnée, mais qui sait si le courant ne l'a pas emportée ailleurs ? Je me demande si elle est gentiment allée s'échouer au fond ou si elle a pu regagner la surface, histoire de s'offrir en spectacle une dernière fois.

Moi, je l'imagine tout au fond des eaux boueuses, regard tourné vers l'air libre qu'elle ne regagnera jamais. J'ignore ce qu'il reste de son visage après ce séjour prolongé dans les profondeurs du fleuve. Si ses yeux sont restés ouverts, si les chairs ont blanchi au contact de l'eau. Si les poissons se sont régalés de ses courbes adolescentes. C'est sans doute ce qu'elle me reproche avant tout : d'avoir volé son minois adorable en plus de sa jeunesse. C'est vrai qu'il y a des fins plus propres. Si on la retrouve un jour, elle ne sera pas belle à voir.

La voix aussi s'altérait au fur et à mesure que je laissais son empreinte sur les ponts. Elle ressemblait de moins en moins à celle qui me glissait des promesses mutines à l'oreille, dans l'abri de mon atelier. Celle qui me poursuivait n'était plus celle de Rebecca, plus tout à fait : c'était la voix émise par des lèvres corrompues depuis le fond du fleuve. Elle le faisait exprès, je pourrais en jurer. Elle n'avait plus tant d'occasions de s'amuser, là où elle se trouvait.

Le remords n'est qu'une invention des morts, leur petite vengeance mesquine. Parce qu'ils ne supportent pas l'idée d'être oubliés. C'est terrible de penser que le monde continuera sans vous. Qu'on peut mourir sans que ça change quoi que ce soit à l'ordre des choses, quand on aimerait tellement se croire irremplaçable. Rebecca ne me laissera pas exister sans elle. Je lui ai pris la vie d'adulte qui s'étendait enfin devant elle, et cette liberté gagnée tout récemment. Pourquoi aurais-je le droit de profiter de mon avenir, quand je lui ai pris le sien au commencement de toutes choses ?

Alors faute de savoir où situer sa tombe, j'ai marqué tous les ponts un par un. C'était bien ce qu'elle attendait de moi. Les quais sont silencieux la nuit, tranquilles et immuables. J'étais seul avec les rats, seul avec la pierre froide et grise comme une tombe encore vierge. Avec la voix qui m'encourageait, qui me défiait parfois.

Tu viens me rejoindre, Anton ? Juste un petit plongeon.

Encore un avant l'aube, Anton. Tu me dois bien ça.

Dépêche-toi un peu, fainéant.

Je gravais toujours la même chose, simplement son prénom. Je n'ai jamais connu son nom de famille ni son année de naissance. Elle devait avoir quinze ans, peut-être seize. Je n'ai jamais pu en savoir plus. Je connaissais par cœur les replis internes de sa chair, mais son histoire me restait interdite. Personne en ville n'en savait davantage : elle était arrivée depuis peu.

Elle avait fui le toit familial, c'était ma seule certitude. Elle était arrivée en ville pour prendre ses distances avec un père absent, une mère autoritaire. Elle n'avait jamais consenti à m'en dire plus, quand j'aurais voulu la lire comme un journal intime. Mais quand je regardais en Rebecca, elle se refermait violemment sur elle-même. Prodigue de son corps, avare de sa personne.

Le langage du corps était tout neuf pour elle, et elle comptait bien l'explorer jusqu'au bout. La langue des mots et des idées, c'était celle des parents, des camarades encore figés dans l'adolescence, toutes ces choses laissées derrière elle. Parler de son passé, c'était s'y rattacher encore un peu. Elle voulait apprendre autre chose.

Alors à peine arrivée elle se dérobait déjà : ses visites se faisaient aussi fréquentes qu'elles étaient brèves. Puis la nuit la reprenait pour la conduire vers d'autres refuges. Je sais qu'il y avait d'autres hommes. J'ignore combien, et si elle leur opposait ces mêmes sourires porteurs de mystères et de promesses jamais tenues.

On la sentait encore si proche de l'enfance. Ses membres de sauterelle étaient ceux d'une petite fille surprise par la croissance. Je l'imaginais sans peine à dix ans, pantalons usés aux genoux, brins d'herbe dans les cheveux, une de ces souris hardies qui préfèrent la guerre à la dînette. Du genre à dévaler les pentes à vélo sans tenir le guidon, pour l'ivresse de la chute. Elle en avait conservé quelque chose, cette spontanéité qui s'émousserait avec les ans. Cet égoïsme sacré qui la poussait à privilégier ses intérêts, parce que chaque occasion non saisie est perdue à jamais. Cette obstination à ne pas répondre aux questions des adultes, comme autrefois elle refusait celles des professeurs.

Quelle ironie, qu'elle en soit venue ensuite à me *parler*. Je l'ai privée de toute autre forme de langage, elle a riposté avec ses moyens. Aujourd'hui je paierais cher son silence, mais elle a découvert que les mots sont une arme. Et je suis le seul à savoir où elle a fini sa course. C'est le pire, pour qui a connu une mort violente : l'indifférence. Ses parents ne sauront jamais, puisqu'elle avait coupé les ponts sans leur laisser d'indices.

Peut-être qu'ils guettent encore son retour, ouvrant chaque matin la porte de sa chambre dans l'espoir de la trouver endormie. Mais ils n'apprendront jamais : sans corps, il ne saurait y avoir de meurtre. Et parce qu'elle n'avait que quinze ans, c'est tout naturellement qu'ils la croiront encore vivante, quelque part, hors de leur vue.

Alors j'ai écouté la voix, patiemment, et j'ai gravé des « Rebecca » sur tous les ponts, comme un écolier s'acquitte d'une punition. Elle espérait peut-être que d'autres hommes reconnaîtraient son nom et se souviendraient d'elle. Ensuite je me suis éloigné de l'eau pour l'écrire sur les murs, à la craie, à la bombe de peinture. J'ai marqué son territoire à travers toute la ville, pour que des dizaines de quidams se demandent au réveil à qui appartenait ce prénom. Elle aimait se faire désirer, elle adorait l'intrigue. La farce lui plaisait bien, elle me l'a fait savoir.

Encore un mur, Anton. Regarde, il reste un espace vide.

Un soir, sur un coup de tête, je suis entré dans la boutique minuscule d'un tatoueur. Un endroit sordide qui semblait vous promettre un service rapide et une bonne infection. Le type travaillait seul à la lumière crue d'une ampoule électrique. Son débardeur dévoilait un catalogue de motifs, de l'épaule au poignet, comme on exhibe son *curriculum vitæ*. Dragons chinois qui s'enroulaient telles des anguilles, scorpions prêts à l'attaque, aigles en vol toutes serres tendues, papillons aux ailes rouge sang. Il portait un anneau d'argent à l'oreille droite, comme un gosse qui joue les pirates. Quand je lui ai passé commande, il m'a lancé le regard en biais de celui qui s'attend à se faire trancher la gorge dès qu'il tournera le dos. Mais il s'est exécuté, non sans m'avoir fait payer d'avance.

J'ai vidé le fond de mes poches sur le comptoir avant de le suivre au fond du cagibi où il exerçait, à l'abri d'un rideau aux couleurs passées. Tandis que les muscles de ses épaules jouaient comme ceux d'un cheval au travail, la ménagerie imprimée sur sa peau s'animait d'une vie propre. Elle m'a rappelé une histoire d'homme illustré lue quand j'étais gamin. Sitôt le travail terminé, il s'est empressé de me reconduire vers la sortie et j'ai admiré son œuvre à travers le pansement transparent, tatouée en lettres noires et sobres sur mon bras droit : *J'ai tué Rebecca.*

À présent que j'étais marqué au fer rouge, criminel arborant la fleur de lys, j'espérais qu'elle me laisserait en paix. Elle a apprécié mon geste. Et elle est restée.

Le temps était venu de regagner mon atelier. Pour la première fois depuis longtemps, je l'ai regardé. Le jour, je me cloîtrais derrière mes volets fermés, seul à guetter la rumeur extérieure et les ombres qui se déplaçaient sur le parquet. Insectes ou fantômes, allez savoir. J'attendais l'heure où je pourrais enfin renaître au monde et le voir tel qu'il est, sans le filtre solaire qui affadit toutes choses. La nuit jetait une lumière nouvelle sur ce qui m'entourait, rendait aux objets leurs textures et couleurs véritables. Les ombres pouvaient enfin se lâcher. Dans une pièce baignée de la seule lueur des bougies, chaque image semble plus concrète au moment précis où elle nous échappe — tel était le grain de la peau de Rebecca dans cette pièce. Dans la lueur pauvre du soir, son épiderme s'offrait à l'œil comme au toucher, enfin concret.

Mais j'avais fui l'atelier pendant toutes ces nuits, depuis celle où j'avais cru posséder Rebecca. Sans doute moins pour chasser mes souvenirs que pour obéir à la voix dans ma tête. À présent seulement, je remarquais les traces : sa présence imprégnait la pièce comme un parfum. Elle s'y déplaçait en terrain conquis, avec toute l'effronterie de ses quinze ans. Même les taches de peinture sur les murs et le parquet renvoyaient à des gestes précis. Ici, elle s'est appuyée après avoir frôlé un tableau pas encore sec : voici la traînée bleue laissée par sa manche. La veste de jean qui l'a accompagnée au fond des eaux doit encore en porter la marque.

Ce soir-là, de retour à l'atelier, j'ai écarté les volets et laissé entrer la nuit. Autour de moi, c'était l'antre d'un fauve. Reliefs de mes festins dans tous les coins, paquets de chips froissés, emballages déchirés. Le sol était jonché de miettes de pain et de biscuits, de confiseries diverses, mon ordinaire pendant toutes ces semaines. Ce sont les provisions les plus faciles à dérober. J'avais visité tout ce que la ville comptait de petites épiceries ouvertes la nuit, et ma main savait alors se faire plus légère que l'oiseau. Scènes ordinaires de vol à l'étalage, de fuite à travers les ruelles quand je me faisais prendre. Je les semais toujours. J'avais plus important à faire.

J'ai rassemblé le plus gros des déchets dans une boîte dont j'ai ensuite balancé le contenu par la fenêtre. Le vent s'est jeté sur mes offrandes comme un molosse affamé et les a pourchassées jusqu'au bout de la rue. Puis je me suis affairé parmi les toiles qui encombraient l'atelier. Une douzaine de tableaux inachevés, la plupart sans sujet véritable : nés de la seule envie de marier le pinceau et la toile pour voir ce qui en sortirait. J'en ai choisi un au hasard que j'ai recouvert d'une couche de peinture jusqu'à effacer toute trace de mes gribouillis.

Je n'avais pas touché de pinceau depuis un bon moment. L'habitude se perd plus vite qu'elle s'acquiert. Mes premiers gestes trahissaient la maladresse du débutant que j'étais redevenu. Puis ma main s'est souvenue, peu à peu : comment tenir un pinceau, dompter les couleurs. J'ai laissé l'instinct guider mes mouvements. Les lignes et les courbes sont devenues des contours, les aplats des textures, les formes des sujets. Les esquisses improbables sont devenues des corps. Un corps unique, en fait, toujours le même. C'était forcément le sien, avec ces membres trop longs, tout en coudes et genoux. Un corps en route vers l'âge adulte.

D'autres détails s'ajoutaient peu à peu. Parfois c'était un vague décor, les contours d'un pont, le tracé du fleuve. Ou parfois l'ombre d'un autre corps tout contre le sien. Des détails seulement, jamais de visage. Comme une main anonyme qui cherchait une gorge à tâtons.

Tu m'as fait mal, Anton.

J'ignore ce qui m'a pris la nuit où je l'ai fait. Une simple impulsion, vide de sens comme elles le sont souvent. Pas un instant je ne me suis demandé ce que je faisais, ni pourquoi. Sur le moment, ça me semblait le seul acte un peu sensé.

Impossible ensuite de faire marche arrière. Son corps avait une façon toute neuve de répondre au mien, pour la première fois. De vouloir repousser mon étreinte tout en s'y abandonnant. Je la sentais céder sous la pression de mes doigts entourant sa gorge.

Et la peur dans ses yeux redoublait mon ardeur. La peur la plus sacrée qui soit, la plus absolue, celle de la première fois. La peur de l'inconnu. Sensation proche de l'extase, une extase qui refuse encore d'avouer son nom. C'est la peur liée à la découverte, celle de la jeune fille qui fait don de son corps pour la toute première fois. Celle du moment où tout bascule sans espoir de retour, avec la conscience qu'il faut bien en passer par là.

Rebecca savait où je l'emmenais, partagée entre la soif de connaissance et la peur de ne pas revenir raconter ce qu'elle verrait.

Pendant un instant sublime, il n'y avait plus qu'elle et moi au monde. Elle ne me laissait pas le choix : c'était la seule intimité qu'elle m'offrirait jamais. D'autres avant moi l'avaient éveillée à la chair, que me restait-il à lui apprendre ? C'était la première fois qu'elle m'appartenait totalement, absolument, moment d'autant plus précieux qu'il serait bref et sans retour.

Parce que j'étais le seul, le premier, le dernier.

Son seul et unique meurtrier.

J'allais lui faire ce qu'aucun homme avant moi n'avait fait.

Ce qu'aucun après moi ne ferait.

Tout ce que j'avais à lui apprendre.

Le lien tissé entre l'assassin et sa proie est sacré entre tous, parce que l'expérience est unique. Le meurtre doit s'exécuter avec passion : s'il est bâclé, il le sera à jamais. Moi seul, j'ai eu l'honneur d'être le passeur de Rebecca. Un moment d'amour total, de don de soi absolu. Nous n'étions plus que pulsions, communion : deux corps fondus en un. Le sien tendu dans l'effort, arqué comme une jument qui regimbe. Elle m'a laissé la souiller comme jamais. Je m'y suis appliqué avec ardeur et dévotion. J'ai laissé ma marque en elle, ma signature autour de son cou.

J'ai senti entre mes doigts serrés l'instant précis où la vie la quittait : un spasme ultime, libérateur, puis l'abandon total. J'ai lu dans ses yeux soudain vidés le moment où elle a renoncé à la vie. C'était comme l'apaisement sublime qui suit l'acte sexuel, le calme soudain après l'effort. La lutte était finie.

J'en ai passé des heures, dans l'atelier, à traquer sur mes toiles l'écho de ce renoncement. C'était cette scène que je recherchais depuis le début, à coups de pinceaux hésitants. Mais même sur la toile, Rebecca ne se laissait plus faire. Les courbes esquissées devenaient plus arrogantes, plus libres que je le souhaitais. C'était l'image qu'elle voulait garder d'elle-même : une Rebecca toute neuve, vivante. Une Rebecca adulte. La voix me dictait mes gestes, au point que j'en oubliais la part de l'instinct. Je ne savais plus si c'était son œuvre ou la mienne.

Restait le problème des couleurs. Les premières esquisses affichaient un rose de petit cochon en sucre, trop joli pour être honnête. Pas facile de peindre la peau de mémoire. Tandis que je gagnais en assurance, les nuances muaient peu à peu. C'était bientôt la teinte malsaine de la chair qui se fane loin des yeux, qui se décompose en secret. La couleur de la corruption. Ma façon maladroite de contredire la bonne santé de ses attitudes, pour lui rappeler une vérité essentielle : souviens-toi, Rebecca, c'est moi qui t'ai tuée.

Qu'est-ce qui t'a pris, Anton ?

Et ses cheveux, un vrai casse-tête. Impossible de copier leur nuance si particulière. Elle les portait attachés, tout le temps où je l'ai connue. Elle refusait de les lâcher parce qu'elle savait quel air ils lui donneraient fatalement, petite fille sage entraînée à jouer les princesses. Sur mes premiers dessins, ils étaient d'un blond angélique, comme ceux d'un elfe dans un livre pour enfants.

C'est vrai qu'elle avait des allures de lutin. Elle devait les haïr autant que ses taches de rousseur, résidus d'enfance. Mais ses cheveux possédaient une nuance bâtarde, impossible à imiter : pas vraiment blond cendré, pas tout à fait châtain clair. J'avais pourtant un modèle sous les yeux, la natte tranchée aux ciseaux le dernier soir, juste après l'acte. Clouée au mur comme une relique ou un trophée. L'extrémité retenue par un élastique avait la forme d'une petite flamme, recourbée à la pointe.

C'est la dernière chose que j'ai faite avant d'emporter le corps : voler ses cheveux pour conserver une trace de sa venue. Je suis sorti dans la rue avec sa masse docile chargée sur mon épaule. Je sentais Rebecca ballotter dans mon dos et devinais ses yeux ouverts qui fixaient le pavé. Pas une position très confortable, j'en conviens. Mais il fallait en finir vite. Je ne pouvais plus la garder avec moi. Une fois dissipée l'extase de mon acte, seul restait le dégoût.

Atteindre le pont ne fut pas chose facile tant Rebecca pesait lourd — pas tant son corps que les pierres dont j'avais lesté ses poches. Je l'ai hissée par-dessus le parapet avant de la faire basculer d'une poussée, sans ménagement. Je n'ai pas pris le temps de m'attarder sur ce visage que je voyais pour la dernière fois, comme l'exigent les conventions. Je n'ai baissé les yeux qu'au dernier moment, lorsque son corps désarticulé a heurté la surface dans un grand bruit d'éclaboussure. Juste avant qu'elle disparaisse de ma vue, j'ai cru apercevoir son visage un instant. J'aurais juré qu'elle m'avait souri. Un sourire qui disait : *Tu ne perds rien pour attendre.*

L'instant d'après, elle s'enfonçait dans l'eau sale et boueuse, entraînée par le poids des pierres. Le fleuve l'a engloutie en une seconde. À peine quelques remous pour trahir sa présence : il s'est fait mon complice, dépositaire unique de mon secret. Et puis plus rien. Je suis resté un moment accoudé au pont, indécis. Très bien, je l'avais fait — et ensuite ? Allais-je rester là des heures, les yeux dans le vague, à attendre que Rebecca remonte à la surface ?

Une idée séduisante m'a traversé l'esprit. J'ai

enjambé le pont pour me retrouver assis à califourchon, un pied sur la terre ferme, l'autre dans le vide. Puis j'ai baissé les yeux vers l'eau noire qui semblait m'offrir sa protection. C'était tellement tentant : plonger pour me noyer dans les mêmes ténèbres que Rebecca. Tandis que je cherchais le courage de me laisser tomber, la voix s'est adressée à moi, dans ma tête. Une voix que je n'avais pas encore eu le temps d'oublier.

Tu n'oseras pas.

Aucune trace d'ironie : simple constatation. Et elle avait raison. Aucun de nous deux ne le souhaitait vraiment. Je me suis empressé de regagner le sol, sans un regard pour le fleuve qui m'appelait.

L'instant d'après, je courais à travers les rues jusqu'à en perdre haleine pour extirper de mon cerveau toutes ces pensées coupables, pour faire taire la voix tranquille qui me poursuivait, la voix de Rebecca.

Tu as vu ce que tu as fait, Anton ? Tu te rends seulement compte ?

J'ai couru jusqu'à l'épuisement, le plus loin possible de l'eau, jusqu'à ce que mes genoux me lâchent pour me laisser échoué à même le pavé, dans un recoin obscur. J'ai fermé les yeux pour tenter de chasser la voix et d'écouter la rumeur nocturne qui m'enveloppait. J'étais dans mon élément. La ville seule m'avait vu, la nuit me protégeait. Mais moi, je saurais toujours ce qui s'était passé. La voix non plus n'oublierait pas. Pas plus qu'elle ne me laisserait oublier.

Et maintenant ?

Une fois les toiles achevées, éparpillées dans tout l'atelier, il ne me restait plus qu'à trouver d'autres supports. J'ai commencé à peindre sur les murs. Sur l'un d'eux, j'ai griffonné son nom jusqu'à combler le moindre espace vide. Des graffitis par dizaines qui étaient autant de confessions, lettres capitales et écriture liée, gouache et crayon, toutes les couleurs possibles, variations par centaines sur un prénom. J'ai ajouté le mien au bas du mur comme on signe une lettre d'aveux.

Sur les deux murs suivants, j'ai peint des Rebecca par dizaines, chacune plus fidèle au modèle que la précédente. J'apprenais avec l'expérience. Chacune gagnait un détail essentiel qui manquait à toutes les autres. Les traits du visage s'affinaient peu à peu et je voyais naître sous mon pinceau des expressions familières. Certaines arboraient ce sourire aperçu juste avant qu'elle sombre. D'autres avaient dans les yeux la terreur de ses derniers instants. Quelques-unes se détournaient pudiquement pour me cacher un visage immergé depuis trop longtemps. Sur l'un de ces deux murs, à côté de sa chevelure, j'avais accroché les vestiges de son passage : des affaires qu'elle ne reviendrait jamais chercher. Les restes d'une paire de bas, d'un teeshirt échancré. Les lambeaux de sa robe décoraient l'atelier comme des guirlandes de papier crépon.

Quand la voix a semblé satisfaite de mon travail, j'ai pu enfin passer au dernier mur. La fresque m'a demandé des semaines de travail. Cette fois tout y était : le fleuve pollué qui serpentait sans se presser, les ponts sur lesquels j'avais gravé son nom, les quais visités par les rats. Les arbres et les maisons, plus vagues, dans le lointain. Le silence qui nous enveloppait à la façon d'une cape. Oui, j'ai même réussi à peindre le silence. Je ne me savais pas capable de capturer la nuit.

Et au cœur de la fresque, nos deux corps figés dans le mouvement, à l'instant précis où tout devenait irréversible. Le mien penché par-dessus bord, bras tendus pour précipiter sa chute, comme un pirate jette un homme à la mer. Celui de Rebecca qui basculait vers l'eau noire, tête la première, jupe retroussée sur ses jambes nues. La seconde précise où son corps s'est séparé du mien.

Tu te rends compte de ce que tu as fait ?

Quand la fresque a été finie, j'ai regardé la pièce tout entière contaminée par Rebecca. Elle était partout, du sol au plafond. J'avais même peint sur le parquet, comme ces mendiants qui tracent à la craie le visage de la Vierge sur les trottoirs. La vitre elle-même était ornée d'un portrait maladroit, cheveux trop pâles, oreilles en forme de coquillages fragiles. La pièce entière était devenue Rebecca.

Il ne restait plus un seul espace où la peindre. Alors je suis ressorti dans les rues. J'avais déjà marqué les murs, les ponts, son territoire s'étendait à toute la ville : que pouvais-je faire de plus ? Pour la première fois depuis des mois, j'étais vide. Même la voix avait cessé de me sermonner à la moindre occasion. J'avais perdu l'habitude du silence. J'ai marché le long du fleuve en attendant qu'elle se manifeste : peine perdue. Exit Rebecca. Fin de partie.

J'ai dû oublier quelque chose. Je n'ignore pas ce qu'elle attend de moi, depuis le début : rappeler aux autres qu'elle a existé, afin qu'ils découvrent ce que je lui ai fait. La mission n'est pas encore accomplie, elle devrait le savoir. Me le faire savoir. Ou me dire que ma liberté m'est rendue. Il suffirait d'un mot. *Je suis fière de toi, Anton. Je ne t'en veux pas.*

Mais ce silence, c'est anormal. Il doit rester des espaces vierges.

Mon corps, par exemple. J'aurais dû commencer par là et porter moi-même sa marque. Si seulement j'étais capable de peindre à même ma peau. Ce n'est pas faute d'avoir essayé, mais comment tracer un portrait fidèle sans pouvoir suivre le pinceau des yeux ? J'ai tenté l'expérience devant un miroir : une catastrophe. Je n'ai réussi qu'à ressembler à un indien en temps de guerre.

Il y a bien le tatouage, mais lui ne veut rien dire. Il m'en a fait voir, celui-là, d'infections en démangeaisons, toujours une nouvelle façon de me rappeler sa présence. Seulement il ne suffit pas à dénoncer mon acte. Alors quoi d'autre ? Attend-elle que je me pende dans mon atelier avec une pancarte autour du cou, « J'ai tué Rebecca », dans l'espoir qu'on me retrouve ?

À défaut de peindre sur moi, je pourrais essayer sur d'autres. Trouver une jeune fille de l'âge de Rebecca : quinze ans tout juste, même stature, même finesse des traits. Mêmes cheveux surtout. Une jeune fille à travers laquelle la reconnaître, et répéter l'histoire.

L'emmener dans mon atelier. Qu'elle apprenne à son tour ce que Rebecca a appris de ma main.

Je procéderai de la même façon : doigts autour de sa gorge, serrés pour sentir palpiter la chair, en quête de son souffle de vie. Deviner le sang qui s'affole dans ses artères. Laisser ma signature imprimée sur son cou.

Jusqu'à l'extase du dernier instant. Voir le moment précis où la vie lui échappera. C'est vrai que les yeux sont le siège de l'âme : j'en ai eu la preuve.

Et je la sentirai m'échapper au moment d'atteindre cette intimité parfaite. Je serai son passeur, comme naguère celui de Rebecca. Je me ferai un devoir de lui apprendre, avec autant d'application que la première fois. Il y a des actes qu'on n'a pas le droit de bâcler.

Il faudra qu'elle lui ressemble assez pour que leur image se confonde dans l'esprit des gens. Plus important encore, il faudra qu'elle ait des attaches : une famille, des amis qui se souviendront d'elle. Parce qu'en trouvant son corps, ils liront sur sa peau mon message. Une scène peinte de ma main sur son dos nu, en guise d'aveu : mes doigts autour du cou de Rebecca. Son nom, ma signature, ma confession.

Dès l'instant où le corps sera trouvé, ils sauront pour Rebecca. Elle continuera à vivre à travers le souvenir de l'autre. Quand elles seront unies dans la mémoire des gens, j'aurai accompli ma mission. Et s'il faut en passer par là, alors j'en trouverai une autre. Et encore une autre. Jusqu'à ce qu'ils se souviennent.

Peut-être qu'alors je pourrai enfin dormir. Verrouiller l'atelier et jeter ma clé dans les eaux du fleuve. Après ça, j'irai la rejoindre au fond. Plus rien ne me retient ici et les nuits sont devenues trop longues. J'aurais dû plonger avec elle le premier soir. Je retournerai enjamber le pont, et cette fois j'irai jusqu'au bout.

Mais avant tout, je dois trouver la jeune fille. Elle m'attend quelque part.

GHOST TOWN BLUES

Première parution :
Ténèbres 2000, Éditions Naturellement, 2000

Si je sais ce qui est arrivé à Noah Weiland ? Bien sûr que je le sais. J'étais présent, comme pour tous les autres, ceux qui l'ont précédé. Je ne quitte pratiquement jamais le comptoir, alors vous pensez bien que je suis aux premières loges pour voir tout ce qui se passe. Il y en a eu quelques-uns, en ville, des Brady Fleetwood et des Wayne O'Brien. Je me souviens de chacun de leurs visages.

Personne ne vient jamais à Copeland Falls, c'est pourquoi les visiteurs ne passent pas inaperçus. Il n'existe que deux catégories de personnes en ville : ceux dont la place ne peut être qu'ici, et les voyageurs égarés qui cherchent refuge pour la nuit. On ne s'arrête pas à Copeland Falls par plaisir : il n'y a rien à faire ni à voir par ici. Si une cité a jamais mérité l'appellation de *ville fantôme*, je peux me vanter d'y résider. Elle semble avoir poussé par accident au milieu de la poussière et du vide, pour satisfaire les caprices d'un dieu farceur. Une blague sinistre et sans but véritable.

Même les gens sont des spectres, des ombres cloîtrées derrière les volets pour échapper à la chaleur étouffante, la moiteur qui rend fou. De l'aube aux premières heures du soir, on se barricade entre quatre murs comme on fermerait les paupières pour ne pas voir autour de soi. Le reste de la journée égrène ses heures interminables dans l'attente du crépuscule. Le jour, Copeland Falls vit au rythme du désert. Pas âme qui vive dans les rues, personne pour venir frapper aux portes, sauf peut-être le vent. Ce vent traître qui charrie des nuages de poussière comme si le désert espérait gagner du terrain. On perd vite la notion du temps, ici : il y a bien longtemps que les cloches de l'église ne sonnent plus.

La ville ne s'anime un peu qu'à la nuit tombée, même si c'est dérisoire. Il y en a toujours quelques-uns pour venir traîner dans mon saloon, vider un verre ou deux, échanger quelques mots, histoire de faire passer les heures qui les séparent de l'aube, de la journée suivante. C'est ce qui leur tient lieu de vie sociale. On en voit d'autres qui se hâtent dans les rues comme s'ils avaient quelque part où aller. Ou qui tournent en rond comme des mouches qui se cognent à une vitre en cherchant la sortie. Les derniers arrivants, surtout. Les autres se terrent derrière leurs volets, faute d'occupation.

J'ignore où sont partis ceux qui ont bâti la ville. Peut-être qu'une fois leur œuvre achevée, ils ont compris leur erreur : compris que le sable n'est pas fait pour abriter la vie. Que leur présence ici était une aberration. C'est ainsi qu'ils ont disparu, tous ensemble, du jour au lendemain. Tout a dû aller très vite. De la ville qu'ils avaient construite, ils n'ont laissé qu'une coquille vide, une carapace sans rien à protéger. Tous ces bâtiments inutiles, ces maisons inhabitées, ces magasins aux vitrines nues. Ils ont tué la ville dans l'œuf sans lui laisser le temps de prospérer. Elle n'avait plus qu'à se faner avant même d'avoir vécu. D'autres sont venus prendre leur place beaucoup plus tard, une poignée à peine, mais c'est une longue histoire. Entre-temps, le désert avait progressé, insidieusement. Effacé la peinture, terni les vitres. Le sable s'était glissé dans les maisons, infiltré sous les portes, pour remplir le vide laissé par l'exil.

De temps à autre, pourtant, il arrive qu'un voya geur imprudent s'écarte de sa route et s'égare par ici. À la tombée de la nuit, épuisé, découragé, il aperçoit au loin les premières lueurs de la ville. L'instinct de survie et la raison n'ont jamais fait bon ménage. Au beau milieu de nulle part, l'endroit prend des allures sournoises d'oasis. Alors peu importe au voyageur perdu que les rues soient vides, les volets fermés, la peinture des façades écaillée. Parce que dans son infortune il aura découvert un panneau lui souhaitant la bienvenue à Copeland Falls, Arizona, et qu'en toute naïveté il lui aura fait confiance. Il s'abandonnera à ses filets à défaut d'autre choix, mais sans y croire tout à fait, comme il accueillerait un mirage.

Lorsque Copeland Falls ouvre les bras à un visiteur, c'est pour lui offrir le visage d'une ville aux couleurs du désert, délavée par le soleil. Essayez d'imaginer une table dressée pour un festin mais dont les convives ont disparu. Les chaises attendent leurs occupants, la nourriture intacte refroidit dans les assiettes. Voilà ce qu'on éprouve en arrivant ici : l'impression qu'un ouragan a balayé toute trace de vie humaine. Mais au lieu d'une cité dévastée par la catastrophe, la ville est nette et intacte. Pas de dégâts apparents, de portes arrachées donnant sur des intérieurs béants. Les volets sont en place, fermés hermétiquement. Au détail près que Copeland Falls n'a plus rien à abriter. Elle ne connaît que l'usure, la patine du temps, le sable qui livre une guerre insidieuse contre les peintures jamais refaites, les inscriptions à moitié effacées sur les enseignes des magasins.

Ici les vitres sont ternies, opaques, jamais brisées par des gamins chahuteurs. Les façades, toutes identiques : sans marques ni cicatrices pour attester qu'elles ont vécu. Impossible de distinguer les maisons vides de celles qui ont retrouvé des occupants. Autant de détails que la lumière crue du soleil prend un malin plaisir à souligner. Il faut dire que ces murs ont eu si peu d'histoires à abriter avant l'exil. Si peu d'intimités à préserver.

Le voyageur perdu rôdera quelque temps dans les rues endormies en quête d'un point de chute. Peut-être y croisera-t-il un passant qui poursuivra son chemin sans le saluer, en l'épiant du coin de l'œil. Il y en a parfois quelques-uns pour se risquer hors de l'abri des murs en plein jour. Généralement les derniers arrivés, encore ignorants des règles du jeu. Le voyageur finira toujours par venir me demander une chambre. Il s'y installera pour la nuit, prendra son repas en solitaire. S'il a la chance de le poursuivre dans l'indifférence générale, il repartira le lendemain. Ou plus rarement le jour d'après, si une seule nuit de repos ne lui a pas suffi. Mais le plus important est de se fondre dans le décor. Rien n'est plus dangereux ici que d'attirer les regards.

Noah Weiland n'était pas de ceux qui passent inaperçus dans un endroit comme celui-ci. Je me souviens bien du soir où son chariot est arrivé en ville, tiré par deux juments fatiguées. Il avait dévié de son itinéraire et la nuit l'avait surpris à quelques kilomètres d'ici. Il avait l'air d'un brave petit gars, ça sautait aux yeux. C'est dangereux, par ici, d'avoir l'air innocent. Le meilleur moyen d'attirer l'attention. Dès l'instant où il est entré dans le saloon en me saluant poliment, j'ai su que sa route prendrait fin ici. Pas besoin d'être voyant. Il suffit de connaître la ville et la faune qui la peuple.

Il faisait tache dans le décor : trop jeune, trop candide, une proie tellement facile. Je le revois encore devant mon comptoir, un gosse de dix-huit ans à peine avec des cheveux noirs en bataille et un regard désemparé. Un fils de paysan, à en juger par sa vieille chemise à carreaux, ses bretelles, ses bottes couvertes de la poussière du voyage. Un gamin à qui l'on a enseigné le travail dur et les bonnes manières, qui aide ses parents à la ferme et fait sa prière avant chaque repas. Ses manières un rien trop frustes, sa gaucherie permanente trahissaient ses origines rurales. Et il avait une façon puérile de répondre à toutes mes questions par des « Oui, monsieur » d'écolier docile.

Noah avait dû sentir les regards se braquer sur lui dès son entrée, mais il en ignorait la portée. Il avait paru gêné, certainement pas inquiet. Derrière son dos, ricanements et murmures allaient bon train tandis qu'il me réglait le montant de son séjour. C'est un principe, je fais toujours payer les chambres à l'avance. Je ne peux jamais être sûr que mon client sera encore là au petit matin.

Lorsqu'il a longé la table de jeu pour rejoindre sa chambre, Noah n'a pas remarqué les trois occupants qui s'étaient dressés sur leurs chaises pour mieux le détailler. Ils ont gagné pas mal de surnoms, ces trois-là : le Brelan d'As, ou encore la Dame, le Roi et le Valet — par ordre d'importance. Du crépuscule jusqu'à l'aube, ils hantent mon saloon sans jamais boire une goutte d'alcool. Chaque soir, dès que le soleil déserte les rues de la ville, ils prennent possession de la table de jeu.

Elle a curieuse allure, la table, au milieu du saloon. Avec son tapis vert et ses montagnes de jetons, elle ressemble à un carré d'herbe perdu parmi les dunes. Cet étalage de luxe est dérisoire, mais il fait partie du rituel : nuit après nuit, la table est dressée pour attendre ses joueurs. Je les ai toujours connus ensemble : l'un ne va jamais sans les deux autres. Ils sont une hydre aux trois têtes parfaitement synchrones, trois facettes distinctes d'une même énigme. Unis comme les doigts de la main.

Noah est réapparu au bout d'une bonne demi-heure, le temps de reprendre figure humaine. Lorsqu'il nous a rejoints, ses cheveux étaient humides et soigneusement peignés, ses bottes nettoyées de la poussière du trajet. Sa peau était rouge et luisante, comme après un décrassage intensif. Mais il avait conservé les vêtements du voyage : son pantalon informe, sa chemise fatiguée d'avoir été trop portée. Ce détail lui donnait plus que jamais l'air d'un fils de fermier.

Le gamin m'a commandé un plat de riz et de poulet frit pour reprendre des forces. Je l'ai regardé engloutir son dîner avec l'expression apaisée d'un homme qui se sent renaître après une longue errance. Il s'était installé à une petite table proche du comptoir. Pour éviter la corvée de la conversation, Noah faisait mine de contempler la ville endormie à travers la fenêtre. Il espérait sans doute terminer son repas en paix avant de regagner ses quartiers pour la nuit.

Bien sûr, il ignorait que la machine était déjà en marche. Il n'a pas fallu à Norma Lee plus de deux minutes pour mettre le grappin sur le nouveau venu.

Comment vous décrire Norma Lee sans la trahir ? Je resterais toujours en deçà de la réalité. Les mots sont impuissants à lui rendre justice. On ne lui connaît que ce prénom double, aucun patronyme. Je la soupçonne de vouloir oublier un nom trop commun pour lui convenir : Norma Lee Jones, quelque chose de ce genre. Elle ne possède aucune histoire antérieure à son arrivée en ville. On raconte simplement qu'autrefois, ailleurs, on a tué pour elle.

C'est vrai qu'on ignore tout du motif qui l'a poussée vers l'abri de Copeland Falls. On ne peut que supposer. Je l'imagine assez mal se souiller les mains du sang d'autrui. Norma Lee serait plutôt du genre à laisser d'autres faire le sale boulot pour elle. Pousser au crime ses amants jaloux, attiser leur haine jusqu'à ce qu'ils s'entre-tuent comme des chiens enragés — ça oui, ce serait bien son style. Simplement pour voir jusqu'où elle peut pousser la farce. Elle est de ces femmes qui regarderaient tomber leurs anciens amants avec un sourire amusé, une lueur satisfaite au fond des yeux. C'est avant tout une affaire de pouvoir : tout ce qu'elle se sait capable de faire, elle le fera. C'est malgré soi qu'on entre dans son jeu, sans en avoir conscience, le temps d'un glissement imperceptible. Parfois il suffit seulement de croiser son regard.

Norma Lee est petite par la taille mais l'aura qu'elle dégage est puissante. Elle a le visage d'une poupée indécente, masque tour à tour enjôleur et cruel. Ses yeux sont deux puits insondables, plus noirs que le rideau de cheveux qui balaie ses épaules nues. Ses lèvres connaissent toute la gamme des moues concevables, boudeuses, trompeuses, charmeuses, les sourires les plus fondants, les rictus les plus méprisants. Entre ses mains, l'artifice est une science exacte au service de ses caprices. Et elle sait en jouer, croyez-moi. Dans une autre vie, un monde civilisé, Norma Lee évoquerait déjà un cadeau du ciel. À Copeland Falls, où les femmes sont une denrée des plus rares, elle est aussi dangereuse que le chant des sirènes. Plus insidieuse encore : les marins savent au moins à quoi s'attendre.

Norma Lee s'est approchée de la table dans un bruissement d'étoffe, avec dans la démarche une légèreté de danseuse. Elle se déplace sans bruit, sans effort, à peine si on entend sa robe frôler le parquet. Surpris par son intrusion, Noah s'est arraché à sa rêverie. Il s'est tourné vers elle avec un visage fermé pour décourager toute approche, mais le masque est tombé à la seconde où il l'a regardée. Vue de mon emplacement, l'expression du gamin était comique. À croire que les yeux allaient lui jaillir de la figure. Pensez donc, il n'avait pas dû en croiser beaucoup, dans son village, des femmes comme elle. Vous auriez dû le voir, complètement subjugué, il la fixait comme une apparition de la Vierge. Façon de parler, bien sûr. Elle n'a rien d'éthéré, Norma Lee. Elle dégage une formidable impression de plénitude, comme un fruit bien mûr qui vous tient dans la paume. Surtout quand elle porte une de ses robes échancrées dont le corsage promet monts et merveilles.

Sans attendre un mot de la part de Noah, elle s'est installée à sa table. Je veux dire qu'elle a pris place sur la table elle-même, en se hissant d'une légère impulsion des poignets. Autour d'elle, les plis de sa robe prenaient possession de l'espace comme les plumes d'un paon. Norma Lee possède une collection de robes hallucinante, peut-être son seul trésor matériel. Leurs tissus chatoyants sont un défi lancé aux couleurs mortes de Copeland Falls. Sans doute conçues par un tailleur virtuose doublé d'un petit génie. Elles épousent docilement les formes de son buste pour en faire ressortir le relief.

Décolletés vertigineux, plis innombrables qui se répandent autour d'elle comme un halo. Nuages de mousseline et de velours, ailes de papillon. La zone d'influence de Norma Lee s'étend là où flottent les pans de ses robes.

Du haut de son perchoir, elle avait profité de l'effet de surprise pour prendre l'avantage sur Noah. Malgré leur différence de taille, c'était elle qui le regardait de haut. Aussi menue que lui était solidement bâti, mais il avait suffi que ce petit bout de femme s'approche de lui pour le faire virer au rouge pivoine. Lentement, elle s'est penchée en le regardant droit dans les yeux.

— Salut, mon grand !

Avec son intonation traînante, Norma Lee semble retenir les syllabes prisonnières de ses lèvres. Le curieux bourdonnement de sa voix endort sournoisement les sens. Avec un coup d'œil à la carafe d'eau posée devant Noah, elle a poursuivi :

— Je viens te souhaiter la bienvenue à Copeland Falls. Tu ne refuseras pas un petit verre de ma part ? Je parie que tu aimes les boissons d'homme, les vraies.

Sans attendre de réponse, elle s'est tournée vers moi en articulant clairement pour que Noah n'en perde rien :

— Floyd, envoie-nous une bouteille de ton meilleur whisky ! C'est ma tournée.

Juste une phrase en l'air pour impressionner le gamin. Jamais je ne fais payer Norma Lee et ses acolytes. J'ai tiré de derrière le comptoir la bouteille préparée pour l'occasion, que j'ai apportée à leur table avant de regagner mon poste d'observation. Une fois exaucée, Norma Lee s'est tournée vers Noah pour remplir son verre, méthodiquement, surveillant le niveau du liquide. Puis elle a reposé la bouteille sur la table avec son sourire le plus appliqué, avant de tendre le verre à son invité.

Le gamin n'en croyait pas ses yeux. À peine débarqué au milieu de nulle part, il se faisait offrir à boire par le morceau de chair fraîche le plus appétissant qu'il ait jamais vu. Je lisais dans ses yeux une certaine répugnance vis-à-vis de l'alcool, fruit d'une éducation puritaine sans doute. Mais il ne pouvait pas courir le risque d'une humiliation. Plutôt trahir ses convictions que se faire traiter par elle de buveur de jus de fruits. D'un geste indécis, il a porté le verre à ses lèvres et failli s'étrangler dès la première gorgée.

— Raconte-moi un peu ce qui t'amène ici, a-t-elle repris. Tu as perdu ta route ?

— Oui, madame, a articulé Noah au milieu d'une quinte de toux.

— Pas de ça entre nous, je t'en prie. Tu peux m'appeler Norma Lee. Au fait, je ne connais pas ton nom.

Le visage encore empourpré, il s'est éclairci la voix avant de déclamer :

— Noah Leroy Weiland.

— Enchantée de faire ta connaissance, Noah *Leroy* Weiland. (Elle a bien insisté sur son deuxième prénom pour mieux le tourner en dérision.) D'où est-ce que tu viens, mon grand ? On dirait que tu as voyagé toute la journée.

— De Phoenix. Je devais faire le trajet en plusieurs étapes. Mais je me suis éloigné de la route en prenant un raccourci. Quand la nuit est tombée, il était trop tard pour faire demi-tour.

— Qu'est-ce que tu allais faire là-bas ? Vendre la production de la ferme ?

Noah n'a pas réagi à ses sarcasmes, à supposer qu'il en ait même perçu l'ironie. À l'autre bout de la pièce, le Roi et le Valet ne perdaient pas une miette du spectacle. Ils échangeaient sourires et regards entendus à chaque point marqué par leur Dame. De leur emplacement, ils pouvaient tout entendre. Le saloon est très silencieux, vous savez.

— J'allais conduire mon frère en ville, a répondu Noah. Il va y faire ses études, Harper.

— Ah, je vois que tes parents ont les moyens d'éduquer leur progéniture.

Nouveaux gloussements des deux acolytes ; Norma Lee leur a retourné un sourire complice. Et ce benêt de Noah Weiland, au lieu de répondre, a laissé son silence se perdre dans une nouvelle gorgée de whisky. Le moyen le plus commode d'éviter de la regarder en face. À moins, tout simplement, qu'il ait pris goût à la boisson. Le niveau du liquide diminuait peu à peu. À peine posé sur la table, le verre vide se voyait de nouveau rempli par la main généreuse de Norma Lee.

Le flot de whisky était venu à bout de sa résistance, abattant une par une les barrières qu'il dressait entre lui et le monde. Il avait cessé de redouter le contact physique de Norma Lee. Toutes ses inhibitions noyées dans la boisson, Noah ne faisait plus mine de reculer lorsqu'elle s'approchait d'un peu trop près. Même lorsque ses cheveux venaient « par hasard » lui frôler le visage, Noah restait stoïque. Elle n'était plus pour lui la Tentation faite chair, juste un rêve envoûtant et un peu trop réel. Son parfum est un alcool plus fort, plus enivrant que le meilleur whisky.

Elle s'assure toujours d'avoir bien ferré le poisson avant de le livrer en pâture à ses compagnons. Il faut la voir à l'œuvre, avec cette façon qu'elle a de se frotter contre sa victime, pelotonnée comme un chaton frileux, à croire qu'elle va se mettre à ronronner. Lorsqu'elle a jugé Noah prêt à entrer dans l'arène, elle s'est penchée vers lui, juste assez pour lui laisser entrevoir les merveilles cachées au fond de son corsage. Sa voix la plus sucrée lui a glissé à l'oreille :

— J'aimerais te présenter mes amis, Noah. Pour ta première soirée à Copeland Falls, je ne voudrais pas que tu te sentes trop seul. On sait accueillir les étrangers, par ici.

Et la voilà qui se laisse glisser au bas de la table avec la souplesse d'un chat sauvage et entraîne le gamin à sa suite. Il a abandonné sans hésiter son assiette à peine entamée et sa bouteille déjà vide. Je connais bien l'expression de plaisir anticipé qui se peint sur le visage de Norma Lee dès qu'elle tourne le dos à sa proie, puis le geste théâtral par lequel elle l'invite à prendre une chaise.

— Laissez-moi faire les présentations. Jedediah

Sweeney… Wesley Windchaser… Noah Leroy Weiland.

Sweeney a accueilli le nouveau venu d'un hochement de tête, ses yeux verts éclairant son faciès de matou nonchalant. Près de lui, Wesley ébauchait ce rictus qui lui tient lieu de sourire. Jedediah Sweeney, le Roi, est le bras droit de Norma Lee ; les autres ici l'appellent le Juge. Quant à savoir s'il a exercé la profession, c'est une autre histoire. Il dit servir la justice, je crois plutôt qu'il cherche à la fuir. Sweeney est un homme trapu toujours vêtu de sombre, à la façon d'un croque-mort. Il ne se sépare jamais de son petit chapeau noir, peut-être pour cacher une calvitie naissante ou ses pensées les plus obscures. Mais son austérité de façade est un leurre. Son rire tonitruant arrêterait même les horloges. Il a dû être un bon vivant autrefois. Un peu trop avide de plaisirs, sans doute.

Pour Sweeney, l'hédonisme est plus qu'un mode de vie : sa seule loi, sa religion. Elle a dû lui valoir pas mal d'ennuis, pour qu'il en vienne à prendre la fuite. On ne vient pas sans raison s'enterrer dans un endroit comme Copeland Falls. Sweeney doit être homme à saisir la moindre occasion d'en faire baver son prochain et à y prendre goût, même sur la voie du crime. Surtout sur celle du crime. Comme cette manie qu'il a de mâchonner son cigare avant de vous cracher la fumée en pleine figure, pour le simple plaisir d'agacer. Le genre d'individu qui prend toujours au mot ceux qui lui disent « Il faudra d'abord me passer sur le corps. »

J'ignore quel crime fut le dernier, celui qui le

poussa à l'exil. Rien de bien glorieux, j'imagine. Sweeney n'a pas le goût de l'épique, de l'héroïque. Il serait plutôt spécialiste des coups bas les plus mesquins. Je le vois assez bien abattre un homme dans le dos pour s'approprier la jolie veuve et le magot entassé sous le matelas conjugal, puis écraser son cigare sur le cadavre encore fumant. Sweeney a toujours eu le mauvais goût très sûr. Il a dû franchir les limites une par une, un larcin à la fois, brûler chaque pont traversé pour se préparer à affronter le suivant. Jusqu'à ce qu'il se réveille un matin définitivement hors la loi, dans des draps souillés de rouge, prêt à entendre enfin l'appel de Copeland Falls. Il a dû se regarder une dernière fois dans un miroir avec le sourire de l'homme satisfait de lui-même, nettoyer le sang qui tachait ses mains et prendre la route du désert.

C'est l'Indien, né Wesley Windchaser, qui complète le trio. Un jeune chien fou à la peau basanée, aux cheveux aile de corbeau. Indien de pure race bâtarde, disent les mauvaises langues : fruit des ébats d'une mère cherokee et d'un soldat de passage, sans nom et sans visage. Wesley ne vit que par et pour ses deux complices. Livré à lui-même, il serait redoutable. La violence est sa seconde nature, comme si son sang mêlé portait le souvenir des guerres que se sont livrées ses ancêtres. Il prend d'ailleurs un malin plaisir à mélanger ses deux cultures, avec ses vêtements d'homme blanc ornés de plumes et de colliers indiens. Il aime exhiber ses bras nus comme une carte de ses blessures de guerres, toutes ces cicatrices gagnées au fond des bars les plus louches. Wesley connaît la caresse d'une lame de couteau. Dès qu'il a été en âge de manier une arme, il a dû écumer tous les bars des hommes blancs en quête de bagarre, loin de la réserve où on l'avait parqué. Dès ses premières années d'adolescence, il n'a eu de cesse de s'imposer à la force du poing. Il garde une haine viscérale des « petits blancs » qui ont dépossédé sa mère et tous les siens, cette même haine qu'un enfant peut vouer à son père. Il est aussi mauvais qu'un serpent à sonnette, et aussi instinctif. L'éclat de ses yeux de coyote crée une illusion d'intelligence, mais il n'est que rusé. Un voyou de première. Il a le visage agréable, avec sa peau dorée par le soleil et ses petits yeux noirs, tant qu'on évite de regarder la cicatrice dessinée sur sa joue par une lame étrangère, comme la marque d'un rite de passage, une signature gravée à la pointe d'un couteau. Quand il sourit, on dirait un chien qui montre les crocs.

Wesley n'aime rien tant que le vertige de la violence, celle des mots autant que celle des actes, cette ivresse qui le prend quand l'ennemi est à terre ou implore à genoux sa clémence. Quand il voit la peur dans le regard de sa proie, à l'autre bout de la lame qu'il brandit. Wesley est un animal : pour lui, une action ne vaut que par sa totale impulsivité. La réflexion est une perte de temps.

C'est en cela qu'il complète les deux autres. Des trois, c'est lui qui avait le plus à apprendre en s'installant ici. Entouré de ses deux compagnons, Wesley n'est pas moins dangereux : il l'est différemment. Chien enragé prêt à bondir à la gorge du premier venu, dompté seulement par sa maîtresse. Norma Lee sait mieux que personne canaliser sa force brute et l'utiliser à bon escient. Le Roi propose, la Dame ordonne, le Valet exécute. Il en a toujours été ainsi.

Ils se sont trouvés, ces trois-là. Ils sont venus par des chemins séparés, l'un après l'autre, Norma Lee la première. Elle a attendu sur place que la ville lui amène des compagnons. Dès le premier regard, chacun a su qu'il venait de trouver ses semblables. Ils sont de la même espèce, malgré leurs différences. Copeland Falls l'avait compris, elle allait le leur apprendre.

Un par un, la ville les a appelés à elle. Et elle les a changés. Elle a fait d'eux ce qu'ils sont devenus. Ils n'ont pas dû être difficiles à convaincre : la teneur du pacte était simple mais alléchante. Pour eux qui pensaient avoir tout vécu, tout exploré, de leurs propres zones d'ombre à la chair meurtrie de leur prochain, le jeu était tentant. Copeland Falls leur proposait quelque chose d'inédit, qu'ils n'auraient jamais pu accomplir dans le monde des hommes. Elle a su réveiller leurs appétits et leur goût du jeu en leur promettant d'accéder à des sensations nouvelles. Ils allaient tenter ce que personne n'avait accompli avant eux. Parce que la ville n'avait pas le choix, et eux non plus d'ailleurs. Elle leur accordait sa protection contre leur aide. Pour que Copeland Falls ne soit plus jamais vide.

Ils ont accepté de porter sa marque contre la promesse qu'ils façonneraient la ville selon leur goût. Il ne leur restait plus qu'à apprendre la patience.

Tout naturellement, ils se sont alignés sur le temps de la ville. Ils se sont mis aux cartes, pour passer les heures autant que pour mettre leur petit jeu au point. Ils en ont eu, des nuits entières à y consacrer. C'est là, dans la ville encore vide, qu'ils ont tout essayé. Toutes les techniques et les arnaques, ils les ont réinventées, testées, perfectionnées. Ils attendaient le jour où Copeland Falls appellerait à elle un voyageur égaré. Quelqu'un dont ils pourraient disposer à leur guise. Quelqu'un comme Noah, par exemple.

Noah qui venait justement de prendre place devant l'autel dédié à l'appât du gain. Sweeney se tenait à sa gauche, affairé à mâchonner un moignon de cigare, Wesley à sa droite, Norma Lee face à lui.

— Ce jeune homme souhaite se joindre à nous pour une partie de cartes, a expliqué Norma Lee. Tu sais jouer au poker, n'est-ce pas ?

— C'est-à-dire que… Je n'ai pas d'argent.

— Ton père a les moyens d'offrir des études à ses fils mais pas de leur payer une partie de cartes, a ricané le Juge, aussitôt imité par Wesley.

— Ce n'est pas d'argent dont il s'agit, l'a rassuré Norma Lee. Nous avons nos propres règles. Disons que le perdant de chaque manche accepte un gage fixé par le vainqueur. Tu n'y vois aucune objection, n'est-ce pas ?

C'est à la Dame qu'il revient de lancer la partie. D'un geste mécanique, elle a tendu à Sweeney un paquet de cartes flambant neuf. Le Juge a aussitôt retrouvé son sérieux, lui qui l'instant d'avant essuyait les larmes d'hilarité courant dans les sillons tracés au coin de ses yeux. Il s'applique à battre les cartes avec la solennité d'un prêtre, l'affectation d'un comédien. L'habitude l'a doté d'une grande dextérité : il reproduirait ces gestes les yeux bandés. Il sépare le paquet en deux piles distinctes qu'il pose côte à côte, puis fait jouer le coin de chacune à l'aide de ses pouces, de sorte que les cartes s'interpénètrent. La futilité du procédé l'amuse, car Sweeney a le goût du geste théâtral. Il est l'illusionniste qui agite les mains au-dessus du chapeau dont il va tirer lapins et tourterelles. Sweeney n'a interrompu son manège que pour confier à Noah (une main innocente) le soin de couper les cartes. Avec la même gravité, il les a distribuées comme on accorde des faveurs, cinq pour chaque joueur. Pendant ce temps, Wesley partageait les jetons en quatre parts égales.

Puis les regards ont convergé vers Norma Lee dans l'attente de son signal. Elle a pris tout son temps, comme à son habitude. Norma Lee aime étirer chaque seconde au-delà du soutenable. Pourquoi ne ferait-elle pas languir les trois autres si c'est en son pouvoir ? Chaque joueur à son tour s'est vu gratifier d'un regard propre à faire rougir une statue de marbre — d'un seul coup d'œil, elle vous mettrait à nu. Le Juge tout d'abord, Wesley à sa suite, Noah plus longuement. Elle tenait encore le gamin en joue lorsque ses lèvres ont lâché le signal comme on recrache une friandise, avec la même pointe de regret.

— Les jeux peuvent commencer.

Aussitôt, quatre paires de mains ont saisi quatre paquets de cartes. À peine le temps de les classer par ordre d'importance, voilà déjà que les jetons circulent. Une fois la mise rassemblée, la partie s'engage. Autour de la table, le silence s'épaissit comme la fumée des cigares qu'affectionne le Juge. Le calme est à peine troublé par les bruits habituels : cliquettement des jetons, frottement des cartes contre la table, je me couche, je passe, quinte royale et autres brelans de dix. La valse des jetons ne prend fin qu'à la première défaite.

Il n'appartient qu'à eux, la Dame, le Roi et le Valet, de faire des cartes leurs alliées. Anesthésié par le whisky et les sourires de la belle, Noah restait aveugle à la farce qui se jouait sous ses yeux. Il ne voyait pas les signes qu'échangeaient ses adversaires, selon un code élaboré entre eux. Pas plus qu'il ne remarquait les deux cartes supplémentaires entre les mains du Juge, les as dissimulés dans les méandres de la robe de Norma Lee. Ils ont eu le temps d'apprendre la discrétion avec les années. Il faut un œil exercé comme le mien pour savoir reconnaître leurs tours de passe-passe. Leur gestuelle est aussi simple que discrète : une façon d'aligner les jetons, de changer les cartes de main, un banal clin d'œil. Ils connaissent tous les jeux, toutes les variantes et les coups bas. Ils sauraient battre le diable aux cartes s'il osait s'aventurer ici.

Parfois, lorsque le joueur s'avère plus naïf ou distrait que la moyenne, les arnaqueurs se changent en écoliers farceurs. Les voilà qui multiplient les tours les plus grossiers, pour le seul plaisir de voir le pigeon se laisser duper jusqu'au bout. Ils s'en donnent à cœur joie, de vrais gamins. Et l'autre ne remarque rien, concentré sur son jeu, appliqué à empêcher les jetons de lui filer entre les doigts. Noah ne faisait pas exception à la règle, assommé qu'il était par l'alcool.

Et tandis que la partie tournait à la farce surréaliste, les réserves de Noah fondaient comme neige au soleil. Et ce pauvre idiot continuait à s'en tenir aux règles du jeu. Même la chance ne lui était d'aucun secours (chez nous, le concept est tombé en désuétude). Si on lui laissait gagner deux jetons, c'était pour lui en reprendre quatre au tour d'après. Mais à la décharge des trois autres, son jeu sans audace n'était pas difficile à percer. Noah savait que la première manche était perdue mais il a conservé jusqu'au bout l'espoir naïf de s'en sortir.

Puis est venu le moment de poser son dernier jeton sur le tapis. Six yeux rapaces l'ont regardé rejoindre ses semblables, avant de se braquer sur le perdant. Les trois visages arboraient la même compassion affectée, la même ironie sincère. *N'oublie pas que ce n'est qu'un jeu*, disait le sourire de la belle, *qu'est-ce qu'une défaite au poker ?*

D'un geste de la main, Sweeney a rassemblé les cartes entassées pêle-mêle pour en faire une pile compacte. Tout en s'affairant, il fredonnait à mi-voix un air grivois (signe habituel que Sweeney est aux anges). Wesley se tortillait sur sa chaise comme un gamin impatient qui guette la fin du repas pour retourner enfin à ses jeux. Un peu mal à l'aise, Noah attendait la sentence.

Par tradition, c'est à Norma Lee qu'appartiennent la première victoire et le choix du gage.

Pure formalité, car la question sera toujours la même. Elle aime à prolonger cet instant pour le plaisir un peu cruel de savourer l'anxiété du perdant, la peur qui suinte par tous ses pores. Elle fait semblant de réfléchir et d'hésiter, le tout dans un silence riche de menaces. Puis elle prend son air le plus mystérieux et se penche de sorte que ses cheveux bruns viennent balayer ses épaules nues. Ses yeux prennent l'éclat de deux diamants noirs lorsqu'elle s'adresse au condamné :

— Je veux que tu me racontes un de tes souvenirs, Noah, un des moments les plus marquants de ton existence. Je ne parle pas du jour où tu as gagné le prix de bonne camaraderie, ce genre de bagatelles. Non, je veux quelque chose de vraiment inoubliable. Parle-moi donc de ta première femme.

Vous auriez dû voir Noah virer à l'écarlate, comme si Norma Lee avait tendu une allumette pour enflammer l'alcool qui l'imbibait. Sa bouche était ouverte si grand qu'on pouvait lui compter les molaires. Le plus comique restait son regard affolé qui implorait la clémence de Norma Lee : « Je vous en supplie, tout mais pas ça. »

— Ce crétin ne sait même pas ce que c'est qu'une femme, a ricané Wesley.

Son sourire asymétrique, prolongé par la cicatrice, semblait lui fendre la joue jusqu'à l'oreille. Il avait dans les yeux cette petite flamme avide qui se réveille parfois, celle qui devait brûler autrefois lorsqu'au fond des bars il refermait les doigts sur son couteau prêt à jaillir.

— Allons, mon garçon, est intervenu le Juge.

Pas de fausse pudeur, je t'en prie. Tu es un être humain comme nous, je me trompe ?

Et Noah qui se contentait de secouer la tête, comme s'il avait oublié quel mécanisme actionner pour refermer sa mâchoire.

— J'imagine le tableau, a poursuivi Wesley Le jour de tes dix-huit ans, tu as cassé ta tirelire et tu t'es risqué dans les quartiers les moins fréquentables. Il y en a quelques-unes, là-bas, des filles de mauvaise vie qui ne demandent qu'à plumer des jeunes pigeons comme toi. Pas vrai, Noah ? Elle ressemblait à quoi, ta femme idéale ? Assez vieille pour être ta mère ?

Les paroles de Wesley avaient ravivé une petite flamme rageuse dans les yeux de Noah. Si le gamin avait eu une arme à portée de la main, il aurait descendu l'Indien sans hésiter.

— Tu fais fausse route, Wesley, a dit Norma Lee qui venait de quitter sa chaise.

Dans un froissement de pétales bleus, elle s'est dirigée vers Noah. Le parquet restait muet sous ses pas légers, à croire qu'elle flottait au-dessus du sol ou glissait comme un serpent.

— J'imagine plutôt une jolie petite oie blanche de son âge. Une voisine ou une amie d'enfance qu'il a vue grandir et se transformer en fruit mûr. Une gentille poupée avec des nattes et des rubans dans les cheveux, aimable et polie jusqu'à l'écœurement. Tous les dimanches, elle va prier à l'église dans sa jolie robe blanche. Comment elle s'appelle, mon grand, ta première ? Mary, Lily, Jenny ? Ou Wendy, peut-être, c'est presque aussi banal.

— Deanna, a lâché Noah.

Le prénom avait jailli malgré lui, sous la pression exercée par Norma Lee. Trop tard désormais pour se rétracter : il en avait trop dit, ou pas assez.

— C'est déjà un peu mieux, a concédé Norma Lee. Raconte-nous un peu qui est ta Deanna et de quelle façon tu l'as... corrompue.

— C'est la fille de l'épicier du village. Je la connais depuis toujours. On allait à l'école ensemble quand on était petits.

— Et un jour tu l'as entraînée dans les meules de foin, dans la grange de ton père...

— Non, ça ne s'est pas passé comme ça.

Noah s'est interrompu, troublé par le bras que Norma Lee venait de passer autour de son épaule. Les cheveux de la Dame sont venus obscurcir son champ de vision lorsqu'elle s'est penchée à son oreille :

— Alors raconte, Noah.

— Le père de Deanna faisait souvent crédit à ma famille. Échange de bons procédés, vous savez ce que c'est. Un matin, je suis allé rembourser l'argent et elle était seule dans le magasin. Elle a dit qu'elle avait quelque chose à me montrer, alors moi, je l'ai suivie dans l'arrière-boutique...

Il n'a pas eu le temps de terminer sa phrase. Avant de pouvoir comprendre, Noah a senti le visage de Norma Lee collé au sien, ses lèvres rouges et charnues pressées contre les siennes. Deux bras enserraient ses épaules comme un étau. La seconde d'après, elle était en lui.

La suite des événements, je la connais bien pour

y avoir souvent assisté. Assez en tout cas pour deviner ce qu'a ressenti Noah quand la langue exquise et redoutable s'est insinuée en lui. Si Norma Lee l'avait relâché à ce moment précis, il aurait été incapable de poursuivre son récit. Et pour cause : tout un pan de sa mémoire avait cessé d'exister. La langue de Norma Lee fouillait ses souvenirs, cherchait sur celle de Noah la trace du goût de Deanna, aspirait une par une les images rattachées à son prénom. Le trou minuscule percé par Norma Lee, une piqûre d'épingle, devenait une brèche par laquelle s'écoulait un flot de souvenirs soustraits à la mémoire de Noah. Il n'avait plus aucune idée de ce que Deanna lui avait fait ce matin-là dans l'arrière-boutique. Il n'était jamais allé lui rembourser l'argent dû à son père. Ils n'avaient pas grandi ensemble dans la même classe, le même village. En fait, il ne connaissait personne qui se prénommait Deanna.

Les lèvres avides de Norma Lee se délectaient de chaque page arrachée au livre de Noah, s'appropriaient en détail le chapitre Deanna. Revivre les sensations d'un corps d'homme découvrant le péché de chair, pensez donc, quel régal pour une femme ! Elle buvait goulûment à la source de ses pensées, effaçait par là même leur existence. Lorsque Norma Lee a enfin relâché son étreinte, elle venait de planter en lui une petite graine de néant qui ne demandait qu'à s'épanouir. Noah s'est laissé retomber sur sa chaise comme une poupée de chiffon, avec le regard vide d'un homme qui a vu la mort en face et en portera toujours la trace. Car oublier sa propre histoire, n'est-ce pas en soi une petite mort ?

Noah revenait peu à peu à la vie, lançait à droite et à gauche des regards perplexes et inquiets. Il avait cette vague sensation, peut-être, que quelque chose avait basculé. Quelque chose dont il aurait dû se souvenir mais qui restait hors de portée. L'instant d'avant il jouait aux cartes, déjà bien engagé sur le chemin de la défaite, et puis… Et puis quoi ? Le Juge et l'Indien qui ricanaient à l'unisson, échangeaient à mi-voix des plaisanteries douteuses. Devant lui, Norma Lee en extase qui riait comme une femme ivre, tête renversée en arrière. Norma Lee qui savourait les reliefs de son festin comme on passe la langue sur ses lèvres pour y cueillir une dernière goutte de vin. Entre ces deux moments, rien qu'une page blanche dont il avait à peine conscience.

Une page dont le contenu, un peu plus tard, irait remplir le livre vierge de Copeland Falls. Une fois le festin digéré, les prédateurs repus. Alors Deanna s'en irait rejoindre les autres ombres, celles dont les souvenirs des voyageurs ont repeuplé la ville. Des visages arrachés à d'autres existences, loin de Copeland Falls. Telle est la teneur du pacte : en échange de sa protection, elle attend de ces trois-là qu'ils l'aident à renaître de ses cendres, pour qu'elle oublie enfin toutes ces années d'exil. Il faudra du temps, bien sûr, pour la ville comme pour ses hôtes. On n'accomplit pas ce genre de tâche en un jour. Mais la promesse est à la hauteur de l'attente. Ceux-là au moins ne quitteront jamais la ville car ils n'existent que grâce à elle. Ces ombres dans les rues, derrière les volets clos, ce sont les images volées aux voyageurs.

Vous avez peut-être croisé Deanna en arrivant en ville : une jolie petite garce de seize ans aux airs faussement angéliques, toute couverte de rubans, sublimée par les souvenirs de Noah. Il lui arrive de se risquer à la lumière du soleil en pleine journée. C'est fréquent chez les nouveaux venus, ceux qui n'ont pas encore assimilé les règles du jeu. Elle ne sera pas longue à s'y faire.

Mais tout ça, bien sûr, Noah n'en avait pas la moindre idée. Il s'est tourné vers Norma Lee dans l'espoir de comprendre. Mais déjà la belle regagnait sa place, les épaules secouées par un dernier sursaut d'hilarité béate. Tandis qu'elle s'asseyait dans un bruissement d'étoffe, elle s'est adressée à moi sur le ton de celle qui lance à l'assemblée une plaisanterie des plus goûteuses :

— Floyd, ce jeune homme n'a pas l'air très en forme. Apporte-lui donc un petit remontant !

Je me suis exécuté avec toute la diligence du barman désœuvré qui guette la moindre distraction comme un désert attend la pluie. J'ai posé devant le gamin un verre rempli d'une mixture propre à assommer un bison, et c'est à peine s'il m'a remarqué. Lorsque j'ai regagné le comptoir, la machine était déjà relancée. Le Juge a battu les cartes selon la fameuse « méthode Sweeney » puis les a tendues à Wesley pour qu'il les coupe. Nouvelle distribution de cartes et de jetons, nouveau signal donné par Norma Lee : la deuxième manche du tournoi était engagée.

Au cours de la partie, le niveau du liquide dans le verre de Noah n'a pas baissé d'un pouce. La dose de whisky administrée par Norma Lee l'avait déjà mis dans un bel état. Un joueur qui ponctue chaque mouvement de petits gloussements d'abruti, ce n'est jamais très joli à voir. Et cette façon de se tenir sur sa chaise comme sur le pont d'un navire en pleine tempête... C'est sûr qu'il en tenait une sacrée, le petit gars Weiland. Une seule gorgée de mon tord-boyaux l'aurait expédié sans attendre chez l'ami Morphée qui lui tendait les bras. Il savait encore distinguer un as d'une reine, mais quant à raisonner en termes de stratégie... Noah gérait son capital au petit bonheur, comme un ivrogne qui pose un pied devant l'autre sans savoir où il se dirige.

Dans une ambiance des plus tendues, le filet tissé par Norma Lee et ses hommes se refermait sur Noah. Lentement mais sûrement, de façon presque imperceptible. La partie avait repris en toute légalité, histoire d'accorder une petite chance au hasard. À peine le temps de le laisser distribuer les rôles : malchanceux chronique, meneur plein aux as ou simples suiveurs. La tendance s'était inversée pour un instant, le temps de laisser Noah connaître une illusoire minute de gloire. Vous connaissez l'adage, « Aux innocents les mains pleines » ; à Copeland Falls, il ne se vérifie que lorsque la Dame en a décidé ainsi.

Et puis, sans crier gare, la roue a tourné dans

l'autre sens, guidée par la main de Norma Lee. Le naturel a aussitôt repris le dessus, clins d'œil et messages codés à l'appui. Les rapaces étaient de nouveau à l'œuvre, soutirant goutte à goutte les richesses qu'ils avaient laissé échapper dans un moment de clémence intéressée. J'ai vu Noah devenir plus pâle qu'un squelette en plein désert lorsqu'il a vu se profiler une seconde défaite. Il savait, par instinct plus que par raison, qu'il ne devait les laisser gagner à aucun prix. Je lisais sur son visage une crainte viscérale de l'échec dont lui-même ignorait la cause. C'était justement ce qui le terrifiait, cette perspective de l'inconnu. Il y avait quelque chose dont il aurait dû se souvenir... Quelque chose qui ne s'était jamais passé, pour ce qu'il en savait.

La deuxième victoire appartenait au Juge. Sweeney mâchonnait son cigare d'un air satisfait, les yeux plissés, toisant l'accusé dont il allait choisir la sentence. En fait de criminel, Noah ressemblait à un petit garçon surpris en train de voler les pommes du voisin.

— Voyons un peu, a dit le Juge, je suis sûr que tu as encore des choses passionnantes à nous raconter. Parle-nous donc d'un des moments les plus pénibles de ton existence. Quelque chose que tu as toujours gardé secret. Avec quelques détails juteux pour pimenter le tout, naturellement.

Silence perplexe de l'intéressé. N'avait-il pas entendu une question semblable un peu plus tôt dans la soirée ?

— C'est la règle, tu le sais bien. Ne me fais pas

croire que tu as mené une existence paisible et sans nuages. Même dans les petits villages perdus — surtout dans ces endroits-là — il y a toujours de sombres histoires qu'on voudrait enterrer et qui ne demandent qu'à refaire surface. N'est-ce pas que j'ai raison ? Tu as sûrement un exemple à m'offrir.

— La nuit où on a lynché le nègre.

La phrase était sortie d'un bloc, comme une expression toute faite ou un titre appris par cœur. Une de ces formules qui renvoient au souvenir d'un événement devenu repère temporel précis. « L'été de la canicule », « L'hiver où les loups sont sortis du bois », « La nuit où on a lynché le nègre ». Ce n'était pas Noah qui parlait, mais la mémoire collective de son village.

— Un lynchage, oui, ce sera parfait, a approuvé le Juge. Je t'écoute.

— C'était quand j'avais neuf ans, a commencé Noah d'une voix aussi instable qu'une flamme en plein courant d'air. Une fille avait disparu au village, et puis on l'avait retrouvée morte étranglée près de la rivière. Shirley Hammett, qu'elle s'appelait. C'était la fille du maître d'école. Je crois qu'elle avait l'âge de ma sœur Beth. On ne parlait plus que de ça, au village. Les femmes n'osaient plus sortir seules de chez elles. Nous, les gamins, on nous avait interdit de jouer dehors. Chez les adultes, c'était toujours la même question qui revenait. Dans un village si petit où tout le monde se connaissait, pourquoi on ne l'avait pas retrouvé, son meurtrier, à Shirley Hammett ?

— Alors les gens ont décidé de rendre la justice eux-mêmes.

— D'abord, ils ont éliminé de la liste les hommes mariés, les pères de famille, tous les gens respectables du village. Il ne restait plus beaucoup de monde sur la liste après ça. Mais il y avait un Noir qui s'appelait Calvin et qui habitait à l'écart du village. Il vivait comme un sauvage, à ce qu'on disait. Je l'avais vu aider aux travaux de la ferme, c'est tout ce que je savais de lui. On racontait qu'il n'avait pas de famille, et que personne ne savait d'où il était venu.

— Profil idéal pour un bouc émissaire, n'est-ce pas ?

Noah s'est interrompu, troublé au point de ne plus savoir s'il devait poursuivre ou garder le silence. À chaque mot prononcé, le barrage se fissurait un peu plus, jusqu'à ne plus pouvoir contenir le flot. Les premières larmes ont commencé à couler, des larmes de whisky autant que de honte. Des larmes d'ivrogne qui ne sait même plus pourquoi il pleure. Et les trois autres l'écoutaient avec ces sourires plaqués sur leurs faces de prédateurs. Sourire rouge et fondant de Norma Lee. Sourire porcin du Juge, dessinant des plis dans la chair flasque de ses joues. Sourire bancal de l'Indien, celui du renard qui guette sa proie d'un œil avide.

— Je l'avais bien senti, moi, qu'il se préparait un truc. Mon père avait l'air préoccupé ce jour-là, il n'arrêtait pas de s'énerver après mes frères et moi. On nous avait exclus de toutes les conversations. Les adultes se réunissaient par groupes pour parler d'un rassemblement et de "ce que le nègre avait fait à la fille Hammett", comme ils disaient. Nous, on nous laissait dans notre coin. Quand la nuit est tombée, les voisins sont venus chercher mon père et il est parti sans rien dire. Je me souviens juste de ma mère qui lui criait par la fenêtre de faire bien attention. Avec mes frères, Harper et Jonah, on est sortis par la fenêtre de notre chambre et on a cherché où se dirigeaient les adultes. On les a suivis jusqu'à la cabane de Calvin…

La main du Juge s'est refermée sur le poignet de Noah, fermement mais sans violence, pour l'empêcher de se dégager. Le gamin s'est interrompu comme si ses lèvres s'étaient vidées d'un coup. Sweeney a poursuivi le récit à sa place, avec la voix d'un prêtre récitant son sermon :

— Et tu as vu ton père au cœur d'une meute de chiens sauvages excités par l'odeur du sang. Les voisins, les commerçants du village : ils étaient tous là. De bien braves gens au quotidien, farcis de grands principes, toujours prompts à aider leur prochain. Mais l'édifice est si fragile, et rien n'est plus révélateur que le contact de la foule. Au milieu des plus nombreux, tout devient si facile. Comme avouer ces pulsions sordides que l'homme seul se doit de refouler. C'est ainsi que tu as vu ton père, conforté par la foule, brandir le poing à la face de Calvin. Tu l'as entendu traiter un homme de singe barbare et de sale nègre sans morale. Il parlait au nom de tous les autres, ces pères dont les filles avaient l'âge de Shirley et de ta sœur. Quel soulagement de trouver enfin un exutoire à leur colère et leur angoisse... Une vie avait été volée, une autre devait payer. Et Calvin était si différent. Son teint d'ébène, son jargon bâtard propre aux frères de couleur suffisaient à l'accuser. Shirley était trop pure et trop jolie pour ne pas tenter un pauvre diable comme lui. Mais à l'écart de la foule, Harper, Noah et Jonah Weiland écoutaient Calvin clamer son innocence, avec l'intuition que peut-être il disait vrai...

Une plainte rauque a jailli des lèvres ouvertes de Noah, un cri de rage et de douleur déformé par les sanglots. La pression exercée par la poigne du Juge devenait intolérable, mais pas autant que ce regard fixe qui sondait l'intérieur de Noah comme avant lui le baiser de Norma Lee. Chaque sensation, chaque image transformée en mot par Sweeney était soigneusement arrachée à la mémoire de Noah.

— Mais l'opinion de trois enfants n'avait aucun poids face à la foule en colère. Alors vous avez épié la scène en silence, jusqu'à la fin de l'ignoble rituel, jusqu'à ce que les justiciers commencent à se disperser. Personne n'a jamais fait mine de remarquer la disparition de Calvin. Mais ces choses ne s'oublient pas facilement, n'est-ce pas ? Rappelle-moi combien de fois tu t'es réveillé la nuit en croyant entendre les hurlements de Calvin. Raconte-moi la honte qui te submergeait quand tu revoyais ton père lui passer la corde au cou en sachant qu'il s'était trompé d'homme. Et je sais qu'aujourd'hui encore tu en as honte, n'est-ce pas ?

Noah sanglotait de plus belle, le regard noyé

dans celui du Grand Inquisiteur. Il essayait en vain de dégager son poignet de l'emprise du Juge qui le questionnait sans relâche.

— Je te demande si tu as honte, Noah.

— *Oui !* a hurlé le gamin de toutes ses forces, excédé par la douceur insupportable de son bourreau — quelque chose comme le supplice de la goutte d'eau.

— Mais de quoi, Noah ? Des crimes commis par ton père ? D'avoir assisté à un spectacle interdit ? Ou de ton silence coupable ?

Question purement rhétorique, car Sweeney savait qu'il en était tout autrement. C'était son amnésie partielle qui lui faisait honte. Il y avait quelque chose de révoltant dont il devait se souvenir, mais il avait beau sonder sa mémoire, c'était pour n'y trouver que le néant. Loin d'effacer le poids de ses fautes, l'oubli en rendait la perspective plus terrifiante encore.

Et tout un pan de son histoire s'effaçait tandis que le Juge le saignait à blanc. Shirley Hammett n'avait jamais existé. On ne l'avait pas retrouvée au bord de la rivière, les yeux grands ouverts, des marques de doigts autour du cou. Personne n'avait voulu venger sa mort — il n'y avait jamais eu de lynchage au village. Le père Weiland n'avait jamais pendu Calvin sous les yeux de ses fils. Tout ça appartenait désormais à la mémoire du Juge.

Et bientôt à celle de la ville. Un peu plus tard, Calvin, le père Weiland, Harper et Jonah s'en iront tous rejoindre les autres, les ombres soutirées aux voyageurs. C'est à Copeland Falls qu'ils habiteront désormais, loin du monde où vivent ceux dont ils ne sont que le reflet. Au début, c'est vrai, ils se demanderont souvent comment ils sont parvenus jusqu'ici. C'est normal, les premiers temps. Mais on s'y habitue très vite : regardez-moi… Chacun finira par trouver son rôle. C'est la seule chose qui importe dans une petite ville, le rôle de chacun pour la communauté. Quand ils seront venus nombreux, la ville connaîtra peut-être enfin la paix. Elle apprendra peut-être enfin à exister, à s'écrire une histoire autre que celle qu'elle a bâtie avec les fragments des voyageurs. Rien n'est plus sinistre qu'une ville sans histoire.

Pour l'heure, le Juge se délectait seul des images du lynchage dont il ferait plus tard offrande à la ville. Bientôt, Copeland Falls se souviendrait d'avoir abrité autrefois une meute de villageois revanchards, assisté à la pendaison d'un innocent.

Et Noah se retrouvait de nouveau vide. Délivré enfin d'un souvenir honteux, mais désespérément vide.

— Allons, mon garçon, a repris le Juge, ne te mets pas dans un état pareil. Ce n'est pas ta première défaite aux cartes et ce ne sera sans doute pas la dernière.

Sweeney avait relâché le poignet de Noah et lui tapotait amicalement la main.

— Les Blancs ne tiennent pas l'alcool, a ricané Wesley.

— Ne me dis pas que tu n'as pas aimé le whisky de Floyd, Noah, l'a gentiment sermonné Norma Lee. Ce serait faire insulte à ton hôte.

Les dents serrées, Noah essuyait ses larmes du revers de la main. Il sentait bien que les trois autres se moquaient de lui, de ce moment d'égarement qui l'avait changé en gamin pleurnichard. Très curieux, d'ailleurs, qu'il ne puisse plus se rappeler la cause exacte. Mais l'important était de se ressaisir et de se comporter en homme. Il a rassemblé le peu d'aplomb qui lui restait (plus qu'à moitié dissous par l'alcool) et regardé Norma Lee droit dans les yeux.

— Je vais gagner la prochaine manche, a-t-il annoncé.

— Je reconnais bien là mon Noah, s'est réjouie la Dame avec un clin d'œil complice.

Et la troisième manche s'est engagée, pour le meilleur et pour le pire. Je dois avouer que Noah ne s'est pas trop mal défendu. Sans doute parce qu'il avait retrouvé un peu de sa lucidité, ou plus simplement parce que la peur lui donnait un coup de fouet salutaire. Dans le cas d'une troisième défaite, qui savait quelle surprise macabre lui réservaient ses adversaires ? Il avait bien compris quelle serait l'issue de la partie. Mais il était décidé à se battre jusqu'au bout.

Norma Lee et les siens s'étaient enfin décidés à accélérer le mouvement, comme des chasseurs lassés de taquiner le gibier et pressés d'en venir à la mise à mort. Le jeu commence sur leur impulsion et cesse lorsqu'ils l'ont décidé. Dans leur stratégie, la troisième manche est fatalement celle du coup de grâce.

Malgré toute la bonne volonté du monde, Noah

voyait ses réserves diminuer à vue d'œil. Chaque tour perdu ôtait un peu plus de couleur à son visage déjà exsangue. Ses gestes se faisaient moins précis, plus désordonnés, tandis que l'issue du jeu approchait à grands pas. Jusqu'au dernier jeton, Noah a fait semblant de croire à une victoire encore possible.

Et l'heure de la défaite a sonné comme les douze coups de minuit : implacable et sans appel. Noah refusait de lâcher la dernière carte qu'il serrait entre ses doigts crispés. Il la fixait comme s'il n'avait jamais vu de cartes de sa vie.

— Trois défaites, a annoncé Norma Lee. Je suis désolée.

— Tu peux lâcher les cartes, a dit le Juge. Tu n'en auras plus besoin.

— Attendez, s'est écrié Noah.

Ses yeux balayaient le saloon de droite à gauche et de gauche à droite, en quête d'une improbable issue.

— Attendre quoi ? a répondu Wesley. Tu as perdu, c'est la règle.

Essayez d'imaginer les grincements simultanés de trois chaises que l'on recule sur le parquet et tout ce qu'ils impliquent de sinistres promesses. Voilà Norma Lee qui se redresse, imitée par ses deux hommes de main. Sweeney à sa droite, le pas traînant, Wesley à gauche, comme un chiot prêt à bondir sur son écuelle. Le gamin entend leurs pas se rapprocher et c'est alors qu'il perd la tête. Il essaie de se relever, fait basculer la chaise qui l'entraîne dans sa chute. Noah tend la main vers la table dans l'espoir de s'y raccrocher et envoie valser le tapis de jeu. Les cartes volent comme une poignée de confettis, le verre encore plein se brise. Noah est à terre, à la merci des rapaces.

Jedediah Sweeney redresse la chaise qu'il remet en place avec le soin apporté à la mise en scène d'une exécution. Noah voit des bras tendus vers lui, il sent qu'on le soulève pour l'installer de nouveau sur sa chaise. Il entend au loin la voix de Norma Lee qui lui répète de ne pas s'inquiéter. Elle lui promet que tout ira très vite.

L'instant d'après, la belle est assise en amazone sur les genoux de Noah et se penche sur son visage comme une amante câline. Noah essaie en vain de la repousser quand deux mains d'homme viennent saisir ses poignets. Une poigne solide prolongée par un bras tatoué, une main molle et flasque aux doigts courts et boudinés. Le Juge se tient à sa gauche, l'Indien à sa droite, l'un tire à hue et l'autre à dia. Ils le maintiennent en place comme des bracelets de fer. Norma Lee elle-même entoure le visage de Noah de ses deux mains pour assurer sa prise. Légère mais assurée, délicate et ferme à la fois.

Puis tout se précipite et la sangsue puise de nouveau en lui à la source de ses souvenirs. Noah est étouffé par un parfum exquis jusqu'à l'insoutenable, par des lèvres qui fouillent les siennes jusqu'au sang. Il est au cœur d'une communion parfaite entre quatre éléments unis pour un instant fugitif. Noah est l'agent même de leur union, celui dont les trois prédateurs s'approprient la mémoire. La pression exercée sur ses poignets est si brutale, si douloureuse qu'il accueille avec gratitude la vague de néant qui s'empare de lui.

Goutte à goutte, les bribes de souvenirs qui le désertent s'en vont rejoindre celles des autres voyageurs perdus. Tous ces joueurs malchanceux dont les vainqueurs ont bu la mémoire jusqu'à la lie. Tout ce qui était l'histoire de Noah Leroy Weiland, ils sont désormais trois à se le partager. Voilà le gamin qui se vide comme sous l'effet d'une violente hémorragie. Les visages de ses parents, de ses frères et sœurs, de ses amis cessent de porter un nom puis perdent leur substance, désormais voués aux limbes. D'autres sont en train de goûter à son passé, rient de ses peurs et savourent ses victoires, explorent des terrains vierges qu'eux-mêmes n'ont jamais foulés. Désormais tout cela n'est plus rien pour Noah. C'est un bien commun à présent, la propriété de Copeland Falls. Le tribut qu'elle exige des voyageurs assez hardis pour venir la narguer en plein désert, eux qui arrivent d'un monde où chaque ville a son histoire et son vécu. Elle se bâtira la sienne, avec le temps : l'illusion d'avoir un jour existé. D'autres viendront et laisseront ici leur empreinte. Leur substance repeuplera les murs abandonnés, les maisons délaissées. Ils sont trois à tisser les fils de l'histoire qu'ils lui offriront tout à l'heure en offrande.

Mais la source à laquelle s'abreuvent les prédateurs sera bientôt tarie. Alors les lèvres repues de Norma Lee se descelleront de celles de sa proie. Alors même le souvenir de son nom sera perdu. Alors son cœur oubliera de battre.

Pour que Copeland Falls ne soit plus jamais vide.

REMERCIEMENTS

Parce qu'on ne remercie jamais assez les gens qui nous aident à avancer, quelques lignes pour dire ma gratitude à ceux qui ont, chacun à sa façon, permis à ce recueil d'exister :

Thomas Bauduret, pour le bout de chemin parcouru ensemble, pour l'initiation au tatouage dont « Serpentine » porte la marque, et beaucoup d'autres choses encore.

Mes parents, Elodie, Raphaël, toute la *famiglia*, pour m'avoir soutenue depuis le début.

Daniel Conrad et Benoît Domis, les deux Ténébreux, pour m'avoir donné ma première chance dans l'écriture et la traduction.

Michel Pagel, pour avoir accepté de se prêter au jeu de la préface. Et pour m'avoir donné, à plusieurs reprises, l'impulsion nécessaire pour continuer.

Michelle Charrier, Florence Dolisi, Olivier Paquet, pour avoir toujours su être de bon conseil et prêter une oreille attentive quand j'en avais besoin.

Jean-Claude Dunyach, Sylvie Miller, Philippe Ward, pour leurs précieux encouragements.

Léa Silhol, pour sa confiance, et les quelques mois passés à préparer ce recueil.

Et un salut tout particulier à Claude Mamier, où qu'il se trouve quand paraîtra ce livre.

À tous, merci infiniment

DU MÊME AUTEUR

Aux Éditions Bragelonne

NOTRE-DAME-AUX-ÉCAILLES

ARLIS DES FORAINS

SERPENTINE (Folio Science-Fiction n° 365)

Aux Éditions Nestiveqnen

TROIS PÉPINS DU FRUIT DES MORTS

Dans la même collection

158. Harlan Ellison — *Dérapages*
159. Isaac Asimov — *Moi, Asimov*
160. Philip K. Dick — *Le voyage gelé*
161. Federico Andahazi — *La Villa des mystères*
162. Jean-Pierre Andrevon — *Le travail du Furet*
163. Isaac Asimov — *Flûte, flûte et flûtes !*
164. Philip K. Dick — *Paycheck*
165. Cordwainer Smith — *Les Sondeurs vivent en vain* (Les Seigneurs de l'Instrumentalité, I)
166. Cordwainer Smith — *La Planète Shayol* (Les Seigneurs de l'Instrumentalité, II)
167. Cordwainer Smith — *Nostrilia* (Les Seigneurs de l'Instrumentalité, III)
168. Cordwainer Smith — *Légendes et glossaire du futur* (Les Seigneurs de l'Instrumentalité, IV)
169. Douglas Adams — *Fonds de tiroir*
170. Poul Anderson — *Les croisés du Cosmos*
171. Neil Gaiman — *Pas de panique !*
172. S. P. Somtow — *Mallworld*
173. Matt Ruff — *Un requin sous la lune*
174. Michael Moorcock — *Une chaleur venue d'ailleurs* (Les Danseurs de la Fin des Temps, I)
175. Thierry di Rollo — *La lumière des morts*
176. John Gregory Betancourt — *Les Neuf Princes du Chaos*
177. Donald Kingsbury — *Psychohistoire en péril*, I
178. Donald Kingsbury — *Psychohistoire en péril*, II
179. Michael Moorcock — *Les Terres creuses* (Les Danseurs de la Fin des Temps, II)

180.	Joe Haldeman	*Pontesprit*
181.	Michael Moorcock	*La fin de tous les chants* (Les Danseurs de la Fin des Temps, III)
182.	John Varley	*Le Canal Ophite*
183.	Serge Brussolo	*Mange-Monde*
184.	Michael Moorcock	*Légendes de la Fin des Temps* (Les Danseurs de la Fin des Temps, IV)
185.	Robert Holdstock	*La forêt des Mythagos*
186.	Robert Holdstock	*Lavondyss* (La forêt des Mythagos, II)
187.	Christopher Priest	*Les Extrêmes*
188.	Thomas Day	*L'Instinct de l'équarrisseur*
189.	Maurice G. Dantec	*Villa Vortex*
190.	Franck M. Robinson	*Le Pouvoir*
191.	Robert Holdstock	*Le Passe-broussaille* (La forêt des Mythagos, III)
192.	Robert Holdstock	*La Porte d'ivoire* (La forêt des Mythagos, IV)
193.	Stanislas Lem	*La Cybériade*
194.	Paul J. Mc Auley	*Les conjurés de Florence*
195.	Roger Zelazny	*Toi l'immortel*
196.	Isaac Asimov	*Au prix du papyrus*
197.	Philip K. Dick	*Immunité*
198.	Stephen R. Donaldson	*Le miroir de ses rêves* (L'appel de Mordant, I)
199.	Robert Charles Wilson	*Les fils du vent*
200.	Greg Bear	*La musique du sang*
201.	Dan Simmons	*Le chant de Kali*
202.	Thierry Di Rollo	*La profondeur des tombes*
203.	Stephen R. Donaldson	*Un cavalier passe* (L'appel de Mordant, II)
204.	Thomas Burnett Swann	*La trilogie du Minotaure*

205.	Jack Vance	*Croisades*
206.	Thomas Day	*L'homme qui voulait tuer l'Empereur*
207.	Robert Heinlein	*L'homme qui vendit la lune* (Histoire du futur, I)
208.	Robert Heinlein	*Les vertes collines de la Terre* (Histoire du futur, II)
209.	Robert Heinlein	*Révolte en 2100* (Histoire du futur, III)
210.	Robert Heinlein	*Les enfants de Mathusalem* (Histoire du futur, IV)
211.	Stephen R. Donaldson	*Le feu de ses passions* (L'appel de Mordant, III)
212.	Roger Zelazny	*L'enfant de nulle part*
213.	Philip K. Dick	*Un vaisseau fabuleux*
214.	John Gregory Betancourt	*Ambre et Chaos*
215.	Ugo Bellagamba	*La Cité du Soleil*
216.	Walter Tevis	*L'oiseau d'Amérique*
217.	Isaac Asimov	*Dangereuse Callisto*
218.	Ray Bradbury	*L'homme illustré*
219.	Douglas Adams	*Le Guide du voyageur galactique*
220.	Philip K. Dick	*Dans le jardin*
221.	Johan Héliot	*Faerie Hackers*
222.	Ian R. MacLeod	*Les Îles du Soleil*
223.	Robert Heinlein	*Marionnettes humaines*
224.	Bernard Simonay	*Phénix* (La trilogie de Phénix, I)
225.	Francis Berthelot	*Bibliothèque de l'Entre-Mondes*
226.	Christopher Priest	*Futur intérieur*
227.	Karl Schroeder	*Ventus*
228.	Jack Vance	*La Planète Géante*
229.	Jack Vance	*Les baladins de la Planète Géante*

230.	Michael Bishop	*Visages volés*
231.	James Blish	*Un cas de conscience*
232.	Serge Brussolo	*L'homme aux yeux de napalm*
233.	Arthur C. Clarke	*Les fontaines du Paradis*
234.	John Gregory Betancourt	*La naissance d'Ambre*
235.	Philippe Curval	*La forteresse de coton*
236.	Bernard Simonay	*Graal*
237.	Philip K. Dick	*Radio Libre Albemuth*
238.	Poul Anderson	*La saga de Hrolf Kraki*
239.	Norman Spinrad	*Rêve de fer*
240.	Robert Charles Wilson	*Le vaisseau des Voyageurs*
241.	Philip K. Dick	*SIVA* (La trilogie divine, I)
242.	Bernard Simonay	*La malédiction de la Licorne*
243.	Roger Zelazny	*Le maître des rêves*
244.	Joe Haldeman	*En mémoire de mes péchés*
245.	Kim Newman	*Hollywood Blues*
246.	Neal Stephenson	*Zodiac*
247.	Andrew Weiner	*Boulevard des disparus*
248.	James Blish	*Semailles humaines*
249.	Philip K. Dick	*L'invasion divine*
250.	Robert Silverberg	*Né avec les morts*
251.	Ray Bradbury	*De la poussière à la chair*
252.	Robert Heinlein	*En route pour la gloire*
253.	Thomas Burnett Swann	*La forêt d'Envers-Monde*
254.	David Brin	*Élévation*
255.	Philip K. Dick	*La transmigration de Timothy Archer* (La trilogie divine, III)
256.	Georges Foveau	*Les Chroniques de l'Empire,* I

		La Marche du Nord — Un Port au Sud
257.	Georges Foveau	*Les Chroniques de l'Empire,* II *Les Falaises de l'Ouest — Les Mines de l'Est*
258.	Tom Piccirilli	*Un chœur d'enfants maudits*
259.	S. P. Somtow	*Vampire Junction*
260.	Christopher Priest	*Le prestige*
261.	Poppy Z. Brite	*Âmes perdues*
262.	Ray Bradbury	*La foire des ténèbres*
263.	Sean Russell	*Le Royaume Unique*
264.	Robert Silverberg	*En un autre pays*
265.	Robert Silverberg	*L'oreille interne*
266.	S. P. Somtow	*Valentine*
267.	John Wyndham	*Le jour des triffides*
268.	Philip José Farmer	*Les amants étrangers*
269.	Garry Kilworth	*La compagnie des fées*
270.	Johan Heliot	*La Lune n'est pas pour nous*
271.	Alain Damasio	*La Horde du Contrevent*
272.	Sean Russell	*L'île de la Bataille*
273.	S. P. Somtow	*Vanitas*
274.	Michael Moorcock	*Mother London*
275.	Jack Williamson	*La Légion de l'Espace* (Ceux de la légion, I)
276.	Barbara Hambly	*Les forces de la nuit* (Le cycle de Darwath, I)
277.	Christopher Priest	*Une femme sans histoires*
278.	Ugo Bellagamba et Thomas Day	*Le double corps du roi*
279.	Melvin Burgess	*Rouge sang*
280.	Fredric Brown	*Lune de miel en enfer*
281.	Robert Silverberg	*Un jeu cruel*
282.	Barbara Hambly	*Les murs des Ténèbres (Le cycle de Darwath, II)*

283.	Serge Brussolo	*La nuit du bombardier*
284.	Francis Berthelot	*Hadès Palace*
285.	Jack Williamson	*Les Cométaires* (Ceux de la légion, II)
286.	Roger Zelazny et Robert Sheckley	*Le concours du Millénaire*
287.	Barbara Hambly	*Les armées du jour* (Le cycle de Darwath, III)
288.	Sean Russell	*Les routes de l'ombre* (La guerre des cygnes, III)
289.	Stefan Wul	*Rayons pour Sidar*
290.	Brian Aldiss	*Croisière sans escale*
291.	Alexander Jablokov	*Sculpteurs de ciel*
292.	Jack Williamson	*Seul contre la Légion* (Ceux de la Légion, III)
293.	Robert Charles Wilson	*Les Chronolithes*
294.	Robert Heinlein	*Double étoile*
295.	Robert Silverberg	*L'homme programmé*
296.	Bernard Simonay	*La porte de bronze*
297.	Karl Schroeder	*Permanence*
298.	Jean-Pierre Andrevon	*Šukran*
299.	Robert Heinlein	*Sixième colonne*
300.	Steven Brust	*Jhereg*
301.	C.S. Lewis	*Au-delà de la planète silencieuse*
302.	Jack Vance	*Les langages de Pao*
303.	Robert Charles Wilson	*Ange mémoire*
304.	Steven Brust	*Yendi*
305.	David Brin	*Jusqu'au cœur du Soleil* (Le cycle de l'Élévation, I)
306.	James A. Hetley	*Le Royaume de l'été*
307.	Thierry Di Rollo	*Meddik*
308.	Cory Doctorow	*Dans la dèche au Royaume Enchanté*

309.	C. S. Lewis	*Perelandra*
310.	Christopher Priest	*La séparation*
311.	David Brin	*Marée stellaire*
312.	Ray Bradbury	*Les machines à bonheur*
313.	Jack Vance	*Emphyrio*
314.	C. S. Lewis	*Cette hideuse puissance*
315.	Frederik Pohl et C.M. Kornbluth	*Planète à gogos*
316.	Robert Holdstock	*Le souffle du temps*
317.	Stéphane Beauverger	*Chromozone* (La trilogie Chromozone, I)
318.	Michael Moorcock	*Le nomade du Temps*
319.	John Varley	*Gens de la Lune*
320.	Robert Heinlein	*Révolte sur la Lune*
321.	John Kessel	*Lune et l'autre*
322.	Steven Brust	*Teckla*
323.	Mary Gentle	*La guerrière oubliée* (Le livre de Cendres, I)
324.	Mary Gentle	*La puissance de Carthage* (Le livre de Cendres, II)
325.	Mary Gentle	*Les Machines sauvages* (Le Livre de Cendres, III)
326.	Mary Gentle	*La dispersion des ténèbres* (Le Livre de Cendres, IV)
327.	Charles Dickinson	*Quinze minutes*
328.	Brian Aldiss	*Le Monde Vert*
329.	Elizabeth Moon	*La vitesse de l'obscurité*
330.	Stéphane Beauverger	*Les noctivores*
331.	Thomas Day	*La maison aux fenêtres de papier*
332.	Jean-Philippe Jaworski	*Janua vera*
333.	Laurent Kloetzer	*Le royaume blessé*
334.	Steven Brust	*Les Gardes Phénix*

Composition IGS.
Impression CPI – Firmin Didot
à Mesnil-sur-l'Estrée, le 18 février 2010.
Dépôt légal : février 2010.
Numéro d'imprimeur : 98085.

ISBN 978-2-07-039892-8/Imprimé en France.

167071